GEORGE PELECANOS nace en Washington en 1957. Antes de publicar su primera novela, en 1992, trabaja como cocinero, fregaplatos, camarero y vendedor de zapatos de señora. Es autor de quince novelas negras situadas en su ciudad natal, de las que Ediciones B ha publicado *Música de callejón*, *Revolución en las calles*, *Drama City* y *El jardinero nocturno*. Ha recibido el premio Raymond Chandler en Italia, el premio Falcon en Japón y el Grand Prix Du Roman Noir en Francia. *Ojo por ojo* y *Música de callejón* recibieron, en 2003 y 2004 respectivamente, el Los Angeles Times Book Prize. La ficción corta de Pelecanos ha aparecido en la revista *Esquire*, que lo ha definido como «el poeta laureado del mundo del crimen de Washington D. C.». Sus colaboraciones en el ámbito del cine y la pequeña pantalla también son notables: ha producido, escrito y editado la aclamada serie dramática *The Wire* (ganadora de los premios Peabody y AFI Award), lo que le ha valido una nominación a los Emmy. La adaptación al cine de su novela *Mejor que bien* será dirigida por Curtis Hanson (*LA Confidential*, *Wonder Boys*). Pelecanos vive en Silver Spring, Maryland.

Título original: *The Turnaround*
Traducción: Cristina Martín
1.ª edición: febrero 2013

© George Pelecanos, 2008
© Ediciones B, S. A., 2013
para el sello B de Bolsillo
Consell de Cent, 425-427 - 08009 Barcelona (España)
www.edicionesb.com

Printed in Spain
ISBN: 978-84-9872-770-8
Depósito legal: B. 33.045-2012

Impreso por NOVOPRINT
    Energía, 53
    08740 Sant Andreu de la Barca - Barcelona

Sin retorno

GEORGE PELECANOS

In Memoriam

Lance Cpl. Philip A. Johnson
3.ᵉʳ Batallón, 2.° Regimiento de Marina
2.ª División de Marina
2.ª Fuerza Expedicionaria de Marina

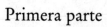

Primera parte

1

Llamó al local Café Pappas e Hijos. En 1964, cuando lo abrió, sus chicos tenían sólo ocho y dos años, pero pensaba que uno de ellos se haría cargo del negocio cuando él se hiciera viejo. Al igual que cualquier padre que no fuera un *malaka*, quería que a sus hijos les fuese mejor que a él en la vida. Quería que asistieran a la universidad. Pero, qué diablos, nunca se sabía cómo iban a darse las cosas. Podía ser que uno de ellos tuviera madera de universitario, pero el otro no. También podía ser que los dos fueran a la universidad y decidieran encargarse juntos del negocio. Como quiera que fuese, aseguró la jugada y añadió los nombres de ellos al letrero. De ese modo, los clientes sabrían qué clase de individuo era. Dirían: «He aquí un tipo consagrado a su familia. John Pappas está pensando en el futuro de sus hijos.»

Era un bonito letrero, con imágenes en negro sobre un fondo gris perla, con la palabra «Pappas» el doble de grande que «e Hijos», en enormes letras mayúsculas, junto al dibujo de una taza de café humeante en un plato. El tipo que fabricó el letrero puso una elegante letra P en un lado de la taza, caligrafiada, y a John le gustó tanto que mandó hacer el mismo grabado en las tazas de verdad que se utilizaban en el local. Igual que los que visten con distinción se hacen bordar sus iniciales en los puños de la camisa.

John Pappas no tenía camisas elegantes. Tenía un par de

ellas azules y de algodón para ir a la iglesia, pero la mayoría de las demás eran blancas y de botones, y todas de las que no necesitaban planchado, para evitar el gasto de la tintorería. Además, su mujer, Calliope, no era de las que planchan. Cinco de manga corta para la primavera y el verano y otras cinco de manga larga para el otoño y el invierno, colgadas en filas en la cuerda que había tendido en el sótano de la casa. No sabía por qué se tomaba la molestia de tener para elegir. En la cafetería siempre hacía calor, sobre todo si uno estaba cerca de la parrilla, y hasta en invierno llevaba la camisa remangada por encima del codo. Camisa blanca, pantalón caqui y zapatos Montgomery Ward fuertes y resistentes a la humedad. Un delantal por encima del pantalón, un portabolígrafos en el bolsillo de la camisa. Su uniforme.

Era guapo a su estilo, tenía una nariz prominente. Había cumplido los cuarenta y ocho a finales de la primavera de 1972. El pelo lo tenía negro y lo llevaba peinado hacia arriba y hacia atrás a los lados, un poco por encima de las orejas, más bien largo, como los chicos. Hacía ya unos años que lucía aquella imagen austera. El pelo de las sienes se le había vuelto blanco. Al igual que muchos hombres que habían luchado en la Segunda Guerra Mundial, no había hecho un solo abdominal ni una sola flexión desde que lo licenciaron, veintisiete años atrás. Un marine que había salido de la campaña del Pacífico no tenía nada que demostrar en lo que a hombría se refiere. Fumaba, un hábito que había adquirido por cortesía del cuerpo de Marines, el cual acompañaba con cigarrillos la comida supercalórica que daba a los soldados, y se agitaba a menudo. Pero como su trabajo era de tipo físico, se mantenía bastante en forma. De hecho, tenía el vientre casi plano. Y se sentía especialmente orgulloso de su tórax.

Llegaba al local a las cinco de la mañana, dos horas antes de la hora de abrir, para lo cual se levantaba todos los días a las cuatro y cuarto. Tenía que recibir al vendedor del hielo y a otros repartidores, hacer el café y preparar unas cuantas cosas. Podría haber dicho a los repartidores que se presentaran más tarde, para así dormir una horita más, pero aquel momento de la jornada le gustaba más que cualquier otro. De hecho, siempre despertaba con los ojos abiertos de par en par y listo para entrar en acción, sin necesidad de ningún despertador. Bajar las escaleras con cuidado para no despertar a su mujer ni a sus hijos, recorrer la casi desierta calle Dieciséis conduciendo su Electra 225 con los faros encendidos y la mano en que sostenía el cigarrillo colgando por la ventanilla. Y luego disfrutar de aquel rato de tranquilidad en la cafetería, a solas con su radio Motorola, escuchando la suave voz de los locutores de la WWDC, hombres de su misma edad que contaban con la misma experiencia vital que él, no esos que hablaban a toda velocidad en las emisoras de rock and roll ni los *mavros* de la WOL o la WOOK. Tomarse el primero de muchos cafés, siempre en un vaso de plástico, charlar de trivialidades con los repartidores que se iban sucediendo en un goteo constante, y que ya eran casi de la familia porque habían ido cogiéndole cariño a aquel momento suspendido entre la noche y el alba.

Era un restaurante, no un café, pero café sonaba mejor, tenía como más «clase», según decía Calliope. Dentro del entorno familiar, John lo llamaba simplemente el *magazi*. Se encontraba situado en la calle N, debajo del Dupont Circle, justo al lado de la avenida Connecticut, a la entrada de un callejón. En el interior había una docena de banquetas espaciadas alrededor de una barra de formica en forma de herradura y un par de mesas para cuatro con sofá para sentarse, puestas junto a la enorme cristalera que daba a una generosa vista de Connecticut y la N. Los colores dominantes, similares en muchos establecimientos cuyo dueño era griego, eran el blanco y el azul. Había asientos para un máximo de veinte personas. Se organizaba un pequeño revuelo en la franja de los desayunos y las dos horas punta del almuerzo, y había mucho tiempo muerto en el que los cuatro empleados, todos negros, charlaban, hacían el tonto, se sentaban pensativos y fumaban. Y también su hijo mayor, Alex, si estaba trabajando. El soñador.

No existía ninguna cocina «en la trastienda». La parrilla, la plancha para los sándwiches, el expositor refrigerado para los postres, la nevera de los helados, la barra de refrescos y las cafeteras, hasta el lavavajillas, todo estaba detrás del mostrador para que lo vieran los clientes. Aunque el espacio era pequeño y el número de asientos limitado, Pappas había puesto en marcha un servicio de entrega a domicilio que representaba una parte significativa del volumen de ventas diario. Facturaba unos trescientos o trescientos veinticinco al día.

A las tres en punto dejaba de hacer sonar la caja registradora y cortaba la cinta. La parrilla se cerraba y se tapaba a las cuatro. Después de las dos y media ya entraba poca gente en el local, pero él lo mantenía abierto hasta las cinco, a fin de tener tiempo para limpiar, hacer los pedidos y servir a alguien que por casualidad entrara a tomarse un sándwich frío. Desde la hora en que llegaba hasta la hora en que cerraba, permanecía doce horas de pie.

Y aun así no le importaba. Nunca había querido ganarse la vida haciendo otra cosa. Lo mejor de aquello, pensó mientras se acercaba al local cuando el cielo empezaba a clarear, es lo de ahora: agacharse para recoger el pan y los bollos que ha dejado en la puerta el repartidor de Ottenberg y a continuación encajar la llave en la cerradura de la puerta.

«No pertenezco a nadie. Esto es mío.»

Pappas e Hijos.

Alex Pappas llevaba sólo unos minutos con el dedo pulgar levantado, de pie en el arcén del University Boulevard de Wheaton, cuando paró para recogerlo un VW de trasera cuadrada. Alex echó una carrera hasta la puerta del pasajero, y al acercarse echó un vistazo al conductor. Al otro lado de la ventanilla semiabierta vio a un tipo joven, de pelo largo y bigote en forma de manillar. Probablemente un porrero, lo cual no lo molestaba en absoluto. Se subió al coche y se dejó caer en el asiento.

—Hola —dijo Alex—. Gracias por parar, tío.

—De nada —contestó el otro al tiempo que salía del arcén,

metía la segunda y aceleraba en dirección al distrito financiero de Wheaton—. ¿Adónde vas?

—Hasta el final de Connecticut, a Dupont Circle. ¿Tú vas hasta allí?

—Voy a Calvert Street. Trabajo allí, en el Sheraton Park.

—Genial —dijo Alex con entusiasmo. Desde allí hasta el Circle había sólo un par de kilómetros o así, y cuesta abajo. Podría ir andando. Era poco corriente conseguir que alguien lo llevase hasta el centro mismo.

Debajo del salpicadero, en un bastidor, el joven del bigote había montado un reproductor de ocho pistas, y en aquel momento estaba sonando *Walk on Gilded Splinters*, del álbum *Rockin the Fillmore* de Humble Pie. La música se oía con muchos agudos a través de unos altavoces baratos apoyados en el suelo, cuyos cables subían hasta el reproductor. Alex tuvo cuidado de no enredarse los pies en ellos. El coche olía a marihuana. Vio varios restos de porros amarillentos amontonados en el cenicero, junto con las colillas apagadas.

—No serás un poli de Narcóticos, ¿verdad? —dijo el otro al ver que Alex escrutaba el paisaje.

—¿Yo? —respondió Alex con una risita—. Qué va, tío, a mí me la suda.

¿Cómo iba a ser policía? Si sólo tenía dieciséis años. Pero era de conocimiento general que si a un poli de Narcóticos le preguntaban si era uno de ellos, tenía que responder con la verdad. De lo contrario, un jurado desestimaría cualquier acusación. Por lo menos eso era lo que sostenían Pete y Billy, los amigos de Alex. Este tipo sencillamente estaba siendo cauteloso.

—¿Te apetece colocarte?

—Ya quisiera —contestó Alex—, pero es que voy al local de mi padre. Tiene un restaurante en el centro.

—Te pondrías paranoico con la comida, ¿eh?

—Sí —dijo Alex. No deseaba contarle a aquel desconocido que nunca se colocaba cuando estaba trabajando en el local de su padre. La cafetería era sagrada, una especie de iglesia personal de su padre. No estaría bien.

—¿Te importa si yo lo hago?

—Adelante.

—Santurrón —dijo el otro sacudiendo la melena, al tiempo que rebuscaba en el cenicero y cogía el porro más gordo que había entre las colillas y las cenizas.

El trayecto estuvo bien. Alex tenía en casa aquel álbum de Humble Pie, se sabía las canciones, le gustaba la voz desquiciada de Steve Marriot y las guitarras de éste y de Frampton. El tipo que conducía le pidió que subiera las ventanillas mientras él fumaba, pero ese día no hacía mucho calor, de modo que tampoco le importó. Menos mal que aquel tipo no sufrió un cambio de personalidad después de colocarse. Siguió siendo tan afable como antes.

Como autostopista, Alex lo llevaba bastante bien. Era un chaval delgado, de bigote ralo y cabello rizado que le llegaba hasta el hombro. Un adolescente de pelo largo, vestido con vaqueros y camiseta con bolsillito, no era algo que les resultara desacostumbrado a los conductores, tanto a los jóvenes como a los de mediana edad. No tenía cara de malo ni un físico amedrentador. Podría haber cogido el autobús que iba al centro, pero prefería la aventura de hacer autostop. Lo recogía gente de todas clases. Pirados, tipos convencionales, pintores, fontaneros, colegas más o menos de su edad, tías, hasta personas de la edad de sus padres. Rara vez había tenido que esperar mucho para que parase alguien.

Aquel verano sólo había tenido unos cuantos casos chungos. Uno de ellos le ocurrió yendo por Military Road, cuando estaba intentando que alguien lo llevara en el segundo tramo y lo recogió un coche lleno de chicos de St. John. El coche apestaba a porro y a cerveza. Varios de ellos empezaron a ridiculizarlo de inmediato. Cuando les dijo que se dirigía al local de su padre, a trabajar, se pusieron a decir cosas sobre aquel empleo de mierda y sobre su viejo. Cuando mencionaron a éste, se sonrojó, y uno de ellos dijo: «Ja, fijaos, está cabreándose.» Le preguntaron si alguna vez se había follado a una tía. Y luego, que si se había follado a un tío. El peor era el que conducía. Dijo que iban a parar en una calle secundaria para ver si Alex sabía encajar un puñetazo. Alex dijo: «Dejadme bajar en ese semáforo», y otros dos chicos soltaron una carcajada al ver que el conductor se saltaba el semáforo en rojo. «Para», dijo Alex en tono más firme, y el conductor dijo: «Vale, y después te follamos.» Pero el que estaba al lado de Alex, que tenía mirada de buena persona, intervino: «Para y deja que se baje, Pat», y el conductor obedeció en medio del silencio general. Alex le dio las gracias al chico, que obviamente era el líder del grupo y el más fuerte, y acto seguido se apeó del coche, un GTO que llevaba una pegatina que rezaba: «El Jefe.» Alex tuvo la seguridad de que era propiedad de los padres del chico.

En el punto en que University se transformaba en Connecticut, en Kensington, el del bigote en forma de manillar se puso a hablar de un cántico que conocía; si uno lo repetía muchas veces, sin parar, seguro que tenía un día estupendo. Explicó que él lo hacía con frecuencia, mientras trabajaba en la lavandería del Sheraton Park, y que le producía «vibraciones positivas».

—*Nam-myo-ho-rengay-kyo* —dijo, a la vez que dejaba a Alex en el puente Taft, que cruza el parque Rock Creek—. Que no se te olvide, ¿vale?

—Vale —contestó Alex al tiempo que cerraba la portezuela del VW—. Gracias, tío. Gracias por traerme.

Alex recorrió el puente a la carrera. Si cubría corriendo la distancia que lo separaba del café, no llegaría tarde. Mientras corría, iba repitiendo el cántico. No podía hacerle nada malo, era como creer en Dios. Mantuvo el paso, descendió la prolongada cuesta, dejó atrás bares y restaurantes, atravesó en línea recta Dupont Circle, rodeó la fuente del centro, pasó por delante de los restos de los hippies que ya empezaban a parecer menos hippies y a pasarse de moda, por delante de oficinistas, secretarias y abogados, y junto al teatro Dupont y a Bialek's, donde solía comprar los discos difíciles de encontrar y donde recorría los suelos de madera rebuscando entre las pilas de libros preguntándose quiénes serían todas aquellas personas cuyos nombres figuraban en los lomos. Para cuando llegó al edificio del Sindicato de Operarios, ubicado en el 1300 de Connecticut, ya se le había olvidado el cántico. Cruzó la calle en dirección a la cafetería.

Dos arbustos de hoja perenne en tiestos de barro colocados junto a la puerta de entrada sostenían un parapeto de un metro de altura. Alex podría rodear dicho parapeto, como hacían todos los adultos, pero siempre prefería saltar por encima según llegaba. Y lo mismo hizo en esta ocasión, y fue a aterrizar de plano con las suelas de sus zapatillas Chuck negras. A continuación miró por el cristal y vio a su padre, que detrás del mostrador, con un lápiz en la oreja y cruzado de brazos, lo miraba con una mezcla de impaciencia y diversión.

«Hablar en voz alta y no decir nada, Primera Parte», decía la radio cuando Alex entró en el local. Eran poco más de las once. Alex no tuvo necesidad de mirar el reloj de la Coca-Cola que colgaba de la pared por encima de la máquina de tabaco de D.C. Vending para saber qué hora era. A las once, su padre dejaba que los empleados sintonizaran la emisora que más les gustase. Y también sabía que se trataba de la WOL, en vez de la WOOK, porque Inez, que a sus treinta y cinco años era la más antigua de la plantilla, tenía derecho a escoger antes que los demás, y prefería la O-L. Inez, la alcohólica fumadora de Viceroy, piel morena, ojos enrojecidos, pelo liso, estaba apoyada contra la plancha de sándwiches, todavía recuperándose de una juerga a base de escocés St. George que se había corrido la noche anterior, disfrutando lánguidamente de un cigarrillo. Se despejaría, como siempre, cuando llegara la hora punta.

—*Epitelos* —dijo John Pappas cuando Alex entró a toda prisa y se sentó de inmediato en una banqueta tapizada de azul. Venía a significar algo así como: «Ya era hora.»

—¿Qué pasa? No he llegado tarde.

—Si es que diez minutos tarde no te parece tarde.

—Ya estoy aquí —replicó Alex—. Ya está todo bien. De manera que no tienes por qué preocuparte, papá. El negocio está a salvo.

—Pesado —dijo John Pappas, con toda la efusividad de que era capaz. Luego hizo un leve gesto con la mano como para olvidar el asunto. «Lárgate de aquí, pelmazo. Te quiero.»

Alex tenía hambre. Nunca se despertaba a tiempo para desayunar en casa, y nunca conseguía llegar a la cafetería a tiempo para la franja del desayuno. A las diez y media se encendía la parrilla para el almuerzo, y entonces estaba demasiado caliente para hacer unos huevos sin quemarlos. Iba a tener que buscarse algo por su cuenta.

Rodeó el mostrador para llegarse hasta el hueco que había en el lado derecho. Saludó a Darryl Wilson, Junior, cuyo padre, Darryl, Senior, era el técnico de reparaciones del edificio de oficinas que tenían encima. Junior estaba de pie tras una cortina de plástico transparente cuya finalidad era que los clientes no vieran cómo se lavaban los platos, y también mantener confinados la humedad y el calor que se generaban. Tenía diecisiete años, era alto y desgarbado, poco hablador, y le encantaban las gorras muy decoradas, los pantalones de campana con bolsillos pegados y la ropa de Flagg Brothers. Siempre llevaba un cigarrillo detrás de la oreja. Alex jamás le había visto sacar uno de la cajetilla.

—Hola, Junior —dijo Alex.

—¿Qué pasa, muchachote? —respondió, como era habitual en él, Junior, que le doblaba la estatura a Alex.

—No lo llevo mal —repuso Alex.

—Pues vale —contestó entre risas, a causa seguramente de alguna broma privada—. Pues vale.

Alex dobló la esquina desde el otro lado de la cortina y topó con Darlene, que estaba precocinando hamburguesas en la parrilla. Se volvió a medias al verlo, con la espátula en alto. Lo miró de arriba abajo y le ofreció una media sonrisa.

—¿Qué hay, cielo? —lo saludó.

—Hola, Darlene —dijo Alex, preguntándose si la chica habría notado cómo le temblaba la voz.

Darlene había dejado los estudios que cursaba en el instituto Eastern. Tenía dieciséis años, como él. Las empleadas vestían uniformes de restaurante anticuado, pero a ella el suyo le sentaba de otra manera. Darlene tenía caderas marcadas, pechos grandes y un trasero respingón prieto como un guante. Y también un peinado afro y unos preciosos ojos pardos que sonreían.

Lo ponía nervioso. Hacía que se le secase la boca. Se dijo a sí mismo que ya tenía novia, y que le era fiel, así que todo lo que pudiese pasar entre Darlene y él no iba a pasar nunca. En el fondo sabía que aquello era mentira y que, sencillamente, tenía miedo. Miedo porque ella debía de tener más experiencia que él. Miedo porque era negra, y las negras exigían quedar satisfechas. Cuando se ponían cachondas, se transformaban en animales salvajes. O eso al menos decían Billy y Pete.

—Quieres algo de comer, ¿a que sí?

—Sí.

—Pues ve a hablar con tu padre —replicó Darlene indicando con un movimiento de la cabeza la zona de la caja registradora—. Voy a prepararte algo bueno.

—Gracias.

—A mí también me está entrando hambre. —Darlene soltó una risita y añadió—: Y lo que me gustaría...

Alex se sonrojó e, incapaz de pronunciar palabra, siguió a lo suyo. Pasó junto a Inez, que estaba metiendo en una bolsa un montón de pedidos para entregar a domicilio, preparándose para trasladarlos a «la estantería», el lugar en que Alex se pondría en acción. No lo saludó al verlo.

Un poco más adelante dijo hola a Paulette, la camarera que servía a los clientes dentro del local. Tenía veinticinco años, era entrada en kilos, de facciones grandes y muy religiosa. Después de comer se adueñaba de la radio para sintonizar la emisora de *gospel*, cosa que todo el mundo le perdonaba, porque era encantadora. Con su vocecilla aguda y suave como un ratón, resultaba casi invisible.

Paulette estaba llenando los botes de ketchup Heinz con ketchup Townhouse, la marca barata de Safeway. Todas las tardes, el padre de Alex compraba en el Safeway determinados artículos que eran más baratos que los que ofrecían los comerciales que lo visitaban.

—Buenos días, señorito Alex —le dijo.

—Buenos días, señorita Paulette.

Alex encontró a su padre junto a la caja registradora, a la que sólo tenían acceso ellos dos. En la parte delantera de la misma habían puesto un impreso de Hacienda, con dos teclas ordenadas por dólares y centavos. Si el importe de una consumición llegaba a los veinte dólares, cosa que rara vez sucedía, la tecla que indicaba diez dólares se pulsaba dos veces. En los costados de la caja había trocitos de papel pegados con cinta adhesiva en los que Alex había escrito fragmentos de letras de canciones que le parecían poéticos o profundos. Uno de los clientes, un abogado fumador de pipa que tenía un trasero voluminoso y un saque de aúpa, supuso que el autor de aquellas letras era el propio Alex, y le dijo a John Pappas, en tono de broma, que a su hijo, para ser escritor, no se le daba mal servir en la barra. Pappas, con una sonrisa que no era una sonrisa, respondió: «No se preocupe por mi chico. Lo va a hacer estupendamente.» Alex recordaría siempre a su padre por aquello, y por esa clase de cosas lo quería.

John entregó a su hijo unos cuantos billetes de un dólar y de cinco. Acto seguido puso sobre el mostrador paquetitos de monedas de diferente valor: veinticinco centavos, diez, cinco y uno.

—Aquí tienes el banco, Alexander. Hay un par de pedidos para entregar cuanto antes.

—Estoy listo. Pero antes voy a pillar algo de comer.

—Cuando esos pedidos lleguen a la estantería, quiero verte fuera de aquí. No quiero que se retrasen.

—Darlene me está haciendo un sándwich.

—Déjate de ligoteos.

—¿Cómo?

—Tengo ojos. Ya te he dicho otras veces que no hagas muchas migas con el personal.

—Sólo he estado hablando con ella.

—Haz lo que te digo. —John Pappas volvió la vista hacia la estantería situada por encima del lavavajillas, junto a la que Junior estaba bajando un grifo manguera con boquilla a presión, a fin de lavar a mano una cazuela. Inez estaba empujándolo con el codo para que se hiciera a un lado mientras ella depositaba en la estantería dos bolsas de papel marrón con etiquetas—. Ya tienes pedidos que entregar.

—¿No puedo tomar algo antes?

—Tómatelo por el camino.

—Pero, papá...

John Pappas señaló con el pulgar la parte de atrás de la cafetería.

—Súbete al caballo, chico.

Alex Pappas engulló un sándwich de lechuga, tomate y beicon junto al puesto de Junior y a continuación cogió las dos bolsas de la estantería. Cada una llevaba grapada una factura para el cliente en cuya cabecera estaba escrita, con la florida caligrafía de Alma, la dirección de entrega. Debajo se detallaba el pedido, artículo por artículo, con precios, impuestos y el total rodeado por un círculo. A Alex le gustaba adivinar la parte correspondiente al impuesto cargada al subtotal. No resultaba fácil, porque en Washington siempre se indicaba un porcentaje y una fracción, nunca un número entero. Pero había descubierto una manera de hallarlo a base de multiplicaciones y sumas. En el colegio siempre había tenido dificultades con las matemáticas, pero a calcular porcentajes había aprendido por su cuenta manejando la caja registradora.

Trabajar en la cafetería resultaba, en muchos sentidos, más beneficioso que el colegio. Aprendió matemáticas prácticas.

Aprendió a tratar con adultos. Conoció a gente a la que de lo contrario no habría conocido nunca. Y lo más importante era lo que había aprendido observando a su padre. Lo que hacían los hombres era trabajar, no dedicarse al juego ni a ir de gorrones ni a perder el tiempo. Sino a trabajar.

Alex salió por la puerta de atrás a un pasillo en el que había un armario donde se guardaban los útiles de limpieza y un cuarto de aseo que utilizaban los empleados (su padre y él usaban los baños del edificio de oficinas de arriba). Subió un corto tramo de escaleras que llevaban a la puerta trasera y salió a un callejón. Éste tenía forma de «T» y tres salidas: hacia el norte la calle N, hacia el sur Jefferson Place y hacia el oeste la calle Diecinueve. El primer sitio donde tenía que parar era el edificio Brown, una construcción en forma de caja que se llamaba así a causa de su color marrón y que contenía viviendas de funcionarios, situada en el 1220 de la calle Diecinueve.

El dinero estaba bien. Era mejor que cualquier salario mínimo de un dólar sesenta la hora que pudiera haber conseguido. Su padre le pagaba quince dólares al día, y él se sacaba otros quince o veinte en propinas. Al igual que a los demás empleados, su padre le daba la paga por semana, metida en un sobrecito marrón, en efectivo. Alex no pagaba impuestos. A diferencia de sus amigos, él siempre llevaba en el bolsillo dinero para gastar.

Al cabo de tantos veranos, se conocía todos los callejones, todas las grietas que tenían las aceras de todos los bloques situados al sur de Dupont. Era el quinto verano que trabajaba de repartidor para su padre. Empezó a los once años. Su padre había insistido en que trabajase, mientras que su madre opinaba que era demasiado pequeño. Él mismo se sorprendió al descubrir que, tras unos pocos días de inseguridad, era capaz de desempeñar aquel trabajo. Su padre nunca lo trataba con favoritismo. Cuando en un par de ocasiones, en las primeras semanas, volvió con dinero de menos, su padre le descontó la diferencia de su paga. Después de aquello, puso mucha atención a la hora de contar el cambio que le daban los clientes.

A los once era el típico chaval que tenía la cabeza en las nubes. Se distraía con facilidad, se paraba a mirar los escaparates de la avenida y a menudo se retrasaba. Era muy ingenuo en lo referente a las costumbres de la ciudad y a los depredadores de la misma. Aquel primer verano, tras hacer una entrega cerca del Circle, un viejo le dio un pellizco en el culo, y cuando se volvió para ver quién le había hecho tal cosa, el viejo le guiñó un ojo. Alex se quedó perplejo, cavilando por qué aquel tipo lo había tocado de semejante forma. Pero sabía lo bastante para no contarle el incidente a su padre cuando regresó a la cafetería. Su padre habría buscado a aquel viejo en la calle y, de eso estaba seguro, le habría sacudido una paliza que lo habría dejado medio muerto.

Alrededor de la cafetería había muchos bufetes de abogados importantes como Arnold & Porter, Steptoe & Johnson y otros. A Alex no le gustaba el tono condescendiente con que algunos de aquellos abogados, tanto hombres como mujeres, le hablaban a su padre. ¿Es que no sabían que era un veterano de guerra que había pertenecido al cuerpo de Marines? ¿No sabían que era capaz de mandarlos al otro lado de la calle de una patada en sus blanditos traseros? A algunos se les notaba a las claras que se consideraban superiores a su padre, lo cual generó en él, durante muchos años, un resentimiento de obrero. Pero otros tantos eran gente amable. Era frecuente que se pasaran un rato sentados a la barra con un café a modo de excusa para charlar con su viejo. John Pappas era más que un hombre callado; sabía escuchar.

Aquellos bufetes de abogados necesitaban, para funcionar, secretarias y excéntricos encargados del correo, y Alex fue haciéndose amigo de las chicas y de los pirados, tipos barbudos que vestían pantalón corto y camisetas con leyendas, y también de los empleados de los garajes que vigilaban los coches de los empleados. En Jefferson Place, una calle estrecha de viviendas residenciales puestas en fila y convertidas en locales comerciales, había varios bufetes más pequeños y asociaciones que llevaban causas como los derechos de los Nativos

Americanos y las mejoras salariales para los vendimiadores. «Hippies de lujo», los llamaba su padre. Pero no eran como los hippies —los pocos que quedaban— del Circle. Éstos vestían de camisa y corbata. Y las mujeres que trabajaban en esta calle parecían estar en un pie de igualdad con los hombres. Iban sin sujetador y con minifalda, pero así y todo.

Mientras que los años anteriores Alex los había pasado en aquel estado de ensoñación, cuando entraron en acción sus hormonas empezó a fijarse en las jóvenes trabajadoras, justo al mismo tiempo que empezó a encontrar significado en el rock and roll y la música soul. De una forma elemental, sabía que todo ello estaba relacionado de algún modo. Mientras iba de camino a entregar un pedido cantaba las canciones que oía en las emisoras de soul, y a veces las cantaba cuando iba solo en los ascensores, y fue aprendiendo por experiencia cuáles tenían la mejor acústica. «Groove Me.» «In the Rain.» «Oh Girl.» Además, programaba las rutas de manera que pudiera ver a alguna chica en particular que le gustase, porque sabía dónde era probable encontrársela a determinadas horas del día. La mayoría de ellas lo consideraban un crío, pero a veces les sonreía y obtenía a cambio una sonrisa que implicaba algo más: «Eres joven, pero tienes algo. Ten paciencia, Alex. Ya te llegará. No te falta tanto.»

Tenía todo por delante, y era todo nuevo.

2

Dos hermanos remontaban una calle en ligera pendiente en dirección a un pequeño comercio tradicional que se llamaba Nunzio's. Justo acababan de terminar de jugar un partido de uno contra uno en la cancha descubierta de un centro recreativo que se encontraba junto a una iglesia africana episcopal metodista. El mayor de los dos, James Monroe, que tenía dieciocho años, llevaba un gastado balón de baloncesto bajo el brazo.

Tanto James como su hermano pequeño, Raymond, eran delgados y larguiruchos, de vientre plano, pecho liso y hombros y brazos bien torneados. Los dos llevaban el cabello inflado. James, que se había graduado en el instituto hacía poco, era guapo y bien formado, y medía más de uno ochenta. Raymond, a sus quince años, era igual de alto que James. Mientras caminaban, Raymond iba levantándose el pelo con ayuda de un pincho rematado en puño.

—James —dijo Raymond—, ¿has visto ya el estéreo nuevo que tiene Rodney?

—¿Que si lo he visto? Estaba con él cuando se lo compró.

—Tiene unos pedazo altavoces Bozay, tío.

—Se dice Bose. Tú lo pronuncias como si fuera francés o algo así.

—Como se diga, son unos altavoces de cagarse.

—Son unos altavoces muy buenos.

—Tío, me puso un disco de ese grupo nuevo, Earth, Wind and Fire.

—No es tan nuevo. El tío William tiene los dos primeros discos.

—Pues para mí, sí —replicó Raymond—. Rodney puso una canción que se titula *Power*. Empieza con un instrumento muy raro...

—Es una kalimba, Ray. Un instrumento africano.

—Y después, entra la música a toda pastilla. Es una canción que no tiene letra. Cuando Rodney subió el volumen... te lo juro, tío, es que aluciné.

—Deberías haber oído esos altavoces en la tienda de estéreos a la que fuimos —dijo James—, la de Connecticut. Tienen una sala especial al fondo, toda con paredes de cristal. La llaman el «Mundo del Audio». El dependiente, un colega blanco de pelo largo, puso un disco de Wilson Pickett. *Engine Number 8*, esa *jam session* tan larga. Debe de ser el disco que pone cada vez que quiere vender un equipo estéreo a un negro. Sea como sea, Rodney no entró al trapo, así que va y le dice al colega: «¿No tiene algún disco que pueda enseñarme que no sea de rock?»

—Hizo pensar al blanco ese.

—Exacto. Y va el dependiente y le pone uno de Led Zeppelin. Ese tema que tiene todas esas cosas raras en el medio, con la música saliendo de un altavoz y entrando en el otro. Uno en el que el cantante habla de que «Voy a darte hasta el último gramo de mi amor».

—Sí, Led Zeppelin... es un tío de cagarse.

—Es un grupo, idiota. No un tío solo.

—¿Por qué siempre estás corrigiéndome?

—Deberías haberlo oído, Ray. Con aquellos altavoces, uno tenía la impresión de que iba a salir volando por los aires. No veas lo rápido que sacó la cartera Rodney. Un cuarto de hora después, el tío de la tienda le estaba metiendo en el maletero del coche un par de altavoces 5.0 Bozay.

—Pero ¿no era Bose?

James levantó la mano y le dio un cachete afectuoso a su hermano en la cabeza.

—Estaba jugando contigo, colega.

—Me gustaría tener un estéreo igual que ése.

—Ya —contestó James Monroe—. Rodney se ha comprado el estéreo más guay de todo Heathrow Heights.

Heathrow Heights era una comunidad pequeña, compuesta por unos setenta chalés y apartamentos, bordeada por unas vías de tren al sur, bosques al oeste, parques al norte y un gran bulevar comercial al este. Era un barrio exclusivamente de negros, fundado por antiguos esclavos del sur de Maryland en unos terrenos que les cedió el gobierno.

Por su geografía, algunos dicen que por su diseño, Heathrow Heights estaba cerrado sobre sí mismo y aislado de los vecindarios blancos y de clase media-alta que lo rodeaban. Existían varias comunidades que tradicionalmente eran negras, la mayoría más grandes que ésta tanto en extensión como en población, como la de Montgomery County. Pero ninguna parecía tan recluida y segregada como la de Heathrow. La gente que crecía aquí por lo general se quedaba aquí, y traspasaba sus propiedades, si es que había logrado conservar la titularidad de las mismas, a sus herederos. Los residentes se sentían orgullosos de su legado, y en general preferían permanecer con los suyos.

Sin embargo, las condiciones de vida distaban mucho de ser utópicas, y desde luego había habido dificultades y problemas. Mientras que los primeros residentes eran dueños de sus propiedades mediante escritura, durante la Depresión muchas casas habían sido vendidas a especuladores. La mayoría de dichas propiedades fueron adquiridas por un grupo de empresarios blancos de allí mismo, que construyeron en los solares viviendas baratas y mínimamente sólidas y pasaron a ser dueños no presentes. La mayor parte de esas viviendas no tenían ni agua caliente ni cuartos de baño interiores. El calor provenía de estufas de leña.

Los niños asistían a una escuela que tenía una única aula, más adelante dos, situada en los terrenos de una iglesia africana episcopal metodista. En ella estudiaron los alumnos de los cursos más básicos hasta el gran cambio habido en 1954. Los residentes compraban en un establecimiento de tipo tradicional, Nunzio's, fundado por un inmigrante italiano, y que con el tiempo pasó al hijo de éste, Salvatore. Como consecuencia, muchos llegaron a la edad adulta sin haber tenido mucho contacto con los blancos.

La mayoría de las calles de Heathrow permanecieron sin pavimentar hasta los años cincuenta. Para los sesenta, los activistas de dicha comunidad ya habían solicitado al gobierno que obligara a los propietarios a introducir mejoras en las casas. Los funcionarios accedieron de mala gana. Una asociación de mujeres de una de las comunidades blancas vecinas se había unido con los residentes de Heathrow para presionar al gobierno. En 1972, el barrio estaba hecho una ruina. Las casas desvencijadas, mal construidas y «mejoradas», estaban a punto de desmoronarse. En los patios traseros, entre juguetes rotos y escombros, se oxidaban lentamente los coches con las llantas apoyadas en ladrillos.

Para los liberales locales, constituía un tema de conversación para la cena, un motivo para sacudir despacio la cabeza en un gesto negativo entre el momento de servir el asado y la segunda copa de cabernet. Para algunos adolescentes de la clase media y trabajadora de la zona, que habían aprendido de sus padres lo que era la inseguridad, Heathrow Heights era objeto de ridiculizaciones, calumnias y bromas pesadas. Lo llamaban «Negro Heights». Para James y Raymond Monroe, y para la madre de ambos, que trabajaba de asistenta a media jornada, así como para su padre, mecánico de los autobuses de la empresa D.C. Transit, Heathrow era el hogar. De ellos, James era el único que soñaba con salir de allí y prosperar.

James y Raymond se encontraron con dos jóvenes, Larry Wilson y Charles Baker, que estaban sentados en el bordillo de la acera, delante de Nunzio's. Los dos iban sin camiseta, dado el calor que hacía. Larry estaba fumándose un Salem, y le daba caladas tan rápidas que el papel se había arrugado. Ambos estaban bebiendo latas de cerveza Carling Black Label. Entre los dos había una bolsa de color marrón.

Baker tenía una mata de pelo apelmazada en algunos lugares. Miró a Raymond con unos ojos pardos prematuramente faltos de vida. Su rostro había quedado marcado por una cicatriz que le hizo un chico con una cuchilla para cartón al que se le ocurrió cuestionar su virilidad. Se juntó un corrillo de personas para presenciar la pelea, la cual fue tema de conversación durante varios días. Charles, sangrando profusamente por el corte pero visiblemente sin acobardarse, redujo a su adversario, le quitó el arma de una patada y le rompió el brazo doblándoselo contra la rodilla. El grupo de curiosos se dispersó cuando Charles, herido y riendo a carcajadas, se largó de allí dejando al muchacho en el suelo, conmocionado y entre convulsiones.

—¿Habéis estado lanzando unas canastas? —dijo Larry.

—Sí, en la cancha —respondió James. Era la única que había en el barrio, de modo que no necesitaba dar más explicaciones.

—¿Quién ha ganado? —preguntó Larry.

—Yo —contestó Raymond—. Me lo he llevado al huerto igualito que Clyde.

—¿Le has dejado ganar? —preguntó Larry haciendo un gesto con la cabeza a James.

—Ha ganado limpiamente —dijo James.

Larry dio varias caladas rápidas al cigarrillo hasta el filtro y después lo lanzó a la calle.

—¿Qué vais a hacer hoy? —dijo Raymond.

—Bebernos esta lata antes de que se caliente —dijo Charles—. No hay nada más que hacer.

De ellos, sólo James tenía trabajo, un empleo de veinte horas semanales. Ponía gasolina en la gasolinera Esso que había más adelante, yendo por el bulevar, y su esperanza era encontrar algo mejor. Tenía pensado acudir a clases de mecánica. Su padre, que de vez en cuando le permitía trabajar en el Impala de la familia, cambiar las correas, sustituir la bomba del agua y cosas así, decía que poseía habilidad. James esperaba conseguirle a Raymond un puesto básico en la gasolinera cuando cumpliera los dieciséis.

—¿Os habéis enterado de que Rodney se ha comprado un equipo nuevo? —preguntó Raymond, mirando a Charles y no a Larry. Raymond, como era muy joven, admiraba a Charles por su fama de violento y lo cortejaba para obtener su favor.

—Sí, nos hemos enterado de que se lo ha comprado —replicó Charles—. Como para no enterarse, con lo que presume de él.

—Está en su derecho de presumir —dijo James—. El dinero se lo ha ganado él, y puede gastárselo en lo que quiera.

—Pero no tiene por qué andar tirándose el rollo el día entero —dijo Larry.

—Y creyéndose superior —apuntó Charles.

—Ese tío tiene trabajo —dijo James en defensa de su amigo Rodney y haciendo una indicación a su hermano pequeño—. No hay motivo para meterse con él por eso.

—¿Estás diciendo que yo no soy capaz de conservar un empleo? —dijo Charles.

—No te he visto conservar ninguno —replicó James.

—Que os jodan —dijo Charles, mirando más allá de ellos, dirigiéndose al mundo. Y volvió a beber de su cerveza.

—Pues vale, muy bien —dijo James en tono cansado—. Vámonos, Ray.

James tirando del cinturón de Raymond, los dos subieron los escalones de la tienda de Nunzio's. En el porche de madera de la entrada se detuvieron para saludar a una anciana de Heathrow que estaba soltando a su pequeño terrier de la viga transversal a la que lo había atado, que a menudo se utilizaba precisamente para eso.

—Hola, señorita Anna —dijo James.

—James —dijo ella—. Raymond.

Entraron en el establecimiento y fueron hacia un armario refrigerado en el que James encontró unos paquetes de fiambre en conserva que costaban sesenta y nueve centavos. Tomó dos, de ternera y de jamón. Raymond se cogió una bolsa de patatas fritas Wise y dos botellas de zumo Nehis, de uva para él y de naranja para James. De pie en el porche de madera, se comieron el fiambre directamente del envoltorio en que venía. Compartieron las patatas y se bebieron los refrescos contemplando la calle, donde estaban Larry y Charles, ahora de pie, levantados del bordillo de la acera pero aún sin hacer nada.

—¿Qué vas a hacer ahora? —preguntó Raymond.

—Irme a casa y prepararme para ir al trabajo. Hoy tengo turno de tarde en la gasolinera.

—Rodney está en casa, ¿verdad?

—Tiene que estar. Hoy no trabaja.

—Voy a ver si Charles y Larry quieren venir a casa de Rodney a ver el estéreo. Todavía no lo han visto. A lo mejor, si Charles conociera a Rodney, no sería tan... no sé...

—Charles va a seguir siendo lo que es, conozca a quien conozca —replicó James—. No quiero que te juntes con él.

—Es mejor que estar solo.

—Ya estoy yo contigo.

—Pero todo el tiempo no.

Raymond había estado haciendo hincapié en varios incidentes que habían tenido lugar hacía poco en el barrio, coches conducidos por blancos que pasaban a toda velocidad gritando «negratas» desde las ventanillas, dejaban las marcas de los neumáticos en la calle y luego volvían a marcharse por el bulevar. En el año anterior había sucedido en un par de ocasiones. De un modo o de otro, llevaba varias generaciones ocurriendo. Unas semanas antes su madre había sido objeto de dichas burlas, y la idea de que llamasen a su madre por aquel nombre les llegó a James y a Raymond al alma. Los únicos blancos que tenían razones para estar en aquel vecindario eran los que venían a leer contadores, los carteros, los vendedores de biblias y de enciclopedias, los policías, los fiadores, o los notificadores. Cuando los que venían eran blancos borrachos dentro de coches llenos de humo de marihuana, ya se sabía lo que se traían entre manos. Siempre entraban sin hacer ruido, al llegar al callejón sin salida se volvían y recorrían a toda velocidad el mercado, donde normalmente la gente formaba corrillos. Gritaban aquellas cosas y se largaban a toda pastilla. Cobardes, pensaba James, porque nunca se bajaban del coche.

James le entregó a Raymond la bolsa de patatas.

—Haz lo que quieras. Pero ten en cuenta que Charles y Larry no van a ninguna parte buena. A ti y a mí no nos han educado de esa forma.

—Vale, James.

—Pues hala, vete. Y ten en cuenta la hora.

James se quedó en el porche de Nunzio's mientras Raymond bajaba para reunirse con Larry y Charles, este último todavía con la bolsa de cervezas Carling bajo el brazo. Estuvieron hablando un rato, Charles asentía con la cabeza mientras Larry encendía otro cigarrillo. Acto seguido, los tres echaron a andar despacio calle abajo, y en el siguiente cruce giraron a la derecha.

James siguió a su hermano con la mirada. Cuando lo perdió de vista, arrojó el envase vacío del refresco a una papelera y se fue para casa.

Rodney Draper vivía con su madre en la vieja casa que tenía ésta en la otra calle de Heathrow Heights que discurría de este a oeste. Aquella calle también terminaba sin salida en los árboles.

Rodney vivía en el sótano de la casa, que era pequeño y estrecho y estaba forrado de tablones de asbesto. Le entraba agua cuando llovía, y con la mínima amenaza de lluvia ya se llenaba de humedad. Siempre olía a moho. En él había dos camas y una cajonera de aglomerado, además de un inodoro a la vista, ubicado junto al calentador de agua que había instalado él mismo con su tío, que trabajaba haciendo chapuzas de todo tipo. Su madre y su hermana vivían en la planta de arriba. El habitáculo de Rodney no era de lujo, pero su madre no le cobraba alquiler, como hacían muchos padres cuando sus hijos cumplían los dieciocho años.

Rodney, que contaba diecinueve, tenía una nariz delgada y un poco abultada en el puente. Era flaco, de dientes salientes, muñecas nudosas y pies grandes. Su apodo era El Gallito. Trabajaba en Record City, en el bloque 700 de la calle Trece. Le encantaba la música y pensaba que podía compaginar dicha pasión con el trabajo. La mayor parte de lo que ganaba se lo gastaba en discos, los cuales compraba con un pequeño descuento por ser empleado. El nuevo estéreo lo había adquirido «a plazos», una especie de crédito abierto, un contrato de letra pequeña que iba a tener que pasarse años pagando.

Rodney estaba exhibiendo su estéreo ante Larry, Charles y Raymond Monroe. Larry y Charles estaban sentados en el borde de la cama, bebiendo cerveza y observando la escena sin dar la impresión de poner mucho interés, mientras Rodney señalaba los componentes tal como se los había enseñado a él el vendedor, un tipo blanco y de pelo largo, pieza por pieza.

—Plato BSR —decía Rodney—, tracción por correa. Lleva el cartucho magnético Shure en el brazo del tono. Receptor Marantz, doscientos vatios, que envía la señal a estos dos juguetitos que tenemos aquí, los altavoces Bose 5.0.

—Tío, todo eso nos importa una mierda —dijo Larry—. Pon algo de música.

—Todas esas chorradas no valen una puta mierda —dijo Charles— si el trasto no suena bien.

—Estoy intentando instruiros, nada más —replicó Rodney—. Cuando bebéis un vino de los buenos, ¿no miráis lo que dice la etiqueta?

—Black Label —contestó Larry al tiempo que levantaba la lata sonriendo tontamente—. Eso es lo único que tengo que saber.

—El estéreo es de lo más chulo, Rodney —dijo Raymond con una sonrisa—. Ponlo a ver qué tal suena.

Rodney puso en el giradiscos *America Eats Its Young*, el nuevo álbum doble de Funkadelic, y bajó la aguja hasta la pista número tres, *Everybody is Going to Make it This Time*. Era un tema que comenzaba lento e iba acelerándose con una especie de fervor parecido al *gospel*. Larry y Charles empezaron a mover la cabeza siguiendo el ritmo. Larry estudió la portada del álbum, que era una imitación de un billete de dólar con una estatua de la Libertad transformada en zombi, con la boca toda ensangrentada, que devoraba niños pequeños.

—Esto es una pasada —dijo Larry.

—El dibujante de esa portada es Paul Weldon —dijo Rodney.

—¿Quién? —preguntó Larry.

—Es un artista. Hay artistas negros que dejan su huella en este país, y no sólo en las portadas de los discos. En los años veinte tuvimos viviendo aquí a una mujer que consiguió exponer sus obras en una galería del centro.

—Tío, no me jodas con lecciones de historia, ¿vale?

—Lo que digo es que en este vecindario tenemos un pasado importante.

—Eso nos da igual —dijo Charles—. Tú sube el volumen.

—Suena bien, ¿a que sí? —dijo Rodney.

—He oído cosas mejores —replicó Charles, incapaz de respetar a Rodney del todo—. Mi primo tiene un estéreo que dejaría éste a la altura del betún.

Más tarde, Larry, Charles y Raymond se sentaron alrededor de la valla de separación, una barrera pintada de blanco y amarillo que había al final de la calle. Rodney les había pedido educadamente que se fueran, porque tenía previsto encontrarse con una chica que conocía, una que había conocido en la tienda de discos. Raymond sospechó que Rodney simplemente quería echar a Larry y a Charles de su sótano, y que se había inventado dicha estratagema.

Larry y Charles estaban más beligerantes que antes debido al alcohol. Larry hablaba más alto y Charles había enmudecido, mala señal. Raymond tomó por la palabra la oferta que le hicieron de que los acompañase, y estaba tomándose una cerveza. Ya se había bebido tres cuartas partes y notaba los efectos. Nunca se había tomado más de una, y lo cierto era que no le gustaba mucho cómo sabía, pero es que al beber con aquellos dos se sentía mayor. Se mantuvo alerta por si hubiera alguien que pudiera contar a sus padres que lo había visto bebiendo.

Hablaron de chicas que les gustaría tener. Hablaron del nuevo Mach 1. Larry, tal como había hecho en numerosas ocasiones, preguntó una vez más si James y Raymond tenían algo que ver con el jugador de baloncesto Earl Monroe, y Raymond contestó: «Que yo sepa, nada.»

Hubo una pausa en la conversación para beber cerveza, y a continuación dijo Larry:

—Me he enterado de que hace un par de semanas vinieron unos cuantos chicos blancos.

—Nenazas blancas —corrigió Charles.

—Y que le dijeron algo ofensivo a tu madre —dijo Larry.

—Venía de la parada del autobús —dijo Raymond—. No se lo dijeron exactamente a ella. Estaban gritando cosas cuando ella pasó por el mercado, así fue como ocurrió.

—O sea, que se las dijeron a ella —dijo Larry.

No era una pregunta, de modo que Raymond no respondió. Pero se puso rojo de vergüenza.

—Si alguien le hiciera eso a mi madre —dijo Charles—, se despertaría dentro de una tumba.

—Mi padre dice que hay que ser fuerte y no darle importancia —dijo Raymond.

Larry soltó un bufido.

—Si fuera mi madre, les pegaría un tiro a esos hijos de puta —dijo Charles.

—Bueno —dijo Raymond, con la esperanza de poner fin a aquella conversación tan embarazosa—, yo no tenía ninguna arma.

—Pero tu hermano, sí —repuso Charles.

—¿Qué? —dijo Raymond—. Venga, tío, ya sabes que eso no es verdad.

—Lo sé por el colega que se la vendió —dijo Charles—. Un revólver, como los que lleva la policía.

—James no tiene ninguna arma —dijo Raymond.

—Pues entonces es que miente —replicó Charles mirando al frente. Larry dejó escapar una risita.

—No estoy diciendo eso —dijo Raymond—. Lo que estoy diciendo es que no lo sabía.

Larry prendió un cigarrillo y tiró la cerilla a la calle.

—Pues tiene una —dijo Charles mirando dentro de su lata de cerveza al tiempo que la sacudía para ver lo que quedaba—. Créetelo.

A James Monroe le gustaba llevar un trapo rojo limpio por fuera del bolsillo trasero cuando trabajaba en los surtidores de la gasolinera Esso. Una vez que dejaba la manguera introducida en el depósito del coche, lavaba las ventanillas con el limpiacristales de goma doble y mango largo que descansaba en un cubo lleno de jabón diluido. Cuando terminaba de retirar el líquido sobrante del parabrisas delantero y del posterior, se sacaba el trapo y limpiaba con cuidado las manchas o los residuos que pudieran haber quedado. Con independencia de que fuera necesario o no. Con ello hacía ver al cliente que se sentía orgulloso de su trabajo y que se preocupaba por cómo quedara el coche. Gracias a esta pequeña atención, que a él le gustaba denominar el «toque final», de vez en cuando obtenía una propina, a veces veinticinco centavos, y en ocasiones, por la época de Navidad, cincuenta. La verdad era que daba igual que fueran sólo diez, y hasta simplemente una mirada por parte del cliente que dijera: «A este chico le importa su trabajo.» Puestos a pensarlo, era una cuestión de respeto.

James había sido el primer negro, que él supiera, al que habían dado trabajo en aquella gasolinera. En su opinión, no estaba rompiendo ninguna barrera racial, sino más bien cambiando una tradición que existía en aquella estación de servicio Esso. En el pasado, el propietario de la misma siempre había cogido a blancos del vecindario y a amigos de éstos. James había sido perseverante y había vuelto muchas veces para hablar con el señor George Anthony, el dueño, un individuo corpulento y barbudo cuyos ojos formaban arrugas a los lados cuando sonreía. El señor Anthony no le ofreció trabajo de inmediato, pero su persistencia terminó dando resultados un día en el que el señor Anthony le dijo, casi en un aparte: «Está bien, James. Ven mañana a las ocho. Voy a darte una oportunidad.» Más adelante, cuando el señor Anthony ya había visto lo que James era capaz de hacer, lo riguroso que era en lo de llegar puntual al trabajo, que nunca llamaba diciendo que estaba enfermo, aun cuando efectivamente estuviera enfermo, le dijo: «¿Sabes por qué te di el empleo, James? Porque no dejabas de solicitarme el puesto. Porque no te rendiste.»

James trabajaba bien, pero en la gasolinera sólo podía hacer media jornada. El señor Anthony intentaba ser justo con todos los muchachos a los que empleaba y ofrecerles las mismas oportunidades de ganarse un dinero. James se llevaba a casa unos cuarenta y dos dólares por semana. No le alcanzaba para irse de casa ni para comprarse un coche a crédito. Pero tenía un plan: quería ser mecánico, como su padre, Ernest Monroe. Soñaba con llegar a tener algún día una gasolinera propia, con ganar dinero de verdad. El suficiente para comprarse una casa en la ciudad y ayudar a sus padres a que encontraran otra no muy lejos de la suya. Vivir en un sitio en el que no hubiera blancos sureños que pasaran en coche junto a su madre cuando ésta volviera a casa recién apeada del autobús, recién salida del trabajo. Ni que la llamaran negrata cuando se había pasado el día entero de pie, vestida con aquel uniforme de limpiadora. Ella, que nunca había juzgado a nadie.

Sintió que se le aceleraba la sangre al imaginarse a su madre soportando aquel insulto. No hacía mucho que había comprado una cosa, una cosa que enseñar en caso de que volviera a suceder algo así. Sólo para asustar a aquellos cabrones, nada más. Para ver la cara que ponían cuando fueran ellos los que tuvieran que comer mierda.

No le gustaba sentirse tan enfadado, de modo que apartó la imagen de su madre de su pensamiento.

Tal como iba lo de ser propietario, James se daba cuenta de que estaba soñando, pero no había nada de malo en pensar en el futuro. Tenía que concentrarse y trabajar para llegar a donde necesitaba llegar. Se había apuntado a las clases de mecánica por medio de la gasolinera. La Esso tenía un programa de formación para sus empleados, aquellos que pudieran llevarlo a cabo. El señor Anthony lo había instado a inscribirse en él, y aceptó pagarle la mitad de lo que costaba. Trabajar con coches no era un mal modo de ganarse la vida. Cuando uno arregla una cosa, hace feliz a alguien. Entraba un coche averiado y salía funcionando en perfectas condiciones. Uno había logrado algo.

Una carrera profesional de mecánico del automóvil lo apartaría de chicos como Larry y Charles, que pensaban que ya estaban acabados. Y también sacaría de allí a Raymond, le enseñaría a trabajar, a llevarse bien con gente que no perteneciera a su vecindario, igual que él se llevaba bien con los clientes blancos y los chicos blancos que trabajaban en la gasolinera. Últimamente Raymond venía teniendo algunos problemas, un robo en una tienda de Monkey Wards y, más grave, un arresto por lanzar una piedra contra la ventana de una casa de aquel barrio de clase alta que había cerca de Heathrow. El señor Nicholson, el dueño de la vivienda, le había pagado a Ray menos dinero del acordado por realizar una serie de trabajos en el jardín, con la excusa de que el chico no había sido concienzudo y que había regresado allí por la noche para tomarse la revancha. La policía, que acudió tras una llamada de Nicholson, llegó a la casa inmediatamente y Raymond reconoció lo que había hecho. Le hicieron una ficha policial, según la cual no sería detenido ni llevado a juicio si pagaba los daños y perjuicios, pero ya figuraba como una persona con antecedentes. Una más como aquélla, le dijo la policía, y tendría problemas de verdad. Su padre encomendó a James la tarea de meter en vereda a Ray, de cuidar de él, de reprimir sus impulsos violentos. No era más que un crío que tenía demasiada energía, eso era lo que pasaba. El chico llevaba mucha rabia dentro.

El propio James había sido igual de pequeño, había albergado el mismo resentimiento y la misma desconfianza, principalmente hacia los blancos. Dicho sentimiento se había aplacado en cierto modo cuando empezó, junto con los chicos del barrio, a tomar el autobús para ir al colegio de secundaria de los blancos y luego al instituto situado en el lado rico del condado. No se juntó en absoluto con aquellos chicos, pero por lo menos dejaron de ser el misterio que eran antes. Y además descubrió que la mayoría de los blancos que trabajaban en la gasolinera eran personas normales. No era que se fuera con ellos a dar una vuelta fuera de las horas de trabajo; ellos eran lo que eran, y él era de Heathrow Heights, pero en el trabajo todos eran muchachos, pantalones azul oscuro y camisas azul claro, con el nombre de pila escrito en un parche ovalado cosido a la tela. Uno podía ser el mejor de todos o ser del montón. Él quería ser el mejor. Él quería respeto.

—Sí, señora —dijo James acercándose a la ventanilla bajada de una mujer blanca que iba subida en un Cougar blanco, una rubia más bien mayor sentada al volante.

—Llénalo —le dijo ella sin mirarlo a los ojos—. Hasta arriba.

—Enseguida —contestó James al tiempo que sacaba la boca del surtidor de su soporte—. Y ahora mismo le limpio el parabrisas.

La casa de los Monroe era, a primera vista, tan modesta como todas las de Heathrow Heights. Tenía dos dormitorios de paredes de tablones de madera, un sótano y un porche delantero. Ernest Monroe, como era mecánico, era un manitas y tenía la casa en buen estado de mantenimiento. Había enseñado a sus hijos a pasar con suavidad una brocha, a blandir adecuadamente un martillo y a emplear puntas de cristalero y masilla para reparar un cristal roto, un incidente que tenía lugar con frecuencia cuando había alrededor niños y pelotas de béisbol. Ernest sabía que una mano nueva de pintura cada dos años era lo que diferenciaba una casa de aspecto desvencijado y otra que indicara que dentro vivía un hombre serio y trabajador que se preocupaba de lo suyo. No hacía falta dinero para lograr dar dicha impresión, sino más bien un poco de sudor y de amor propio.

Ernest trabajaba mucho, pero también deseaba vivamente los momentos de descanso. Después de la cena, sus noches consistían en quedarse sentado en su sillón abatible viendo su televisión a color Sylvania, de veinticinco pulgadas y comprada a plazos, tomándose unas cervezas y fumando sus cigarros mentolados de la marca Tiparillo. Una vez que se acomodaba en aquel sillón, con un ejemplar de la última edición del *Washington Post* sobre las rodillas, ya no se movía, salvo para hacer viajes al único cuarto de baño que había en la casa. Ernest se veía sus programas de acción de la CBS leyendo en voz alta de cuando en cuando algo que venía en el periódico y que le llamaba la atención o lo divertía, y a veces recibía una contestación de su mujer Almeda o de sus hijos, si es que estaban presentes y atentos a lo que decía. Para él, divertirse era eso.

—Haced el favor de bajar la voz un momento —dijo Ernest—. Quiero oír la canción.

Estaba a punto de comenzar *Mannix*, su serie favorita de detectives. Disfrutaba de la cabecera, en la que sonaba la música como acompañamiento de múltiples planos entrecortados de Joe Mannix corriendo, sacando la pistola y rodando por encima de los capós de los coches.

—Da-dant-de-da, da-dant-de-da-daaaá —cantaron James y Raymond al unísono, riendo y chocándose las manos.

—Silencio —dijo Ernest—. No hablo en broma.

Ernest Monroe era un hombre de mediana corpulencia dotado de unos brazos musculosos, producto de los muchos años que llevaba apretando llaves inglesas. Su poblado bigote y su cabello afro modificado estaban salpicados de canas. Por la noche las manos le olían a humo de tabaco y a jabón.

—Da-dant-de-da, da-dant-de-da-daaaá —repitieron James y Raymond, esta vez casi susurrando, y Ernest sonrió. Cuando empezó a sonar la música, suspendieron el juego y dejaron que su padre oyera la canción.

—¿Qué tal te ha ido hoy el trabajo, Jimmy? —dijo Almeda, una mujer delgada, antaño bonita y actualmente de rostro agradable, vestida con una bata de casa sin mangas. Estaba sentada entre sus dos hijos, en un gastado sofá que había estado remendando, con aguja e hilo, para que estuviera presentable. Se abanicaba con una revista Jet. La casa no tenía aire acondicionado, y en verano se pasaba calor todo el tiempo. No daba la impresión de que se refrescase por la noche.

—El trabajo ha ido bien —respondió James.

—Ha estado sirviendo contaminantes —dijo Raymond.

—Raymond —lo reconvino su padre.

—¿Y dónde has estado tú esta tarde? —le preguntó la madre a Raymond, haciendo, a propósito, caso omiso de su comentario de mal gusto.

—Por ahí —contestó él. Raymond había estado mascando chicles de clorofila hasta la hora de cenar, con la esperanza de que sus padres no notasen el olor a cerveza que le despedía el aliento. Habían pasado muchas horas desde que se la tomó, pero como no tenía experiencia de beber, no sabía cuánto tiempo duraba la peste a alcohol.

Finalizaron los créditos del principio y la cadena emitió un anuncio. Ernest vio algo en el periódico que le llamó la atención y le provocó una sonrisa.

—Escuchad lo que dice aquí —dijo—: Hoy la congresista Shirley Chisholm ha hecho una visita a George Wallace, que se encuentra hospitalizado...

—¿Todavía sigue en Holy Cross? —preguntó James.

—Le han hecho no sé qué operación —dijo Almeda— para intentar sacarle los fragmentos de bala de la columna.

—Para ver si consiguen que ese blanco paleto vuelva a andar —dijo Raymond.

—Eso no es muy cristiano por tu parte, Ray —dijo su madre.

—Sea como sea —dijo Ernest—, la señorita Shirley Chisholm estaba saliendo del hospital, cuando un periodista le preguntó que por qué había ido a ver al herido. ¿Significa que piensa apoyarlo en las elecciones presidenciales si modera sus opiniones? ¿Y sabéis qué contestó Shirley Chisholm? Pues lo único que dijo fue: «¡Dios santo!»

—He oído decir que Wallace va a obtener el voto por simpatía si vuelve a presentarse —apuntó James.

—¿De quién? —inquirió Ernest.

En aquel momento volvió la serie. Los chicos rieron al oír la línea argumental, que consistía en que Mannix había quedado ciego por culpa del polvo de un arma que alguien disparó muy cerca de su cara y después, todavía invidente, pasaba el resto del tiempo persiguiendo al causante del hecho.

—¿Cómo va a dar con ese tío si está ciego? —preguntó Raymond.

—Lo va a ayudar Peggy —respondió Ernest expeliendo humo por la comisura de la boca.

—A tu padre le gusta esa Gail Fisher —comentó Almeda.

—Pero no me gusta del modo en que me gustas tú —replicó Ernest.

—Me acuerdo de cuando hizo ese anuncio para el detergente All. —A Almeda le gustaba hacer un seguimiento de la carrera de actores y actrices de color, de cuya vida se enteraba por las revistas.

—En ese anuncio también estaba muy bien —dijo Ernest.

Pasaron la mayor parte del episodio charlando. Éste resultaba previsible, y además era una reposición que su padre había visto el otoño anterior. Como hacía en numerosas ocasiones, mencionó que el actor que representaba el papel de Mannix no era exactamente blanco, sino una especie de árabe. «Rumano, o algo así», dijo.

—Armenio —lo corrigió Almeda—. Y son cristianos. Cristianos ortodoxos, para más señas. No musulmanes. Por lo menos, los que yo conozco.

—Uno de vosotros —dijo Ernest—, que le traiga a su padre una cerveza fría. —James se levantó del sofá.

Almeda limpiaba en la casa de una familia armenia que vivía en Wheaton, al lado de Glenmont. Era uno de los dos empleos de jornada completa que había conservado desde los disturbios del 68. Tras los incendios de abril, muchas de las empleadas domésticas que conocía habían dejado de trabajar de criadas. Ella había continuado trabajando a media jornada porque su familia necesitaba dinero, pero se había despedido de quienes no le importaban y se había quedado con las personas que le agradaban. El recorte de las horas de trabajo ni siquiera la afectó demasiado. Los propietarios de las dos casas que la tenían de empleada, los armenios y una pareja protestante de Bethesda, le subieron el sueldo tras el asesinato del doctor King. Ella ni siquiera lo había pedido.

Ernest leyó en voz alta:

—«Redd Foxx y Slappy White vienen a Shady Grove. Desde que se vino abajo lo de Howard, están llevando a cabo todas las actuaciones de calidad en tierras de agricultores. ¿Quién va a querer desplazarse hasta allí?»

James regresó con una lata de cerveza Pabst y le quitó la anilla. A continuación la dejó caer por el agujero y le entregó la lata a su padre.

—¿Pretendes que me ahogue? —dijo Ernest—. La próxima vez, tira la anilla.

—Eso es lo que veo que hacen otros —dijo James, que sólo había bebido cerveza un par de veces.

—Pues esos otros son idiotas. No pienso tragarme un trozo de metal retorcido.

—Puedo traerte otra —ofreció Raymond.

—No pasa nada. Ahora que ya has abierto ésta, me la tomaré. Para eso la he pagado.

—Casi —dijo Raymond.

—Vigila esa lengua, niño.

En Dart, la PBR costaba solamente un dólar y pico el paquete de seis. Los Tiparillo que fumaba Ernest valían uno noventa y nueve el paquete de cincuenta, en la misma tienda. Ernest Monroe tenía sus vicios, pero eran baratos. Almeda nunca se quejaba de que fumase y bebiese; su marido trabajaba mucho y volvía a casa todas las noches.

James y Ernest se pusieron a hablar de la diferencia que había entre los motores pequeños y los grandes. Raymond dijo que tenía sueño, dio un beso en la mejilla a su madre y palmeó el hombro de su padre, que emitió un gruñido a modo de agradecimiento.

Raymond se fue al dormitorio de atrás, el que siempre había compartido con James. Había dos camas individuales colocadas cada una contra una pared. Se les habían quedado pequeñas a medida que habían ido creciendo, y ahora ya les asomaban los pies por fuera del colchón. Al pie de cada cama había una cómoda, perteneciente a algún dueño anterior, que su padre había traído a casa porque la había encontrado en algún sitio o la había comprado por casi nada. Las reforzó con clavos y las fortaleció con cola y tornillos. A continuación las barnizó de nuevo, con lo que quedaron mejor que bien. Había un armario lleno de camisas y pantalones de vestir que estaban esperando a que los colgasen.

En la pared habían clavado con chinchetas una foto del equipo de los Redskins de Washington de 1971, que hacía poco que habían llegado a jugar las eliminatorias por primera vez en veintiséis años. La foto se la había regalado a Raymond el encargado de Nunzio's tras obtener una promoción de Coca-Cola, diciendo que no tenía modo de usarla. Raymond sospechó que sólo pretendía tener un gesto amable. Raymond era forofo de los Redskins, pero su primer amor era el baloncesto. Su equipo eran los Knicks. Era admirador de Clyde Frazier, y su hermano James adoraba a Earl Monroe. Había quien llamaba a Earl Monroe *la Perla*, y otros lo llamaban el «Jesús Negro». James y sus amigos lo llamaban «Jesús», sencillamente, pero no cuando estaba presente su madre, que decía que aquello era una blasfemia.

James tenía una camiseta blanca en cuya parte de atrás había pintado con rotulador el apellido Monroe, junto con el número de Earl, el 15, cuidadosamente escrito debajo. También lo escribió en la parte delantera. Raymond Monroe se había decorado otra camiseta de la misma manera, con el número correspondiente a Frazier dibujado a mano por delante y por detrás junto al nombre de «Clyde».

Raymond recogió del suelo la camiseta de James que llevaba el nombre de Earl Monroe y la olfateó para ver si estaba limpia. No olía mucho a él, así que la dobló y se dirigió a la cómoda de su hermano, abrió el cajón de las camisetas y la guardó en él. Su mano se detuvo unos instantes encima de ellas. Se volvió a medias hacia la puerta, que estaba abierta. No oyó pasos. Se oía la televisión y las voces amortiguadas de James y de su padre, que aún estaban hablando.

Metió la mano por debajo de las camisetas y no palpó nada. Cerró aquel cajón y abrió el siguiente, que guardaba vaqueros y pantalones cortos. Debajo de estos últimos tocó algo metálico. Un cañón corto, un cilindro con muescas y una culata con un relieve cuadriculado.

Fue como si en su interior se hubiera encendido una cerilla. Un muchacho podía adquirir de repente fuerza y virilidad con sólo tocar un arma.

Charles decía mentiras la mayoría de las veces. Pero en esta ocasión había dicho la verdad.

3

Alex Pappas tenía la entrada del concierto de los Rolling Stones pinchada en el tablón de anuncios de su habitación. Los Stones habían tocado en el estadio RFK el Cuatro de Julio, unas semanas antes, y Alex y sus amigos, Billy Cachoris y Pete Whitten, habían estado presentes en dicha actuación. Alex había hecho cola durante horas a la salida de las taquillas habilitadas en el Sears de White Oak, esperando con los demás para pillar entradas, pero había merecido la pena. Jamás iba a olvidarse de aquel día, ni siquiera cuando llegara a ser tan mayor como su viejo.

En el tablón había también entradas de partidos de los Bullets de Baltimore a los que había acudido con su padre, que había tenido la generosidad de llevarlos en coche a él y a sus amigos hasta el Civic Center de Baltimore. Earl *la Perla*, el jugador de James, había vuelto con los Knicks a mitad de la temporada, y con él se perdió parte del atractivo que tenían los Bullets. No era lo mismo animar a voz en grito a Dave Stallworth y Mike Riordan en lugar de Monroe.

Alex estaba en su habitación, esperando a que llamara su novia. Tenía puesto el disco de aquel grupo nuevo, Blue Oyster Cult, en su estéreo compacto, un equipo doméstico Webcor de ochenta vatios que comprendía dos altavoces con suspensión de aire, un sintonizador de radio AM/FM, un cambiador de discos y una cubierta para el polvo, además de una pletina de ocho pistas integrada. Había ahorrado el dinero de las propinas y se había comprado aquel equipo pagándolo en efectivo en la tienda Dalmo que había en Wheaton. Junto al aparato había varias cintas de ocho pistas, *Manassas, Thick as a Brick* y *Brother Barricades*, pero Alex prefería los discos, que sonaban mejor que la cinta y no tenían rupturas de canal en mitad de las canciones. Además, le gustaba arrancar el papel de celofán que envolvía un álbum nuevo, leer los créditos y los comentarios y estudiar el diseño de la portada mientras escuchaba la música.

Ahora estaba mirando la portada de Blue Oyster Cult, mientras se oía por todo el cuarto *Then Came the Last Days of May*. Era una canción que hablaba de que se acababa algo y tenía un tono a la vez amenazante y misterioso, y a Alex lo turbaba y lo animaba. La portada del disco era un dibujo en blanco y negro de un edificio que se estiraba hasta el infinito, coronado por un cielo negro en el que se veían las estrellas y una media luna, y, suspendido sobre el edificio, un símbolo que parecía una cruz con forma de anzuelo. Eran unas imágenes que resultaban inquietantes, y acordes con la música, que era pesada, siniestra, peligrosa y hermosa. Aquél era el grupo nuevo favorito de Alex. Estaba previsto que actuase de telonero en el concierto que iba a dar Quicksilver Messenger Service en el Constitution Hall, y Alex tenía pensado acudir.

De pronto sonó el teléfono que descansaba en el suelo, y Alex lo cogió. Por el temblor que percibió en la voz, comprendió que Karen había estado llorando.

—¿Qué ocurre? —dijo Alex.

—Que mi madrastra es una cabrona.

—¿Qué ha hecho?

—No me deja salir esta noche —dijo Karen—. Dice que tengo que quedarme en casa para cuidar de mi hermana. Que ya me lo avisó la semana pasada. Pero en realidad no me dijo nada de nada.

La hermana de Karen era una media hermana. La niña, que ya no era una recién nacida, era el resultado de la unión entre el padre de Karen y su segunda esposa, una mujer tirando a joven. La madre de Karen había fallecido de cáncer de mama. El padre era un gilipollas. En aquella casa todo era un desastre.

—¿Vas a poder escaparte más tarde? —inquirió Alex.

—Alex, la niña tiene sólo dos años. No puedo dejarla sola.

—Sólo unos quince minutos o así.

—¡Alex!

—Vale, de acuerdo. Ya voy yo a verte. Cuando se hayan ido tus padres.

—¿Qué vamos a hacer?

—Ya sabes, charlar nada más —contestó Alex. Estaba pensando en los pezones sonrosados y el felpudo negro de Karen.

—Será mejor que no —dijo Karen—. Ya sabes lo que ocurrió la vez anterior.

Los padres de ella regresaron temprano y los sorprendieron montándoselo en la cama de Karen. Alex salió del dormitorio de su novia con un hueso sobresaliendo por debajo de la tela de sus Levi's y con la peregrina excusa de que había ido allí con la intención de arreglar el estéreo de Karen. El padre se quedó allí de pie, con el rostro congestionado e incapaz de hablar. Era un hijoputa de mucho cuidado que venía tratando mal a Karen desde que entró en la familia su nueva mujer. Desde entonces Alex lo evitaba.

—Supongo que tienes razón —dijo Alex—. Bueno, saldré con Billy y Pete.

—¿A lo mejor mañana? —dijo Karen.

—A lo mejor —dijo Alex.

Colgó y llamó a sus amigos. Pete tenía permiso para llevarse el Oldsmobile de la familia aquella noche y Billy estaba deseando salir. Alex se puso unos vaqueros con un cinturón grueso, una camisa de botones automáticos y unas botas Jarman en dos tonos con tacones de siete centímetros. Apagó el estéreo y salió de la habitación.

Su hermano Matthew, que tenía catorce años, estaba en su habitación, pasillo adelante. Matthew tenía casi la misma estatura que su hermano, destacaba en la cancha de baloncesto, en el béisbol y en clase. Era más competente que Alex en todos los sentidos excepto en el único que contaba entre los chicos: Alex todavía era capaz de vencerlo en una pelea. Aquello no iba a durar así mucho más tiempo, pero por el momento definía la relación existente entre ambos. Alex se detuvo en la puerta. Matthew estaba tendido en la cama, lanzando una bola de béisbol al aire y atrapándola con su guante. Tenía una gruesa mata de pelo ondulado y la nariz grande, como su viejo. El cabello de Alex era rizado, como el de su madre.

—Nenaza —dijo Alex.

—Marica —dijo Matthew.

—Yo me voy.

—Hasta luego.

Alex recorrió el pasillo, pasó por delante del dormitorio de sus padres y se detuvo en la puerta del cuarto de baño, que estaba ligeramente entreabierta. El aire que salía por ella olía a agua sucia, a tabaco y a ventosidades. Dentro estaba su padre, tomando uno de sus baños de media hora, cosa que hacía todos los días después del trabajo.

—Voy a salir, papá —dijo Alex por la abertura de la puerta—. Con Billy y Pete.

—Los tres genios. ¿Qué vais a hacer?

—Tirar a viejas al suelo y robarles el bolso.

—Hasta luego. —Alex no tuvo necesidad de mirar el interior del baño para ver el leve gesto de despedida que hizo su padre con la mano.

—No volveré tarde —dijo Alex, adelantándose a la pregunta siguiente.

—¿Quién conduce?

—Peter lleva el coche de su padre.

—Serán idiotas —musitó su padre, y Alex continuó hasta el final del pasillo.

Su madre, Calliope Pappas, a la que llamaban «Callie», se hallaba sentada en la cocina, ante la mesa de comedor ovalada, hablando por teléfono y fumando un Silva Thin Gold 100. Llevaba las cejas depiladas en forma de dos tiras negras y la cara cuidadosamente maquillada, como siempre. Hacía poco que había ido a la peluquería Vincent et Vincent. Llevaba puesto un vestido suelto de Lord and Taylor y sandalias de tacones gruesos. Como pertenecía a la segunda generación, le gustaban la moda y las estrellas de cine, y era menos griega que su marido. La casa estaba siempre limpia, y siempre se servía una cena caliente a su hora. John Pappas era el caballo de labor, y Callie mantenía limpio el establo.

—Voy a salir, mamá —dijo Alex.

Ella puso una mano sobre el receptor del teléfono y soltó un poco de ceniza en un cenicero.

—¿Para hacer qué?

—Nada —contestó Alex.

—¿Quién conduce?

—Pete.

—No tomes cerveza —le dijo, a modo de bocina que uno oye fuera. Le mandó un beso por el aire y él se encaminó hacia la puerta.

Alex salió de la casa, una pequeña construcción de ladrillo con persianas blancas, y echó a andar por una calle de viviendas idénticas a la suya.

Billy y Pete habían comprado un par de paquetes de seis de Schlitz en la tienda Country Boy que había en Wheaton. Cuando Alex se subió al asiento trasero del Oldsmobile, vio que llevaban las latas abiertas sujetas entre las rodillas. Pete introdujo la mano en la bolsa que tenía a los pies y le dio una lata de cerveza a Alex.

—Te llevamos mucha delantera, Pappas —dijo Pete, delgado, rubio, ágil y alto, un blanco protestante entre miembros de minorías étnicas de la zona mayormente obrera-clase media del sureste de Montgomery County. Los padres de sus amigos tenían empleos en el sector de servicios y de la venta al por menor. Muchos de ellos eran veteranos de la Segunda Guerra Mundial. Sus hijos alcanzarían la edad adulta en un fútil y tácito intento de ser tan duros como sus viejos.

—Bebe, niñata —dijo Billy, ancho de hombros y de pecho. Llevaba una sombra de barba, aunque sólo tenía diecisiete años.

Billy y Pete solían parar brevemente en casa de Alex para poder acaparar el asiento delantero. Se entendía que Alex no era el líder de aquella manada en particular. Era un poco más menudo que ellos, menos agresivo físicamente, y con frecuencia el blanco de sus bromas. Ellos no lo trataban exactamente con crueldad, pero a menudo se mostraban condescendientes. Alex aceptaba el arreglo, como había venido siendo el caso desde que empezó el instituto.

Alex quitó la anilla de su Schlitz y la dejó caer por el agujero de la lata. Bebió un sorbo de cerveza, que todavía conservaba el frío de los refrigeradores de la tienda que ellos llamaban Country Kill.

—¿Tenéis algo de hierba? —dijo Alex.

—Estamos pelados —respondió Pete.

—Mañana vamos a conseguir un poco —dijo Billy—. ¿Te apuntas?

—¿Cuánto?

—Cuarenta la onza.

—¿Cuarenta?

—Es de Colombia, tío —dijo Pete—. Mi camello dice que es de primera.

—No será como esa mierda mexicana que le compras a Ronnie Leibowitz.

—Ronnie *Rabinowitz* —corrigió Billy, y Pete le rio el chiste.

—Contad conmigo —dijo Alex—. Pero, oye, para el coche en cuanto hayas salido de mi calle.

Pete paró el Oldsmobile junto al bordillo de la acera y lo dejó al ralentí. Alex extrajo un tubo para película fotográfica que contenía una porción de marihuana.

—He encontrado esto en mi cajón. Está un poco rancio...

—Dame esa hierba —dijo Billy a la vez que tomaba el tubo, miraba en su interior y lo sacudía—. Con esto no da ni para liar un porro.

Pete empujó el encendedor al interior del salpicadero. Cuando éste volvió a salir, lo cogió, y de inmediato Billy introdujo aquella pequeña cantidad de hierba en la resistencia anaranjada. Fueron aspirando por turno el humo que se elevaba de la superficie candente. Sólo había lo bastante para un dolor de cabeza, pero les gustó cómo olía.

—¿Adónde vamos? —dijo Alex.

—Al centro —contestó Pete al tiempo que daba vuelta al coche para tomar Colesville Road y dirigirse hacia el sur para incorporarse a la District Line.

Billy sacó un Marlboro de un paquete que había guardado en el parasol y lo prendió. Las ventanillas estaban bajadas y el aire nocturno penetraba en el coche y les agitaba el cabello. Todos lo llevaban largo.

El coche era un Cutlass Supreme blanco y azul. Debido a la combinación de colores y a que no era el 442, Billy solía lanzarle pullas a Pete al respecto, diciendo que era un coche para «amas de casa y homosexuales».

—¿Qué —decía Billy—, el coche lo eligió tu madre mientras tu padre estaba en el curro?

—Por lo menos es nuestro —replicaba Pete. El padre de Billy, un vendedor de la casa Ford que trabajaba en el concesionario Hill y Sanders ubicado en Wheaton, se llevaba a casa vehículos prestados. El padre de Pete trabajaba de abogado para el sindicato de trabajadores del automóvil, era un «profesional», cosa que nunca se cansaba de mencionar a sus amigos. Pete sacaba buenas notas y recientemente había puntuado muy alto en la prueba de acceso a la universidad. Billy y Alex eran estudiantes de aprobadillos y no tenían planes especiales. La noche anterior al examen se habían colocado y habían bebido alcohol.

Los chicos recorrieron toda la calle Dieciséis discutiendo acerca de la emisora de radio que debían poner. Alex quería oír la WGTB, la emisora FM progresista que procedía del campus de la Georgetown, pero Billy descartó totalmente dicha idea.

—Quiero ver si ponen a Vomit Rooster —dijo Billy.

—*Atomic* Rooster —corrigió Alex.

En la radio se empezó a oír *Nights of White Satin*, pero Billy cambió de sintonía porque no estaban colocados. Quitó otra emisora que estaba poniendo aquella canción de Lobo que hablaba de un perro y se quedó en una sólo el tiempo suficiente para cambiar la letra del éxito de Roberta Flack «La primera vez que vi tu cara» por «La primera vez que me senté en tu cara». Encontró una emisora que estaba poniendo música de guitarras y la dejó correr unos momentos. Escucharon sencillos de T-Rex, Argent y Alice Cooper, y cuando empezó a sonar *Day After Day*, Billy subió el volumen al máximo. Para cuando finalizó la canción, ya estaban cerca de Foggy Bottom. Pete encontró un sitio para aparcar.

Fueron andando hasta un local nocturno cuyo propietario era Blackie Auger. No tenían edad suficiente para beber, pero todos contaban con cartillas militares que habían comprado a otros chicos mayores del barrio. El portero les echó una mirada, vio a tres chavales vestidos con vaqueros de la zona obrera del extrarradio y se plantó para no dejarles entrar. Pero Alex consiguió que les franquearan el paso diciendo que conocía a Blackie, el legendario restaurador griego y propietario del bar. Pero no conocía a Auger, ni tampoco lo conocían sus padres; de hecho, pertenecía a una clase de griegos americanos totalmente distinta y jamás había entrado en contacto con él. La familia de Alex asistía a la «iglesia para inmigrantes» de la calle Dieciséis, mientras que Auger y otros de su nivel eran miembros de la catedral «para la clase alta» situada en la Treinta y seis con Mass.

El portero les dejó pasar. La posibilidad de que aquel chico estuviera diciendo la verdad fue lo que les valió la entrada.

Supieron que estaban fuera de lugar en cuanto penetraron en el local. Los hombres tenían todos veintitantos años, calzaban zapatos con tacón de madera y vestían pantalones de lana ajustados con camisas de rayón de cuellos muy grandes abiertas para enseñar el pecho, medallones, crucifijos y colgantes de oro. Las mujeres llevaban vestidos y no miraban en su dirección. Los que estaban en la pista de baile, por lo visto se sabían los pasos de moda. Alex, Billy y Pete sabían hacer lo que habían visto en los bailes de *Soul Train*, pero nada más. Su estancia tuvo los minutos contados cuando un tipo que llevaba un cinturón con hebilla en forma del signo del dólar le dijo a Billy algo así como que se habían «equivocado de local», y Billy, que en aquel momento estaba fumando un Marlboro, le contestó: «Sí, no sabía que esto era un bar de maricas», y le lanzó el cigarrillo encendido al pecho. El mismo portero que les había dejado entrar se les acercó y les dijo que salieran y que «tampoco no volvieran».

—Que «tampoco no volvamos» —dijo Pete, ya en la acera—. El muy imbécil ha usado una doble negación.

Billy y Alex no supieron a qué se refería Pete, pero imaginaron que sería algo relativo a que Pete era mas listo que el gorila. Que los echaran a la calle resultó un tanto violento momentáneamente, pero ninguno de ellos pasó mucho rato amargado. Había sido divertido ver que salían chispas del pecho de aquel tío y oír las carcajadas que lanzó Billy cuando el otro cerró los puños pero no llegó a agredirle, y que a Billy todo aquello le importara un pimiento, como era habitual en él.

Pasearon un poco más con el coche y bebieron cerveza. Se les pasó por la cabeza ir al Silver Slipper, pero aquel local sólo permitía un mínimo de alcohol y obligaba a cumplir dicha restricción, y de todas formas en él había gente que bailaba en plan estriptis, y para ellos eso significaba que las tías no enseñaban nada y tardaban mucho tiempo en dejar ver un poco de teta al aire. Terminaron sacando entradas para una película titulada *The Teachers* que ponían en un cine llamado The Art, entre la Nueve y F. El nombre del cine no era muy acertado, teniendo en cuenta que se trataba de una sala porno. En el patio de butacas, que olía a tabaco, a sudor y a periódicos mojados, se sentaron separados unos de otros para que nadie pensara que eran de la otra acera, y vieron la película y observaron a los tíos mayores que había entre el público, que gemían al correrse. Alex tuvo una erección, pero nada parecido a la que tuvo montándoselo con Karen, y sólo de pensar en ella se sintió solo y triste de estar donde estaba. Los otros debían de estar experimentando un sentimiento parecido, porque decidieron mutuamente marcharse antes de que acabara la película. De camino al coche bromearon sobre el detalle de que todos los personajes femeninos se llamaban Uta.

Fueron en el coche hasta Shaw. Las cervezas ya se habían calentado, pero continuaron bebiendo. En la Catorce con S comentaron aquella ocasión en que contrataron los servicios de una puta en aquel cruce para celebrar el décimo sexto cumpleaños de Pete, un rito de paso para los chicos varones de la zona de Washington, y bromearon con Pete recordando que se corrió nada más penetrar a la tía en cuestión. A decir verdad, dejó el cargamento en las sucias sábanas de la cama de una diminuta habitación situada en la tercera planta de una casa, antes de tener la oportunidad de insertar la polla, pero esto no se lo contó a sus amigos. Ya era bastante grave haber perdido la virginidad con una furcia negra que se llamaba Shyleen. Aquellos chicos eran los únicos que sabían que él había hecho tal cosa, y la historia iba a tener punto final al mismo tiempo que la amistad con ellos. Dentro de un año se marcharía a la universidad y empezaría una vida nueva. Estaba deseando que llegara el momento.

—¿Recuerdas cuando le dimos los quince dólares? —dijo Billy—. ¿Aquí mismo, en la calle? Ella nos dijo: «Guardaos ese dinero, ¿queréis que me entierren?»

Alex había estado presente. La chica dijo «encierren», no «entierren».

—¿Y qué esperabas de una fulana? —dijo Billy.

—No hables así de tu madre —dijo Pete.

En la calle U, emprendieron la subida de la larga pendiente, en sentido norte. Desde U hasta Park Road, aquel distrito comercial y residencial había sido incendiado y prácticamente destruido en los disturbios. Lo que quedaba estaba chamuscado y convertido en escombros. Muchas tiendas que habían logrado permanecer en pie habían cerrado y se habían trasladado a otro sitio.

—Tío, sí que han jodido bien esta zona —comentó Pete.

—¿Adónde se habrá ido la gente que vivía aquí? —dijo Alex.

—Están todos en Negro Heights —contestó Billy.

—¿Y cómo lo sabes, has estado allí? —preguntó Pete.

—Ha estado tu padre —dijo Billy.

—Porque siempre estás hablando de ello —dijo Pete—. ¿Cuándo vas a dejar de decirlo y hacerlo de una vez?

Billy, Pete y Alex vivían a pocos kilómetros de Heathrow Heights, pero conocían dicho barrio sólo por la fama que tenía, y no habían entrado en contacto con los residentes. Los chicos de color que vivían allí iban en autobús a un instituto ubicado en la parte más rica de Montgomery County, cuyos estudiantes blancos estaban orientados a la universidad, mientras que los que iban al instituto de Silver Spring se sabía que eran una mezcla inculta de drogatas, engominados y musculitos, en la que había muy pocos futuros universitarios.

—¿Qué pasa, te crees que me da miedo ir a ese barrio? —dijo Billy—. Pues no me da.

Billy sí que tenía miedo. Alex estaba totalmente seguro. Igual que su viejo, el señor Cachoris, que contaba chistes de negros en los escalones de su iglesia, donde se reunía todo el mundo tras el servicio religioso. Al señor Cachoris también le daban miedo los negros. No era más que eso, miedo transformado en odio. Billy no era mala persona, la verdad era que no. Su padre le había enseñado a ser ignorante. Con Pete la cosa era algo distinta, él siempre tenía que despreciar a alguien. Alex no era muy sabihondo, pero estas cosas sí que las sabía.

—¿Y tú qué, doctor King? —dijo Billy volviéndose para mirar a Alex, que iba en el asiento de atrás—. ¿Quieres ir a Negro Heights?

—Yo sólo quiero irme a casa.

—Alex se ha echado una novia negrata en la cafetería de su

padre —dijo Billy—. Y no le gusta que yo hable mal de su gente.

Billy y Pete chocaron las manos y rieron. Alex se encogió en su asiento. Se preguntaba, como hacía a menudo cuando ya iba llegando al final de la noche, por qué se juntaba con aquellos tíos.

—Estoy cansado —dijo.

—Pappas quiere darnos las buenas noches —dijo Pete.

Pete Whitten inclinó la cabeza hacia atrás para apurar la cerveza, y su melena rubia ondeó con el viento.

Todos guardaron silencio durante el camino de regreso.

Raymond estaba en la cama, escuchando los grillos que cantaban en el jardín. En tres de las cuatro estaciones del año, James y él dormían con la ventana abierta. Su padre les había construido unas mallas metálicas con bastidor de madera que se abrían en forma de alas para rellenar el espacio y sostener las ventanas, que ya no se sostenían solas en alto, debido a que las cuerdas hacía mucho que se habían deshecho. Ernest Monroe era capaz de arreglar casi cualquier cosa con las manos.

Raymond, vestido únicamente con el calzoncillo, estaba tumbado encima de las sábanas, totalmente despierto. Estaba emocionado con su descubrimiento, y también se sentía un poco culpable por hurgar en el cajón de la cómoda de su hermano. James había llegado a casa un rato antes, dijo que tenía sueño y se había dejado caer en su cama. Aquél habría sido el momento de hablar de la pistola, pero Raymond titubeó sin saber cómo empezar la conversación. No estuvo bien hacer lo que había hecho. Iba a tener que reconocer que quienes le habían picado la curiosidad habían sido Charles y Larry, y sabía que a James no le caían demasiado bien. Era complicado tratar de buscar la mejor manera de iniciar la conversación. Para cuando reunió el valor necesario para ello, se hizo un silencio en la habitación que le indicó que había esperado demasiado.

—Eh, James —dijo Raymond.

Los grillos continuaron frotándose las patitas. Un perrillo lanzó un ladrido desde el patio de atrás de la minúscula casa que había calle abajo, en la que vivía la señorita Anna.

Raymond repitió en voz baja:

—James.

4

Tres adolescentes recorrían las calles dentro de un Torino GT, bebiendo cerveza, fumando hierba y escuchando la radio. Por el altavoz del salpicadero se oía el tema *Black and White* de Three Dog Night. El vocalista cantaba: «El mundo es negro, el mundo es blanco. / Juntos aprendemos a leer y a escribir.» Billy tarareaba al mismo tiempo, pero cambiando la letra: «Tu padre es negro, tu madre es blanca. / A tu padre le gusta el coñito estrechín.»

Ya habían oído muchas veces a Billy cantarlo de esta manera, pero rieron como si fuera algo nuevo. Los tres acababan de fumarse un porro bien gordo. Aunque la temperatura superaba los treinta grados, habían subido las ventanillas para preservar el colocón.

Billy se sentó al volante del Torino, un modelo de dos puertas de color verde provisto de un motor Cleveland 351 debajo del capó, el último que había recibido su padre en préstamo. Llevaba un pañuelo rojo atado alrededor de su gruesa mata de pelo negro y parecía un pirata feroz.

—Dale caña —dijo Alex desde el asiento de atrás.

Billy pisó el acelerador. Los dos tubos de escape rugieron que dio gusto cuando remontaron una larga pendiente que atravesaba una zona residencial que se extendía de este a oeste. Estaban aproximándose al pequeño distrito comercial que había no muy lejos de su barrio.

—Mach Uno —dijo Billy en tono reverencial—. Mirad cómo ruge.

—Es un Torino —dijo Pete desde el asiento del pasajero.

—Tiene el mismo motor que el Mach —dijo Billy—. Eso es lo único que estoy diciendo.

—Es un torito —dijo Pete.

—Por lo menos yo conduzco un coche —dijo Billy.

—Es de los de tu padre —replicó Pete—. Es como si lo hubieras alquilado.

—Así y todo, lo estoy conduciendo. Si no fuera por mí, iríais todos a patita.

—A la casa de tu madre —dijo Pete.

Billy sacudió sus anchos hombros. Rio con desenfado, como hacen los tipos grandullones, incluso como si un amigo estuviera gastando bromas pesadas con su madre.

—Y también a la de tu hermanita —continuó Pete sosteniendo una mano en alto para que Alex le chocara los cinco. Alex se los chocó con fuerza, y al hacerlo la melena lisa de Pete, larga hasta el hombro, se le vino toda a la cara.

Pete apuró su Schlitz y arrojó la lata hacia atrás. Ésta fue a juntarse con las otras latas que se habían bebido aquel día, y que ahora formaban un montón en el suelo del coche y rebotaban produciendo un ruido sordo.

—Necesito tabaco —dijo Billy.

—Para en el Seven-*Ereven* —dijo Pete, imitando a un chino que intentara hablar inglés.

Aparcaron y se bajaron del coche. Llevaban Levis 501 de pata recta, con el bajo vuelto hacia arriba, y camisetas con bolsillo en el pecho. Pete calzaba unas Adidas Superstar y Billy lucía unos Hanover con cuña hechos con tela vaquera. Alex llevaba sus Chuck. No vestían de forma estilosa, pero tenían el estilo de la zona sur.

La tienda en cuestión no era un Seven-Eleven, pero lo había sido durante una temporada, y los tres seguían identificándola como tal. Actualmente a cargo de una familia de asiáticos, vendía más que nada vino y cerveza. Cuando entraron los chicos, estaba sonando el tema de Climax *Precious and Few* en un equipo de sonido barato que había detrás del mostrador. Uno de los asiáticos estaba tarareando la canción en voz baja, y cuando la letra dijo *precious*, él pronunció *pwecious*. Alex, al oírlo, dejó escapar una risita. Cuando estaba colocado, estas cosas le hacían mucha gracia. Fue al pasillo de los dulces y se quedó mirando lo que contenía.

Pete y Billy tuvieron una breve conversación que finalizó con una corta carcajada. A continuación, Pete se acercó hasta un expositor giratorio y se probó un gorro que lucía un parche con el dibujo de un pez enganchado en un anzuelo mientras Billy compraba cigarrillos, cerveza y unas barritas Hostess de sabor a cereza. A Billy nunca le pedían que enseñara el carné, ni aquí ni en ningún otro sitio; parecía un hombre.

Fuera, Billy rompió el celofán de una cajetilla de Marlboro Reds, rasgó el papel de plata y extrajo un cigarrillo. Lo prendió con un encendedor Zippo que llevaba un billar americano grabado en la superficie. Lo había mangado en la sala de billares Cue Club, algún engominado lo había dejado posado en una banda de la mesa.

—¿Qué os apetece hacer ahora, nenas? —dijo Pete.

Estaban de pie junto al coche, a pleno sol. De la acera subía el calor en oleadas. Billy tenía la bolsa de las cervezas y las barritas dulces bajo el brazo.

—Hay que beberse esto antes de que se ponga caliente —dijo.

—Habló el listo —repuso Alex.

Pete observó cómo fumaba Billy. Él no tenía aquel vicio. Su padre decía que sus amigos procedían de gente sin formación y que por eso tenían vicios absurdos. A Pete esto lo ofendía un poco, y así lo expresaba verbalmente, pero en su fuero interno sabía que su padre tenía razón.

—¿Preparados para poneros ciegos? —dijo Billy.

Alex se encogió de hombros en un gesto que quería decir: «¿Por qué no?» Aquella tarde de sábado no había nada que hacer, salvo colocarse más de lo que ya se habían colocado.

Billy terminó de fumar y arrojó el cigarrillo al aparcamiento con un ensayado ademán de indiferencia.

—Al tema, *Clítoris* —le dijo Pete a Billy Cachoris.

Y volvieron a subirse al coche.

Se bebieron seis cervezas más y se fumaron otro porro de colombiana, adquirida aquella mañana, y se volvieron ciegos y temerarios a causa del alcohol que estaban bebiendo con el estómago vacío. En la radio estaba llegando a su fin el tema *Tumbling Dice*, y Pete había subido el volumen. Los Stones habían tocado el Cuatro de Julio en el estadio RFK, y los chicos habían asistido al concierto. En los asientos delanteros, Billy y Pete hablaban acaloradamente de los acontecimientos de aquel día, entre los que figuraban la hierba de calidad, un barril común para todos de whisky de malta y una chica con una camiseta de tirantes.

—Dios creó las camisetas de tirantes —dijo Billy— para que los ciegos pudieran pillar teta.

—Jenny Maloney —dijo Pete, nombrando a la animadora de su instituto apodada por los chicos «la Raja»— tiene una camiseta de tirantes que es la muerte, tío...

Alex se acordó de la chica de camiseta de tirantes y vaqueros Peanut que bailaba delante de él durante el concierto. Se acordaba de los detalles del día entero. Billy, Pete y él habían acudido al estadio RFK el día 4 por la mañana, con el Oldsmobile de la familia Whitten, y habían estacionado en el aparcamiento principal, donde se oía a los Dead y a los Who sonando a todo volumen por las ventanillas abiertas de coches y furgonetas. Habían llevado bocadillos, preparados por la madre de él, y un tío que iba en silla de ruedas les dio un trozo pequeño de hachís a cambio de un sándwich de jamón y queso. Se lo fumaron, se colocaron de inmediato, y después se sumaron a las multitudes que se dirigían hacia el lugar del evento. Cuando se abrieron las puertas, se produjo el caótico aluvión que se esperaba, causado por la política adoptada para sentar a los espectadores, que provocaba que miles de personas intentaran penetrar en el estadio a la vez. Los guardias de seguridad iban requisando neveras con cervezas y alcohol dentro, y hubo un momento en que Alex se vio aplastado contra una valla metálica hasta que lo rescató Billy, que chilló entusiasmado «¡Jerry Kramer!» al tiempo que bloqueaba con el cuerpo a un tipo gigantesco y lo arrojaba al suelo para liberar a Alex. Alex, Billy y Pete encontraron asientos detrás de la caseta, en la que Alex se había sentado con su padre en varios partidos de béisbol antes de que se fueran los Nats, y se puso a fumar uno de los muchos porros de hierba que habían empaquetado aquella mañana con papeles del supermercado Tops. En primer lugar actuaron Martha Reeves y las Vandellas interpretando *Dancing in the Streets*, y cuando cantaron la frase de «Baltimore and D.C.», el público explotó. La chica de la camiseta de tirantes bailaba delante de ellos, agitando las caderas, y los chicos se la imaginaron realizando el acto y todos quedaron como en trance. El siguiente en actuar fue Stevie Wonder, efectuando una extraña entrada con *Rockin' Robin*, un éxito de Michael Jackson de aquel mismo año, y a continuación puso a bailar al público empleando material suyo propio. Durante el tema *Signed, Sealed, Delivered I'm Yours* salió un tramoyista y rodeó a Stevie, porque éste, sin darse cuenta, estaba cantando en dirección a la parte de los asientos vacía, la que tenía el campo de visión lleno de obstáculos. Tras un período aburrido durante el cual la gente bebió más, se colocó más y se revolvió más, salieron al escenario los Stones, y Mick Jagger, flaco a causa de la cocaína y vestido con un mono blanco y una bufanda de seda roja, gritó: «¡Hola, camperos!», y lanzó al grupo a tocar *Brown Sugar*. Allí había cuarenta mil personas de pie, avivadas por el alcohol, las anfetaminas, el ácido, la maría y los pocos años. Había un policía que daba vueltas a la porra al unísono de la sección de percusión. El grupo tocó cortes de *Exile on Main Street*, que había salido hacía poco. El solo de guitarra de Mick Taylor en *You Can't Always Get What You Want* fue épico. Durante *Midnight Rambler*

Jagger brincó, hizo piruetas y azotó el escenario con un cinturón de cuero. Lanzó un brindis al público con una botella de Jack diciendo: «Por vuestra independencia.» Comenzó a fluir gas lacrimógeno procedente de la comisaría de policía ubicada en el exterior del estadio. Los chicos notaron que les escocían los ojos, pero les dio igual. Las chicas que intentaron trepar a lo alto del escenario fueron apartadas o retiradas por el personal de seguridad y se cortaron las manos con los clavos que habían clavado en el borde del entarimado. Cerca del final del concierto, durante un violento *Jumping Jack Flash* se encendieron las luces del estadio y el humo que flotaba en el aire alcanzó proporciones industriales conforme iba elevándose hacia el cielo nocturno. Alex no recordaba haber sido nunca tan feliz. Nunca había experimentado nada parecido, y dudaba que alguna vez pudiera vivir algo que lo superase.

—La Raja también debió de ir allí con camiseta de tirantes —dijo Billy—. Porque le gusta ponérselo fácil a los tíos.

—No veas —dijo Pete.

Billy y Pete todavía seguían con el tema de Jenny Maloney. A saber cuánto tiempo llevaban hablando de ella. ¿Se habría desmayado?

—Ya sé que metiste los dedos —dijo Billy, tendiendo una trampa a Pete.

—Metí hasta el brazo, tío —dijo Pete—. En las escaleras del hotel HoJo. Sus padres le habían organizado una fiesta al cumplir los dieciséis, y tal. Mientras ellos repartían regalitos a los invitados, Jenny y yo nos lo estábamos montando en el rellano de la escalera, y ella apoyó el pie en un peldaño, me cogió la mano y la guió hasta el sitio en cuestión. No me hizo falta ni vaselina ni nada, te lo juro...

Mientras Pete continuaba hablando, Alex Pappas desconectó. Billy y Pete siempre se sentaban juntos delante y llegaba un momento, cuando estaban de colocón, en que se olvidaban de que él también iba en el coche. Pero no le importaba; las cosas que decían cuando estaban ciegos de hierba ya las había oído muchas veces. Pete con la mano metida hasta el codo en el felpudo de Jenny Maloney en la fiesta de su dieciséis cumpleaños, en la escalera del hotel HoJo de Wheaton, mientras sus padres repartían regalitos a los invitados en el salón que habían contratado... joder, ya se lo sabía de memoria.

Miró por la ventanilla. El mundo de fuera estaba un tanto inclinado y se movía, y parpadeó para que dejara de dar vueltas. Notaba cómo le resbalaba el sudor por el pecho debajo de la camiseta. Estaban parados en el semáforo del Boulevard, en el carril del medio, destinado sólo a los que continuaban de frente. Nunca había «dado el salto» a Heathrow Heights, y, que él supiera, sus amigos tampoco. Se preguntó vagamente por qué se había situado Billy en aquel carril. Se acordó de la conversación que habían tenido Billy y Pete la noche anterior, y pensó: «Ahora Billy va a demostrarnos que no tiene miedo.»

En la PGC estaban poniendo *Rocket Man*. Aquella canción le recordó a su novia, Karen. Karen vivía en una calle que se llamaba Lovejoy. Billy la llamaba «Lovejudío» porque en aquel vecindario había judíos para dar y tomar. En primavera, un día Karen y él hicieron novillos y se fueron a Great Falls en el Valiant color berenjena que tenía Karen, a bañarse en un lago natural y beber cerveza templada tomando el sol en las piedras. En el camino de vuelta a casa Karen le dejó conducir. En la radio se oía *Rocket Man*, y Karen iba sentada a su lado fumando un cigarrillo, tiritando de frío con su bikini y sus vaqueros empapados, soltando la ceniza en el cenicero del coche, tarareando la canción y sonriéndole a él de vez en cuando con varios mechones de pelo negro pegados a la cara. El frío padre y la odiosa madrastra de Karen lo obligaban a él a protegerla. No sabía muy bien si querer a una persona implicaba aquello, y supuso que sí que quería a Karen. Pensó: «En este momento debería estar con ella.»

—¿Qué vamos a hacer cuando entremos ahí? —preguntó Pete desde el asiento del copiloto.

—Pues joderlos —respondió Billy—. Armar un poco de escándalo.

A Alex le entraron ganas de decir: «Me bajo aquí», pero

si hiciera algo así sus amigos lo llamarían nenaza y maricón.

Alex miró por el parabrisas cuando Billy aceleró al ponerse el semáforo en verde.

Cruzaron el Boulevard y poco después lo dejaron atrás y comenzaron a bajar por una pendiente que seguía las vías del tren. Atravesaron un puente que pasaba por encima de las vías y penetraron en un vecindario de casas desvencijadas y coches que indicaban la pobreza de sus propietarios. Más adelante, en la acera, había tres jóvenes negros, delante de un sitio que parecía una tienda de las tradicionales. Dos de los chicos lucían el torso desnudo y el tercero llevaba una camiseta blanca con unos números escritos a rotulador. Alex se fijó en que uno de los que iban desnudos tenía una cicatriz en la cara. Pete y Billy ya estaban bajando las ventanillas.

—¿De verdad has estado aquí antes? —dijo Pete. Alex captó en su voz un tono de emoción y de nerviosismo. Pete estaba hurgando en la bolsa de papel que tenía a los pies y finalmente extrajo una de las barritas de cereza y rasgó el envoltorio.

—Qué va —contestó Billy, que observaba el grupo de chicos de color, los cuales ahora, a medida que se les iban acercando, los estaban fulminando con la mirada. Eran delgados, de vientre y pecho lisos, hombros anchos y brazos musculosos.

—Sabrás cómo se sale de aquí, ¿no? —dijo Pete.

—Cómo se sale en coche —replicó Billy a la vez que apagaba la radio—. El volante lo tengo yo. Tú dedícate a lo tuyo.

—¿Por qué vas tan despacio?

—Para que no te pierdas nada.

—Yo no voy a perderme una puta mierda.

—Billy —intervino Alex. Habló con voz queda, y ni Billy ni Pete se volvieron para mirarlo.

El Torino ya estaba en medio. Los otros empezaron a aproximarse lentamente al coche que acababa de detenerse a su lado. Billy tenía toda la cara en tensión. Se inclinó hacia la ventanilla del pasajero y chilló:

—¡Tragaos esto, negratas de mierda!

Y seguidamente Pete les lanzó la barrita de cereza. Ésta

rebotó en el de la cicatriz en la cara, uno de los que iban sin camiseta, y Pete se agachó para esquivar el puñetazo que lanzó el agredido a través de la ventanilla bajada. Billy pisó el acelerador a fondo al tiempo que soltaba una carcajada, y el Ford se dejó los neumáticos en el asfalto en un derrape, se enderezó y salió disparado calle abajo. Alex sintió que le desaparecía toda la sangre de la cara.

A su espalda oyeron los gritos de rabia de los otros. Pasaron varias casas más, después un cruce y más adelante una iglesia muy vieja, y al final de la calle vieron una barrera pintada a franjas levantada por las autoridades y detrás de ella las vías del tren, un bosque y una densa vegetación en pleno verdor estival.

—Es una rotonda —dijo Alex, como si estuviera profundamente asombrado.

—Y una mierda —replicó Billy—. Es una calle cortada.

Billy preparó el Ford para maniobrar y movió la palanca del cambio automático hasta la posición de marcha atrás, luego metió la primera y volvió a enfilar la calle. Los otros estaban de pie en medio de la calzada, sin hacer ningún movimiento hacia ellos, y ya no gritaban. El que iba sin camiseta y se había llevado el golpe con la golosina parecía estar sonriendo.

Billy se quitó el pañuelo de la cabeza y dejó libre de obstáculos su melena negra. Al llegar al cruce, giró a la izquierda haciendo rechinar los neumáticos y pasó por delante de más casas destartaladas y de una anciana de color que paseaba un perrito. Llegaron a una bifurcación, y el coche guardó silencio mientras miraban a izquierda y derecha. A la derecha la calle trazaba un círculo. A la izquierda terminaba en otra barrera junto al bosque. Los tres lamentaban profundamente lo tontos que habían sido y la mala suerte que habían tenido, y nadie dijo una palabra.

Billy dio vuelta al coche y regresó a la calle principal.

Al llegar al cruce se detuvo y miró a su izquierda. En mitad de la calle se habían apostado dos de los jóvenes de color, separados lo justo el uno del otro para que el Ford no pudiera pasar. El otro había tomado posición en la acera. Había aparecido una mujer de color, más mayor que ellos y con gafas, y estaba de pie en el porche de la tienda.

Pete tocó la manilla de la puerta.

—Pete —lo advirtió Billy.

—A la puta mierda —dijo Pete. Abrió la portezuela, se bajó de un salto, cerró tras de sí y echó a correr. Fue en línea recta hacia el bosque que había al cabo de la calle, enseñando las suelas de sus zapatillas de tres franjas, luego dobló a la izquierda y alcanzó las vías del tren sin disminuir la zancada.

Alex experimentó un sentimiento de traición y de envidia cuando vio a Pete desaparecer por detrás de la línea de los árboles. Él también quería huir, pero no podía. No era sólo por lealtad hacia Billy, sino porque sospechaba que no iba a conseguir llegar a las vías del tren. Él no era tan rápido como Pete; le darían alcance, y el hecho de que hubiera huido no serviría más que para empeorar las cosas. A lo mejor Billy era capaz de salir de aquélla a base de palabras. Billy podía pedir perdón, y los de la calle verían que lo que habían hecho no era más que una travesura de lo más idiota.

—No puedo dejar tirado el coche de mi padre —dijo Billy en voz muy baja. Pisó el acelerador y retrocedió calle arriba, por donde habían venido.

«Es de la edad de mis padres —pensó Alex mirando a la mujer de las gafas que estaba en el porche de la tienda—. Ella pondrá fin a esto.» Pero se le cayó el alma a los pies cuando vio que daba media vuelta y volvía a entrar en el establecimiento.

Billy detuvo poco a poco el Torino y echó el freno de mano como a unos quince metros de los otros. Se bajó del coche dejando la portezuela abierta. Alex observó fijamente cómo se dirigía hacia los tres chicos, que lo rodearon al momento, y oyó que les decía en tono amistoso:

—¿No podríamos solucionar esto?

Vio que Billy levantaba las manos, como si se rindiese. De pronto llegó un derechazo, rápido como un rayo, propinado por uno de los que iban sin camiseta, y la cabeza de Billy se dobló hacia atrás. Éste se tambaleó y se llevó una mano a la boca. Cuando la bajó la tenía manchada de sangre, y escupió sangre y saliva al suelo.

—Me has roto los dientes —dijo Billy—. ¿Estás satisfecho?

Billy se volvió y señaló a Alex, que aún estaba sentado en la parte de atrás del Torino.

—¡Lárgate! —le chilló con la cara llena de sangre y de angustia.

Alex empujó hacia delante el asiento del pasajero y se bajó del coche. Posó levemente los pies en el asfalto y se volvió. Sintió que alguien lo agarraba por detrás y lo lanzaba hacia delante, tropezó y cayó a cuatro patas. Oyó pisadas a su espalda, y de pronto recibió una furiosa patada en la ingle que casi lo levantó del suelo. El aire que tenía en los pulmones escapó violentamente. Cuando consiguió respirar de nuevo, devolvió cerveza y bilis. Jadeando agitadamente, contempló el vapor que desprendía su vómito sobre el asfalto. Entonces se desplomó de costado y cerró los ojos.

Cuando volvió a abrirlos, vio un pie que se le acercaba a toda prisa en dirección a la cara y lo golpeaba igual que un martillo.

—¡Dispara a ese hijo de puta!

—No.

—¡Dispárale!

—Que no, tío...

—¡Vamos!

Alex recibió otro golpe y oyó algo que se aplastaba. Tuvo la sensación de que uno de los ojos se le había aflojado y se le había salido de la órbita.

«Me han partido la cara. Papá...»

Después, por las calles de Heathrow Heights resonó el eco de un disparo.

Segunda parte

5

Todavía seguía llamándose Café Pappas e Hijos, el mismo nombre que tenía desde hacía más de cuarenta años. El letrero había sido sustituido por otro nuevo que era exactamente igual que el original, con las letras mayúsculas, el dibujo de una taza con plato, la letra P elegantemente caligrafiada en la taza, de la que salía una nube de vapor. El tamaño de «Pappas» era el doble que el de «e Hijos». Se había intentado hacer una reforma del cartel antiguo, pero no se pudo salvar. El negro de las letras se había descolorido, el fondo gris perla había amarilleado de forma irreversible con el tiempo.

En el interior del local había un hombre detrás del mostrador, con un bolígrafo en la oreja. Era de estatura y complexión medianas, cabello cortado a navaja, plateado y peinado hacia atrás en las sienes, negro y rizado en la parte de arriba. Conservaba el estómago plano y lucía un buen pecho. Ambas cosas las conseguía vigilando la alimentación y visitando regularmente la YMCA. Para un hombre de su edad, estaba muy bien.

Era guapo, dirían algunos, pero sólo de perfil. Lo que lo estropeaba era el ojo. El derecho, que estaba muy caído en el ángulo externo y bordeado por una abultada cicatriz, la mejor que pudieron dejarle los médicos tras dos intervenciones de cirugía reconstructiva. Podía haber sido peor, teniendo en cuenta que la órbita ocular había quedado hundida. La visión que tenía por aquel ojo era como mucho borrosa, pero ya se había acostumbrado a ello y se negaba a usar gafas y lentillas, excepto cuando se sentaba al volante de un coche. Era su penitencia, así lo consideraba él. Y la parte física de la misma era su marca distintiva.

Dobló en dos un delantal limpio y se lo anudó a la cintura. Echó una ojeada al reloj de Coca-Cola que había en la pared y observó con satisfacción que las cafeteras estaban llenas y calientes. Ya habían llegado todos los proveedores, y estaba listo para abrir, con media hora de margen. Dentro de poco irían llegando los empleados, mucho antes de las siete, gente responsable y de fiar, casi siempre puntual.

Debajo del reloj había una mesa para dos que había reemplazado a la máquina de tabaco. No había ceniceros en el mostrador, ni tabaco a la venta, ni periódicos *Daily News* ni *Washington Stars* amontonados encima de la máquina expendedora. Por lo demás, la cafetería era prácticamente la misma que había inaugurado su padre en los años sesenta. El equipamiento original había sido reparado en vez de sustituido. La radio Motorola, que actualmente ni funcionaba, seguía estando en su balda. Las lámparas cilíndricas que había instalado John Pappas con la ayuda de su hijo mayor un sábado por la tarde, mucho tiempo atrás, todavía colgaban encima del mostrador.

Pero no era que el local pareciera viejo. Se habían puesto losetas nuevas en el techo cada vez que las viejas se manchaban a causa de las goteras. Alex insistió en que los suelos y los mostradores estuvieran limpios y relucientes cuando llegara la hora de cerrar, y todos los años daba una mano de pintura a las paredes. Blanco y azul, como los colores de la bandera griega. De manera que, en lo fundamental, el local seguía siendo el mismo de siempre. Y más importante era que seguía estando limpio, la señal que distinguía a un restaurante de calidad. Si ahora su padre entrara por la puerta, se fijaría en que brillaba el acero inoxidable de la máquina de hacer hielo, el mostrador recién repasado con la bayeta, la inmaculada plancha de los sándwiches, el vidrio del expositor de los postres, la parrilla de ladrillo limpia de grasa. Asentiría en un gesto de satisfacción y con una expresión en sus ojos pardos inteligible únicamente para su hijo, diría: «Bravo. *Ine kazaro.*»

Alex Pappas había cambiado el menú muchas veces a lo largo de los años, pero aquello era algo que también habría hecho su padre. Se habría adaptado. Los asiáticos y los griegos universitarios habían abierto locales provistos de bar de ensaladas en los que se pagaba al peso, que funcionaron bien durante unos años y después desaparecieron en su mayoría, víctimas de los productos suaves, la subida de los precios y una mayor expansión. Cuando eran populares los locales de ese tipo, Alex abandonó los menús a base de hamburguesa con patatas fritas y de filete con queso y añadió sándwiches de pechuga de pollo, láminas de carne de vaca y pastrami en conserva, ensaladas y sopas consistentes. Servía desayunos que parecían almuerzos, huevos a la carta, beicon del bueno, salchichas frescas de ristra, cintas de cerdo y sémola y semiahumados para los clientes más fieles. Mantuvo el precio del café en cincuenta centavos la taza, que se podía rellenar varias veces de forma gratuita si se consumía dentro del local, y aquello se convirtió en su marca de fábrica. Dicho café lo servía en tazas que llevaban la habitual P pintada, la misma que aparecía en el letrero. El contacto humano, el toque personal; aquello era lo que le permitía mantener el negocio. Que intentaran conseguir algo parecido en Starbucks, o en Lunch Stop, o en alguno de los establecimientos propiedad de chinos. Los asiáticos sabían lo que había que hacer para dirigir un negocio de manera eficiente y trabajaban como burros, pero no podían establecer un buen contacto visual con sus clientes para salvarles la vida. Alex se conocía la mayoría de los nombres y los gustos de sus clientes. En el caso de muchos de ellos, tenía sus peticiones anotadas en la nota de la consumición incluso antes de que llegaran a expresarlas verbalmente.

Lo que lo estaba matando eran las grandes cadenas y los clientes de las mismas. Los jóvenes eran como robots, sólo entraban en restaurantes cuyo nombre reconocieran por haberlo visto en las zonas residenciales y en los centros urbanos en los que se habían criado. Panera. Potbelly. Chipotle. Y éstos no eran, ni con mucho, tan malvados como los McDonald's y los Taco Bell que había por todo el mundo, de los que Alex ni siquiera se atrevía a hablar. Servían basura. No era de extrañar que Estados Unidos fuera un país de gordos. Etcétera.

Así que la clientela de Pappas e Hijos se situaba en la franja de la mediana edad, lo cual no era una perspectiva muy deseable para un negocio que mirase al futuro. A Alex le había ido bastante bien hasta el momento, y se las había arreglado para procurar a su familia un nivel de vida cómodo y decente, pero el futuro no era muy prometedor. La renta, aunque había ido al ritmo de la inflación, se había mantenido en un nivel razonable hasta ahora, gracias a la bondad del señor Leonard Steinberg, que le había alquilado el local al padre de Alex y le tenía afecto, dado que ambos eran veteranos de guerra. Pero el señor Steinberg había fallecido, y el nuevo casero, un joven vociferante de mirada átona que trabajaba en una oficina de administración de fincas con otros jóvenes idénticos a él, le había notificado que al año siguiente la renta se incrementaría de manera significativa. Alex no iba a subir los precios de su producto, lo cual ahuyentaría a muchos clientes. Ni tampoco pensaba reducir los sueldos de sus empleados; éstos habían cumplido con su parte del trato, y él iba a hacer lo mismo. Aquel aumento de la renta iba a incidir directamente en su margen de beneficios.

Gracias a Dios que tenía el dinero del seguro de vida, heredado a través de su madre y distribuido a partes iguales entre su hermano Matt y él. No había tocado ni un penique, y el importe había ido creciendo hasta una suma considerable. Además, poseía un local comercial en la parte este de Montgomery County. De ningún modo iba a pasar hambre.

Su padre había sufrido un infarto en julio de 1975, un mes antes de que él iniciara el segundo curso universitario en el Montgomery Junior College, por entonces conocido como «Harvard a Duras Penas». El plan de Alex consistía en empezar los estudios poco a poco y tal vez cambiarse a la Universidad de Maryland cuando obtuviera mejores notas, pero en el Montgomery se las vio y se las deseó, y tan sólo le fue bien en la asignatura de Lengua. Su vida social se había deteriorado, y halló refugio en la música, las películas y las novelas de bolsillo, cosas de las que podía disfrutar a solas.

Había comenzado con la literatura habitual de los porreros, Heinlein, Tolkien, Herman Hesse y cosas así, y luego pasó a las novelas de misterio y a la literatura barata. Se enamoró de los libros del detective Travis McGee de John D. MacDonald, aunque incluso a sus diecinueve años reconocía que constituían la máxima expresión de la fantasía masculina, en forma exagerada. Un tipo sin trabajo, sin lazos familiares, que vivía en una casa flotante, con libertad para matar a sus enemigos, con la comodidad de que murieran sus amantes, lo cual le permitía pasar al siguiente polvo tipo revista *Playboy*... pero era una literatura limpia y adictiva. Empezó a pensar que quizás aquello fuera algo que él pudiera hacer un día. Ver su nombre en el lomo de un libro. Era una buena profesión, de las que se practicaban en soledad.

Tras el «incidente» permaneció muy próximo a su familia. Sus padres fueron buenos con él. No reaccionaron con histrionismos ante lo sucedido ni tampoco, al menos en su presencia, se compadecieron demasiado de las lesiones que había sufrido él. Era algo que le había ocurrido, no algo que él hubiera iniciado. Callie, en consonancia con su personalidad, se hizo cargo de las secuelas y tomó las riendas. Trató con la prensa, con el instituto, con la compañía de seguros, con la policía y con los fiscales, y se ocupó de que el contacto que tuviera Alex con todos ellos fuera mínimo. Su padre se volvió más introspectivo, simplemente prefirió reprimir sus sentimientos. Matthew, el hermano pequeño de Alex, por lo visto no quedó en absoluto afectado.

Pero con la gente de fuera fue distinto. Alex empezó a sentirse cada vez más incómodo entre personas que no fueran su familia. Veía cómo reaccionaban, aun cuando fueran educadas y procurasen ocultarlo, cada vez que lo miraban a la cara. Sencillamente, se sentía mejor estando solo. Le resultaba más fácil no tener que explicarse ni repetir la historia, la cual no podía evitar reproducir, ligeramente, a su favor. Ninguno de los presentes deseaba hacer daño a nadie. Él era tan sólo un pasajero. Billy y Pete no hacían más que mamonear un poco, pretendían «armar un poco de escándalo», así fue como lo expresó el abogado de la acusación.

Si lo pensara de forma lógica, reconocería que hacerse escritor o algo parecido, teniendo en cuenta su formación, era más bien una ambición absurda y poco realista. En cualquier caso, la enfermedad de su padre hizo descarrilar sus sueños. Aquel semestre no volvió a la universidad. De hecho, no llegó a retomar nunca los estudios.

Antes del infarto, John Pappas jamás había dejado de trabajar un solo día. Ni las ventiscas le impedían desplazarse hasta el centro. Para él, la enfermedad, por muy grave que fuera, era sólo una distracción. «Si puedo estar enfermo en casa, puedo estar enfermo en el trabajo», decía. Pero la cosa iba más allá de una obstinada ética del trabajo. No cobraba baja por enfermedad, y tampoco sus empleados. Si la cafetería estaba cerrada y a oscuras, no cobraba nadie, ni John, ni los empleados, ni los proveedores. Como consecuencia, la familia Pappas rara vez cogía vacaciones, y nunca con el padre. Éste decía: «Si un *magazi* como el mío cierra sus puertas, aunque sea una semana, lo más probable es que dichas puertas se queden cerradas para siempre.» Y también: «¿Qué voy a hacer, tumbarme en una puñetera playa mientras mis clientes se van a comer al local de la competencia? ¿Cómo voy a relajarme? ¿Haciendo castillos de arena?»

El médico dijo que había sido un infarto de miocardio y que había sido «significativo». John Pappas permanecería varios meses tumbado y sin trabajar. Desde la cama de la unidad de cuidados intensivos, lleno de tubos empañados que le subían hasta la nariz, levantó la vista hacia Alex y le habló en voz baja y con esfuerzo: «Vamos a perderlo todo a no ser que te encargues tú, muchacho. Perdóname.»

—No me pidas perdón, papá —repuso Alex, odiándose a sí mismo por las lágrimas que le habían acudido a los ojos—. Tú ponte bueno.

—Cuida bien de los empleados —dijo su padre—. Ellos son los que impulsan el negocio. No se te ocurra tratarlos mal, ¿me oyes?

—Te oigo, papá.

Aquella noche, Alex habló con su madre, los dos sentados a la mesa de la cocina, ella con un pitillo en la mano, la cajetilla de Silva Thins colocada cuidadosamente al lado de aquel cenicero verdiazulado provisto de muescas para apoyar los cigarrillos que de pequeño siempre le había recordado a un castillo. Su madre no llevaba maquillaje.

—Eres capaz de hacerlo, cielo —dijo Calliope Pappas.

—Ya lo sé, mamá.

—Eres el único capaz de ello. Yo no conozco el negocio tan bien como tú, y tu hermano es demasiado pequeño.

Alex ya llevaba ocho veranos trabajando en la cafetería, y había aprendido por ósmosis. Sabía preparar el local antes de que amaneciera, hacer el café, recibir a los proveedores y encender la parrilla. Los empleados conocían sus tareas, y harían lo demás. También sabía manejar la caja registradora, y como había un historial de archivo en el que figuraban los proveedores, las facturas y demás, enseguida aprendería el procedimiento para hacer los pedidos. No tenía miedo. No había tiempo para tener miedo.

—¿Qué hago con el dinero? —preguntó.

—Rompe la cinta de la caja registradora a las tres —dijo su madre—. Las dos últimas horas son para nosotros, no para Hacienda. Metes unos cincuenta dólares, en monedas y billetes, en la caja metálica y la guardas en el congelador antes de marcharte a la hora de cerrar. El resto del efectivo te lo traes a casa y me lo das a mí. Y por la noche tienes que dejar abierto el cajón de la caja registradora. —Calliope soltó un poco de ceniza en el cenicero—. Tu padre dice que así los ladrones saben que la caja está vacía. Cuando miran por el cristal y ven abierto el cajón, deciden que no merece la pena entrar a robar.

—De acuerdo, mamá —dijo Alex.

Sin la presencia de su padre, la casa estaba muy silenciosa. Tenían uno de esos relojes de cocina que llevaban el mecanismo por fuera, una varilla con una bola que oscilaba adelante y atrás y producía un verdadero tictac. En aquel momento lo estaban escuchando.

Calliope apagó el cigarro en el cenicero y exhaló la última bocanada de humo.

—Voy a dejar de fumar. Esto es lo que ha provocado la enfermedad de tu padre. Esto, y las comidas de su madre. Toda esa grasa.

—Mejor me voy a dormir un poco.

—Vete. Y no te olvides de poner el despertador.

Alex subió al piso de arriba y pasó por delante del cuarto de baño, ahora a oscuras, en el que normalmente a aquella hora su padre estaría remojándose en la bañera, fumando y emitiendo gases. Entró en su cuarto y se metió en la cama, tendido de espaldas y con el antebrazo sobre los ojos. Oía la música proveniente del dormitorio de Matthew.

Matthew no había trabajado nunca en la cafetería. Se dedicaba a los deportes durante todo el año, obtenía notas excelentes y hacía poco que había alcanzado una puntuación muy alta en la prueba de acceso a la universidad. Su destino era estudiar en una universidad de otro estado, y su camino no se veía obstaculizado por la situación de su padre. En cambio Alex percibía acertadamente que su mundo había cambiado para siempre.

Al día siguiente se despertó cuando todavía estaba oscuro y se fue a trabajar. La fe que tenían depositada en él sus padres no era infundada. Al principio cometió errores, la mayoría en la psicología del liderazgo, pero conforme fueron transcurriendo las semanas empezó a sentirse más seguro de sí mismo y a considerarse el jefe del negocio. Se sentía un hombre. Aquél era el sitio en el que debía estar. A lo mejor aquel abogado culogordo estaba en lo cierto: «A su hijo, para ser escritor, no se le da mal servir en la barra.» Alex retiró las letras de canciones del costado de la caja registradora, donde estaban pegadas. Parecía absurdo seguir teniéndolas allí de exposición.

Cuando su padre volvió del hospital traía barba por primera vez en su vida. Una semana antes de Navidad, estaba con su mujer en la cocina, de pie junto a la mesa de comedor, esperando a que ella sirviera el almuerzo, un sándwich de atún y un cuenco de sopa de pollo con fideos. Su mujer estaba junto a la cocina eléctrica, de espaldas a él, cuando de pronto le oyó decir: «Oye, Callie», y cuando se volvió vio a John Pappas con una mano extendida y el rostro blanco como la cal. Le salió un chorro de sangre de la boca y se desmoronó igual que una marioneta. El médico dijo que había sido algo «masivo». John Pappas había expirado, muy probablemente, antes de tocar el suelo.

Alex Pappas, de cincuenta y un años, estaba de pie mirando el reloj de Coca-Cola de la pared, en realidad sin tener necesidad de verlo para saber qué hora era, porque la sabía con toda exactitud por cómo estaba cambiando la luz en la calle a medida que el amanecer iba dando paso a la mañana. La cristalera de la cafetería era como la pantalla de una película que hubiera estado viendo, repetidamente, a lo largo de treinta y dos años.

Se había casado. Había engendrado dos hijos varones. Trabajaba aquí.

El *magazi* era lo que tenía. Le había salvado tras el incidente sufrido en Heathrow Heights, le había permitido conectar otra vez con la gente, y le había proporcionado un refugio y un objetivo. Había sido el lugar en el que se había amparado cuando falleció su hijo pequeño, Gus. Salvación mediante el trabajo. Él creía en eso. ¿Qué otra cosa había?

Pappas e Hijos.

Un hijo muerto, otro vivo. Pero Alex no pensaba cambiar el letrero.

6

Era un fisioterapeuta de Walter Reed, el centro médico del ejército situado en Georgia Avenue. Se llamaba Raymond Monroe, pero debido a las salpicaduras de gris que ya tenía en el cabello y a que se lo consideraba más bien viejo, algunos de los soldados y varios de sus compañeros lo llamaban Papi. Llevaba muchos años realizando aquel trabajo, y hacía dos que trabajaba en dicho hospital. Monroe opinaba que era bastante bueno en lo suyo. El sueldo era respetable, el trabajo era fijo, y la mayoría de los días se levantaba deseando comenzar la jornada. Al igual que su padre y que su hermano mayor James, le gustaba arreglar cosas.

A lo largo de los años, Monroe había trabajado en diversas clínicas, nunca había tenido visión para los negocios ni había sentido la ambición de montar uno, y le había ido bien. Cuando su hijo Kenji, producto de un matrimonio temprano, se enroló, Monroe solicitó un puesto de trabajo en Walter Reed. Una gran parte del personal médico de dicho hospital estaba formada por militares en activo, empleados del Estado Mayor y contratistas, pero Monroe había servido en el ejército, para el estado, durante cuatro años al salir del instituto, lo que le fue muy útil para conseguir una plaza. Opinaba que dicho servicio le había hecho mucho bien, ya que con el dinero ganado pudo pagarse la matrícula de la universidad y todos aquellos años de posgrado que había hecho en el campus Eastern Shore de la Universidad de Maryland. Ahora estaba devolviendo el favor recibido. Además, sentía la necesidad de hacer algo, aunque fuera simbólico, para apoyar a su hijo.

El soldado de Primera Clase Kenji Raymond Monroe había sido enviado a Afganistán y tenía su base en el puesto de avanzada de Korengal. Era un soldado perteneciente a la 10.ª División de Montaña, Primer Batallón, 32.º Regimiento de Infantería, 3.er Equipo de Combate de Brigada, procedente de Fort Drum, estado de Nueva York. Monroe había memorizado todos los números, lo cual le proporcionaba un sentimiento de seguridad, tal vez ilógico, respecto de que el estamento militar estaba organizado y equipado para proteger a su hijo. No era uno de esos padres de soldados que se arrojaban por la borda detrás de la bandera ondeante, el toque de diana a través del teléfono móvil y cosas por el estilo; él estaba distanciado de todo aquello, y aun así se sentía muy orgulloso de su retoño.

Monroe sólo había tenido un hijo. Su primera mujer, la madre de Kenji, había muerto víctima de un cáncer de mama, cuando el niño tenía diez años. Su mujer se llamaba Tina, y tenía un corazón de oro. Tina lo había sacado de su profunda depresión, de todos los años durante los que había cargado con aquello, preocupado por su hermano, reprimiendo en su interior el rencor y la desconfianza, sin superar nunca aquel estado mental joven y furioso, hasta que apareció ella en su mundo y lo ayudó a convertirse en un hombre juicioso. Su muerte volvió a dejarlo tirado por los suelos. Pero se levantó, sabiendo que tenía que levantarse, por su hijo. Monroe, con la ayuda de su madre, había criado a su hijo a solas.

Ahora tenía una relación con una mujer, una agradable compañera de carrera que era trabajadora social clínica de Walter Reed. Era la primera relación seria que tenía desde que falleció Tina. Kendall Robertson tenía un hijo pequeño llamado Marcus. El padre del chico no aparecía en ninguna de las fotografías enmarcadas que había esparcidas por la casa, lo cual indicó a Monroe que nadie deseaba que volviera. Kendall tenía treinta y cinco años, catorce menos que él, y el niño, ocho. Se habían conocido en la iglesia, y en la primera conversación que tuvieron, a la hora del café, descubrieron que trabajaban en el mismo centro. Actualmente Monroe pasaba la noche en casa de ella, un adosado de Park View, un par de veces por semana. Al parecer, Marcus lo había aceptado. Todo estaba funcionando bien.

Monroe estaba sentado ante una mesita en la cocina de Kendall, mirándola mientras ella preparaba al chico para ir al colegio. Tenía en la mano una taza de café que se estaba enfriando, una de los Hoyas de Georgetown, con el bulldog mascota del equipo dibujado en el costado.

—¿Dónde tienes el ejercicio de ortografía? —dijo Kendall.

—En el paquete para el aula general —respondió Marcus—. Tú misma lo metiste anoche.

—Es verdad —dijo Kendall a la vez que cerraba la cremallera de la cartera de libros. Estaba inclinada sobre el niño, y le caía hacia la cara una cortina de pelo—. No te olvides de entregarlo.

—Siempre lo entrego.

—Nada de eso, se te olvida. Si no lo entregas, ¿cómo va a saber el profesor que lo has hecho? Los deberes forman parte de las notas finales.

—Vale, mamá.

—Tengo que llevar al niño hasta Before Care —dijo Kendall, mirando esta vez a Monroe—. ¿Vienes con nosotros?

—Voy a terminarme este café y la página de deportes. Todavía tengo tiempo para llegar a la hora a la Primera Formación. Cogeré el setenta.

—Va menos gente en el setenta y nueve —repuso Kendall. El Metrobus pasaba por Georgia cada diez minutos durante la hora punta, y hacía menos paradas que el 70—. Y además es más rápido.

—Si veo uno, lo cogeré —dijo Monroe.

—¿Han ganado los Wizards? —preguntó Marcus. Era un poco bajo para su edad, fibroso, con un corazón de deportista y las orejas demasiado grandes en relación con la cabeza.

Monroe asintió.

—Gilbert se devanó los sesos y machacó a los Mavs por treinta y nueve. Caron y Antawn también dieron lo suyo. Claro que si pudiéramos conseguir un pivot que tuviera buenas manos...

—Di adiós al señor Raymond —le dijo Kendall a Marcus.

—Adiós, señor Raymond.

—Muy bien, Marcus. Que tengas un buen día en el colegio.

Kendall se acercó a Monroe y le dio un beso en la boca. Él aguantó unos instantes y después se apartó, para no rebajarla delante del pequeño.

—Estás muy guapa —le dijo mirándola de arriba abajo.

Kendall llevaba un traje pantalón que se había comprado en la compañía Hecht, ya desaparecida, que había en Wheaton. Con los cupones de descuento y las rebajas, le había costado casi nada. Pero no necesitaba comprarse ropa cara para ir bien. Era una mujer atractiva, con ojos pardos de cachorrillo y boca carnosa. Curvilínea y no demasiado flaca en ningún punto, como a él le gustaba.

—Gracias —respondió ella un poco sonrojada—. ¿Me llamas luego, cariño? A lo mejor podemos quedar para comer.

—De acuerdo —dijo Monroe.

Cuando hubo terminado con el café y con el periódico, salió de casa de Kendall y cerró la puerta con llave. Fue hasta Georgia Avenue y echó a andar en dirección norte. Pasó por delante del comercio D&B, de la tienda de ultramarinos de Murray, de un taller mecánico propiedad de un hispano. Muchas de las personas con que se cruzó iban bien vestidas y se dirigían a tomar el autobús o un taxi para ir al trabajo. El barrio estaba cambiando. Calculaba que no iba a pasar mucho tiempo sin que la mayoría de aquellos comercios fueran sustituidos por otros. Cafés, bares en los que no hubiera ni prostitución ni violencia, una sala en la que se representaran obras de teatro, algo parecido a un Starbucks. Todo llegaría.

Aun así, quedaban todavía los clientes de siempre a la puerta de la tienda en la que vendían alcohol, esperando a que abriera, para recordarle a uno cómo había sido aquello en el pasado. Monroe saludó al grupo, y uno de ellos lo llamó por su nombre. Lo que vio fue un enano cargado de cadenas, las cuales llevaba por encima de una camiseta de Len Bias de los Celtics, y calzado con botas Nike para niños, un aficionado a aquellos detalles retro. Era un tipo que con frecuencia estaba en la misma esquina de Avenue. Monroe lo había saludado en una ocasión, pero sólo recibió como respuesta una mirada ceñuda. Al parecer, el tipo en cuestión era de los cabreados, supuso. Pero luego pensó: «Yo también estaría cabreado.»

Monroe continuó andando. Pasó por delante de un par de paradas de autobús antes de detenerse en una. Vivía en casa de su madre, en Heathrow Heights, y tenía coche, pero cuando dormía en el centro a veces le gustaba disfrutar de la ciudad. Caminar, moverse en autobús, tener contacto con la gente, aquello era lo que le gustaba.

Si Raymond Monroe llegaba al trabajo con la antelación suficiente, empezaba la jornada en la Primera Formación, una especie de reunión general que tenía lugar tras el toque de diana en el recinto de Walter Reed. El salón en que se reunían los soldados se parecía al auditorio de la Legión Americana. Aquí, los pacientes que tenían heridas graves se codeaban con los que estaban recibiendo tratamiento por afecciones menos serias. Los amputados lucían la evidencia de sus heridas de manera más obvia y permanente, al igual que los quemados que se encontraban en las últimas fases de su recuperación y los hombres y las mujeres marcados con largos costurones y calvas, que ahora lucían puntos de sutura. Había otros que físicamente no parecían estar heridos, pero que sufrían desórdenes mentales. Muchos de los que llegaban a la Primera Formación se encontraban en las etapas finales de su estancia en el hospital y estaban a punto de entrar en la lista de bajas temporales o permanentes, que los soldados denominaban TDRL o PDRL.

Monroe se había perdido el toque de diana, pero entró en el salón a tiempo para hablar con uno de los individuos a los que había tratado. Se acercó al soldado Jake Gross, que estaba de pie junto a una mesa plegable situada cerca de las muchas puertas que tenía el salón, hojeando una revista de la NAS-CAR. La mesa estaba llena de publicaciones similares, revistas de coches potentes y trucados, folletos que ofrecían entradas de gallinero gratuitas para partidos de los Wizards y encuentros de los Nationals, cangrejadas y excursiones gratis a Six Flags y a otros parques de atracciones de los alrededores, todos reflejo de la zona geográfica, los intereses y las edades de la mayor parte de los soldados.

Gross, que contaba veinte años, tenía previsto salir del hospital en breve, habiendo pasado a formar parte de la lista de bajas permanentes, y pensaba irse a Indianápolis, a su casa. Su constitución y su porte eran militares, pero su rostro seguía siendo tan pecoso y barbilampiño como el de un chaval de dieciséis. Su pierna derecha era artificial. El plástico de la rodilla era azul como un huevo de petirrojo, y la espinilla estaba formada por una barra metálica que terminaba en una zapatilla deportiva marca New Balance. Había progresado mucho desde que Monroe lo conoció. Era un joven vigoroso y en forma con el que ponerse a trabajar, pero el deporte era sólo una pequeña parte de la tarea de devolverle la movilidad. Poseía la voluntad y el corazón necesarios. Caminaba tan bien con la pierna nueva como cualquier paciente que hubiera tratado Monroe.

—¿Cómo van las cosas, a corto plazo? —preguntó Monroe—. ¿Ya estás preparado para irte a casa?

—Más que preparado —contestó Gross.

—¿Vas a vivir con tus padres?

—Con mi novia. Su padre me ha conseguido un empleo en la imprenta que tienen a las afueras de Indy. Son libreros, algo así. Imprimen y editan libros. Ellos imprimieron *El código Da Vinci*.

—No me suena de nada —dijo Monroe.

—Ya, bueno. Sea como sea, no es igual que un empleo en una fábrica. Todo está informatizado. Y además es de grande como un campo de fútbol. Deberías verlo.

—Si alguna vez paso por allí, iré a que me hagas una visita guiada.

—Cuenta con ella —dijo Gross tendiendo la mano—. Un millón de gracias por todo, doctor.

—No soy médico.

—Pues me tenías engañado.

—Acabas de alegrarme el día, soldado.

—Ya pasaré a despedirme antes de embarcar.

—Que no se te olvide —repuso Monroe.

Fuera del salón, Monroe vio al sargento mayor O'Toole, un veterano de Vietnam de hablar suave que había regresado de la jubilación para trabajar con soldados en el Programa de Guerreros Heridos del ejército. Estaba conversando con un joven sentado en una silla de ruedas junto a un par de amigos de éste, que estaban de pie en la acera. Uno de ellos caminaba con prótesis nuevas. Monroe había tratado al joven confinado a la silla de ruedas, el soldado William Collins, al que apodaban el Poste por su constitución alta y flaca. Collins, que había sido víctima de una bomba colocada a un lado de la carretera, había perdido la movilidad de ambas piernas y jamás volvería a andar. Al principio se negó a la doble amputación, la cual lo prepararía para el paso siguiente, la adaptación de unas piernas artificiales; pero Monroe se había enterado de que el muchacho se lo estaba pensando mejor. Monroe cruzó la mirada con O'Toole, pero no se paró a hablar con él ni con Collins. Atravesó el campus en dirección al hospital principal y tomó el ascensor para subir a su planta.

Raymond Monroe trabajaba principalmente en las salas de Terapia Ocupacional y Terapia Física del hospital. Había una perrita llamada *Lady* que deambulaba por ambas salas jugando con juguetes, olfateando las manos que se le tendían, tanto si eran de carne como si eran de plástico, y permitiendo que la tocasen y la acariciasen. En aquellas instalaciones había pesas sueltas y máquinas de levantar pesos, cintas de correr, esterillas y balones de rehabilitación, así como una piscina muy utilizada. Raymond Monroe llevaba a cabo una gran parte de su trabajo en las numerosas mesas acolchadas de que disponía la sala de Terapia Ocupacional, estirando a sus pacientes e incrementando su radio de movimiento y su flexibilidad por medio de ejercicios repetitivos. Las caderas y los hombros eran áreas cruciales. Dejando aparte las prótesis, las quemaduras y las cicatrices, los problemas a los que se enfrentaba allí no eran muy distintos de los que se encontró cuando trabajaba de fisioterapeuta en clínicas de medicina deportiva. Estaba devolviendo a las personas un cierto grado de normalidad activa, tras la lesión sufrida.

El primer paciente que tuvo Monroe aquella mañana fue un muchacho joven, el sargento Joseph Anderson, de la 1.ª División de Caballería, que había perdido la mano derecha cerca de Mosul. Anderson tenía un sentido del humor muy irónico y una actitud positiva. Le gustaba el rock clásico, las mujeres pelirrojas y los Mustang del 66, y poseía una admirable seguridad en sí mismo pese al hecho de que le habían quedado grandes cicatrices en la cara.

—Alí Babá lanzó una granada al interior de nuestro Humvee —dijo Anderson la primera vez que se encontró con Monroe—. Yo la recogí e intenté devolvérsela, en un gesto de cortesía. Pero imagino que me retrasé un poquito.

—Dicen que sin duda salvaste a dos de tus hombres.

—La verdad es que me gustaría recuperar la mano que he perdido. Y la guapura deslumbrante que tenía antes. No funcionó como en los tebeos, señor.

—No es necesario que me llames señor. Soy un civil.

—Me enseñaron que debía llamar «señor» a las personas mayores que yo. A no ser que fueran mujeres, en cuyo caso debía dirigirme a ellas como «señoras».

—¿Dónde te criaste?

—En Fort Worth, Tejas. Eso, ni tocarlo.

—¿Eres fan de los Cowboys?

—Es que no hay ningún otro equipo.

—Eso no te lo voy a discutir.

—Usted debe de ser admirador de los Pieles Muertas.*

—No juegues.

Anderson tenía una prótesis en vez de mano. Recientemente se había hecho un tatuaje en ella que a Monroe le parecía una palabra, algo así como «zoso». Sobre la piel del antebrazo había tres símbolos marcados con tinta azul. El de la mano era una continuación de éstos. Muchos soldados se hacían un tatuaje en la prótesis para reponer la porción del que habían perdido con la herida o con la amputación.

—¿Le gusta mi tatuaje nuevo? —preguntó Anderson.

—Si te gusta a ti, a mí también —replicó Monroe, que estaba masajeándole el antebrazo con los dedos, y con cierta intensidad porque el joven era capaz de aguantarlo—. ¿Y qué significa, por cierto?

—Es un símbolo. Parece una palabra, pero no lo es. Se llama glifo, no me pregunte por qué. Los cuatro miembros del grupo escogieron un símbolo cada uno y lo pusieron en el álbum. Cuatro miembros, cuatro símbolos. Led Zeppelin Cuatro, ¿lo pilla? El disco de rock duro más grande que se ha grabado jamás.

—Muy bien —contestó Monroe.

—Le envidio por haber vivido en la época en que tocaban —dijo Anderson—. ¿Alguna vez los vio actuar en directo?

—Debí de perdérmelo.

—Dígame que era fan de Zeppelin, Papi.

—No puedo decirte tal cosa. —Monroe esbozó una sonrisa apenas detectable—. De hecho, ni siquiera sabía que eran un grupo. Yo creía que era un solo tío. Mi hermano mayor me sacó de mi error, como siempre.

—Al mío también le gustaba enseñarme cosas.

—Típico de los hermanos mayores —comentó Monroe.

* Juego de palabras con «Pieles Rojas» (Redskins), el nombre del equipo de fútbol americano de Washington, D.C. (*N. de la T.*)

Más tarde, cuando Anderson se hubo marchado y después de tratar a un par de pacientes más, Monroe hizo una pausa para comer. Su intención era reunirse con Kendall en el despacho de ella.

Pasando la piscina, en un pasillo que conducía a un grupo de ascensores, vio a un general y a varios oficiales de rango inferior, recién liberados de una misión: varios médicos estaban acompañando a los uniformados en una visita a las instalaciones. El grupo se dividió en dos cuando llegaron al pasillo un joven y una mujer algo mayor que él.

El joven era un soldado de Minnesota que llevaba muy poco tiempo con las prótesis. Llevaba un arnés y una correa. Su madre iba detrás mientras él avanzaba tambaleante con sus rodillas de plástico y las piernas metálicas encajadas en zapatillas de deporte, girando violentamente las caderas para dar cada paso. Tenía la cara congestionada por el esfuerzo y la concentración y la frente empapada de sudor, y se mordía el labio inferior. Su madre sostenía la correa para proporcionarle estabilidad, igual que había hecho veinte años atrás en su casa de Thief River Falls, cuando el chico tenía once meses y estaba dando sus primeros pasos.

El general, los oficiales y los médicos comenzaron a sonreír dolorosamente y a aplaudir todos al unísono al soldado mientras éste iba abriéndose paso. Monroe no tuvo valor para hacer lo mismo. Tenía cariño a los soldados y los marines que trataba, y únicamente sentía respeto por los innumerables médicos, terapeutas, militares de carrera y voluntarios que hacían todo lo que estaba en su mano para ayudarlos. Pero no estaba dispuesto a sumarse a aquellos oficiales con otra sonrisa congelada.

De modo que se acercó en silencio hasta los ascensores después de que hubieran pasado el soldado y su madre.

7

Alex Pappas había adquirido hacía poco el servicio de radio por satélite para la cafetería, puesto que cada vez se sentía más decepcionado con el contenido de la moderna radio terrestre. El servicio por satélite ofrecía una variedad mucho más amplia y podía contentar a los empleados, que pertenecían a una mezcla de culturas y por lo tanto tenían diferentes gustos musicales, y también a la clientela, que por lo general se encontraba en las pendientes de subida y de bajada de la mediana edad.

Darlene, como era la más veterana de la plantilla, no tardó en asumir el mando de la radio nueva. De los empleados originales de la época de su padre, tan sólo quedaba ella. Inez había fallecido de una enfermedad del hígado a los cuarenta y tantos años, y poco después la señorita Paulette, víctima de la diabetes y de lo que pesaba. En la década de los ochenta, Junior Wilson cayó en las redes de la droga y a todos los efectos desapareció. Su padre, Darryl Wilson, que aún continuaba trabajando de técnico del edificio de arriba, ya no hablaba de su hijo.

Darlene pesaba actualmente veinte kilos más que cuando tenía dieciséis años. Cuando la miraba, Alex veía todavía el encanto de sus ojos y de su sonrisa, y también aquellos veinte kilos. La instaba con delicadeza a que adelgazase y dejase de fumar, pero ella se zafaba de sus sugerencias con una risa igual de delicada.

Había dado a luz a cuatro niños, el padre de uno de los cuales era Junior Wilson, y en la actualidad tenía nueve nietos. Una hija soltera y en paro y dos nietos vivían en la casa que tenía ella en el área de Trinidad del distrito Noreste. Un hijo era inspector del Departamento de Salud, otro estaba en la cárcel en Pensilvania, a causa de las drogas. La segunda hija tenía un empleo de funcionaria, un buen marido y una casa en PG County. Darlene había mantenido a diversos miembros de la familia a lo largo de los años y se las había arreglado para lograrlo todo gracias al trabajo de la cafetería. Alex le proporcionaba un plan de jubilación básico y seguridad social. Ella se había puesto totalmente de su parte desde el día en que él se hizo cargo del negocio, lo ayudó a atravesar la época en que su padre estuvo enfermo y murió, y continuaba siendo esencial para el funcionamiento del local.

Darlene ejercía el derecho que tenía respecto de la radio sintonizando la emisora de la R&B que ponía música antigua, Soul Street, cuyo locutor era el legendario pinchadiscos de Washington Bobby Bennett, recordado por muchos como el Quemador Poderoso. Cuando Darlene se sentía generosa, cedía los derechos sobre la radio a los empleados hispanos, que compensaban el equilibrio de la plantilla. Tito Polanco, un energético joven de la República Dominicana que se las ingeniaba para realizar tanto la tarea de entregar pedidos como la de fregar los platos; Blanca López, platos fríos y sándwiches; y Juana Valdez, la camarera de la barra.

Alex sólo pedía que durante la hora punta sintonizaran la radio en alguna emisora en la que no se hablara. Cuando estaba ocupado las voces lo molestaban, y no hacían más que multiplicar el caos que reinaba en el local. El hijo mayor de Alex, John, había sugerido que en las horas punta pusiera música *chill-out*, que él consideraba «actual e intrincada». Para Alex era simplemente música instrumental, ligeramente hipnótica e inofensiva, e intrincada, sospechaba, sólo si uno estaba colocado. Pero John tenía razón; era una música de fondo perfecta para la hora punta del almuerzo.

—La música es muy importante en un local como el nuestro —dijo Alex, en un intento de justificar ante su mujer Vicki el gasto del aparato de radio por satélite mientras lo contemplaban en el establecimiento que tenía Radio Shack en su barrio—. No sólo para los clientes, sino también para los empleados.

—Si te apetece comprarla, cómprala —dijo Vicki, conociendo lo mucho que le gustaban los artilugios—. No es necesario que me convenzas a mí.

—Era por explicarte el tema —repuso Alex.

Los clientes repararon enseguida en la radio nueva y le gastaron bromas a Alex diciendo que había entrado en el nuevo siglo siete años después de que éste hubiera dado comienzo. Los empleados se entusiasmaron con la novedad y se pasaban el día entero discutiendo amistosamente acerca de qué emisoras sintonizar. Además de eso, el asesor fiscal de Alex, el señor Bill Gruen, le había dicho que podía desgravarse el gasto. Había sido una compra que merecía la pena y que había mejorado el negocio. Su padre la habría aprobado.

La hora punta estaba disminuyendo. Junto a la barra había varios clientes terminándose el almuerzo. Alex los conocía a todos, la composición de sus familias, de qué modo se ganaban la vida. Uno de ellos, un abogado llamado Herman Director, tomaba todos los días un embutido de hígado con pan blanco. Alex lo compraba en exclusiva para él, ya que rara vez lo pedía algún otro cliente. Al igual que la mantequilla, la cual también tenía a mano para un individuo corpulento y bigotudo que se llamaba Ted Planzos, era un artículo que estaba desapareciendo de la pantalla del radar culinario de Estados Unidos.

Alex estaba sentado en la banqueta situada detrás de la caja registradora. Había estado examinando el contenido del frigorífico con puerta de cristal, observando los pasteles y las tartas que quedaban y calculando lo que iba a llevar al hospital cuando se fuera a casa. Desde que se hizo cargo del negocio pedía a los proveedores cantidades extra, siempre más de lo que vendía, para que siempre sobrara algo al final de la jornada. Los soldados eran muy aficionados a la tarta de queso y a la de lima. Les gustaba lo suculento y lo dulce, cosa nada sorprendente, teniendo en cuenta que la mayoría de ellos eran poco más que unos críos.

—¿Qué me debes? —dijo Dimitri Mallios, un tipo que llevaba mucho tiempo siendo abogado y mucho tiempo siendo cliente suyo, a la vez que se aproximaba a la caja registradora y ponía la nota de la consumición encima de la barra.

—Te debo siete y pico —contestó Alex casi sin mirar la nota. Sándwich de pavo con queso, lechuga, tomate y mayonesa, patatas fritas y una Coca *light*. Mallios acudía al local dos veces por semana, se sentaba en la misma banqueta si estaba desocupada y pedía el mismo sándwich y el mismo acompañamiento. Juana anotaba el pedido en el tablero en cuanto lo veía a través de la puerta de cristal bordear el parapeto flanqueado por sendas macetas. Antes de que se hubiera instalado en la banqueta, Blanca ya empezaba a fabricar el sándwich.

—¿Todo bien? —dijo Mallios cuando Alex abrió la caja, colocó los billetes en sus respectivos cajetines y sacó el cambio.

—El negocio va como siempre —respondió Alex con un encogimiento de hombros—. Pero los nuevos propietarios van a subirme el alquiler.

—Tenías un buen contrato con Lenny Steinberg —dijo Mallios, que había representado a Alex y su padre en las negociaciones del alquiler desde que se fundó el negocio—. Ya nos ocuparemos de esa subida cuando llegue el momento.

—Muy bien, Dimitri.

—Tú estás bien, ¿no? —Esta vez Mallios le estaba mirando con seriedad; la pregunta no se refería al local, sino a la salud mental de él.

—*Entacsí* —respondió Alex con un leve gesto de la mano que pretendía restar importancia al asunto—. Todo va perfectamente.

Mallios asintió, dejó unos centavos para Juana y regresó al trabajo.

Darlene se acercó a la caja registradora caminando sobre las esteras de caucho, espátula en mano y canturreando por lo bajo. Llevaba un vestido rosa pálido y unas deportivas con la parte de atrás recortada.

—¿Qué tal ha ido? —le preguntó Alex.

—El sándwich de pechuga de pollo ha ido como la seda. Al público le ha gustado la salsa de rábano. Fue idea de John.

—Está lleno de ideas.

—A propósito, ¿dónde está?

—Le he dicho que se tome el resto de la tarde libre. ¿A quién se le ha ocurrido añadir beicon?

—A mí. Con el beicon, todo sabe bien.

—Prepara tus pedidos para mañana, y ve a ver qué necesita Blanca.

—Blanca dice «No semo quedao sin canne en lata» —contestó Darlene con la idea que tenía ella de lo que era el acento español.

—Pon carne en lata en el pedido.

Alex miró a Tito, que estaba en la zona en que se fregaban los platos, apoyado sobre la barra y hablando con una mujer atractiva y de piernas largas que llevaba una minifalda y una chaqueta a juego. La mujer se había quitado las gafas, lo cual quería decir que Tito le había caído bien. Tito era un joven apuesto y de ojos negros y profundos, movimientos fluidos y atléticos y una gran dosis de encanto. Lanzaba miradas a muchas de las clientas que entraban por la puerta, y aunque rara vez tenía éxito, eran pocas las que se sentían ofendidas. Por lo visto, no les importaba que el chico tuviera diecinueve años o que se ganara la vida fregando platos. Tito exudaba un resplandor masculino, y era muy consciente de ello. Le encantaba venir a trabajar.

—¿Se puede saber qué está haciendo Tito? —preguntó Alex con una mezcla de irritación y admiración en la voz.

—¿Quieres decir que no lo sabes?

—Ese chico es un salido.

—Es joven —replicó Darlene—. ¿No te acordabas?

—Ella debe de sacarle diez años.

—¿Y? Para ti eso nunca fue un obstáculo.

—No hace falta que te vayas tan lejos.

—¿No te acuerdas de aquella secretaria que trabajaba en la calle Diecinueve, cuando tú tenías la edad de Tito? No eras más que un crío, y ella tenía, ¿cuántos, treinta y dos?

—Eso fue...

—Divertido. Y que no se te ocurra fingir que no.

—Sigue con lo tuyo, Darlene —dijo Alex notando que le subía un calor a la cara.

—¿Vas a almorzar ya, cielo?

—En cuanto se vayan estos clientes —contestó Alex.

Por la cristalera penetraba la luz de primeras horas de la tarde caldeándole la mano. Alex no tuvo que mirar el reloj de Coca-Cola que colgaba en la pared; sabía la hora que era por la caricia del sol.

—Usted lo vio —dijo el sargento mayor O'Toole mirando a Raymond Monroe—. Estuvo presente tras finalizar la Primera Formación.

—Cuando los vi a todos ustedes, estaban presentes sus amigos.

—Se fueron poco después de que se fuera usted. El soldado Collins me dijo que necesitaba hablar conmigo en privado.

—¿Qué dijo? —preguntó Kendall Robertson.

—Que ya está preparado —contestó O'Toole.

Se hallaban sentados en el estrecho despacho que tenía Kendall en el edificio 2 del hospital principal. Kendall, terapeuta de pacientes internos que se ocupaba de soldados heridos y de sus familias, había estado haciendo la ronda con Monroe cuando llamó O'Toole a la puerta. Entre los tres ya ocupaban casi todo el espacio. A su alrededor, además de la mesa de trabajo, el ordenador y los archivadores, había cajas de bombones y flores envueltas en plástico, figuras de animales que sostenían banderas estadounidenses en miniatura y otros regalos de índole animosa y patriótica similar. Kendall los repartía al hacer las rondas.

—¿Qué le ha hecho cambiar de opinión? —inquirió Kendall.

—Imagino que el hecho de ver que han ido progresando sus amigos —respondió O'Toole—. Ya andan. Incluso algunos son capaces de correr. Él ve a sus colegas bromeando y fumando y se dice a sí mismo que tiene que superar la situación y ponerse una prótesis.

—¿Está seguro? —dijo Kendall.

—Todo lo seguro que se puede estar —respondió O'Toole.

—La amputación voluntaria es una decisión compleja. Es algo que se hace por necesidad, tras una lesión. Pero decir que uno quiere que le corten las piernas...

—Tampoco es tan simple si se mira por el lado de la logística. Tiene que presentar una solicitud formal ante un grupo de médicos y oficiales. Es casi como un juicio. Quiero decir que se tarda un tiempo en obtener la aprobación para dicho procedimiento. No quisiera que el soldado Collins cambiara de opinión otra vez mientras se están llevando a cabo todos los trámites.

—Voy a poner el proceso en marcha —dijo Kendall—, si eso es lo que quiere él. Hoy tengo que verle, durante la ronda.

—Gracias, señorita Robertson.

Kendall afirmó con la cabeza.

—Sargento mayor.

O'Toole salió del despacho. Cuando se hubo cerrado la puerta, Monroe elevó las cejas en dirección a Kendall, la cual sonrió.

—Ya lo sé —dijo Kendall—. ¿Cuándo vamos a tener un día tranquilo?

Monroe se levantó de la silla. Kendall hizo lo mismo y fue hasta él para abrazarlo.

—Lo estás haciendo muy bien, nena.

—Eso es lo que me dicen.

—Imagino que hoy almorzaré solo.

—Eso parece. Quiero empezar enseguida con lo de Collins.

Monroe la besó suavemente. Ambos disfrutaron de un prolongado abrazo en el silencio del despacho.

Alex Pappas se había agenciado un pase de visitante en las oficinas del AW2 para poder trasponer las puertas de seguridad de Walter Reed sin provocar molestias innecesarias. Como tardaba poco en repartir lo que traía, normalmente aparcaba el Jeep en la hierba que crecía junto a las casas Fischer, unas viviendas de ladrillo tamaño chalé que funcionaban como hoteles para alojar a padres, hermanos, novios y cónyuges que acompañaban a los soldados heridos durante el tiempo que duraran el tratamiento y la recuperación.

Alex cogió los postres sobrantes, colocados con esmero en una caja de cartón, y los llevó hasta la parte de atrás de la segunda casa Fischer, a un patio en el que habían montado unas mesas de hierro; un lugar tranquilo al aire libre donde los soldados y sus familiares podían hallar un poco de paz, fumarse un pitillo o hablar por el móvil. Había una puerta trasera que conducía a una cocina supergrande y modernísima que era compartida por los residentes. Allí había comida a todas horas, a menudo muy bien preparada.

—Hola, Peggy —dijo Alex a una mujer que acababa de despejar una encimera de granito y estaba limpiándola. Peggy Stawinski, rubia y de mediana edad, tenía un hijo que actualmente estaba sirviendo en Afganistán. Trabajaba como voluntaria en las dos casas Fischer, así como en la casa Mologne, una estructura más antigua y más elegante que también hacía las veces de hotel.

—Hola, Alex. Puedes dejar eso aquí mismo.

Alex depositó la caja sobre la encimera y extrajo el contenido.

—Hoy traigo unas cuantas cosas. Ha llegado todo esta mañana, de modo que está reciente.

—¿Qué es eso? —preguntó Peggy señalando media tarta de color rosa y rojo.

—Lo llaman tarta de queso Marionberry.

—Estás de coña.

—Querían ponerle un nombre entrañable.

—¿Quieres un poco de café? Acabo de hacerlo.

—Tengo el coche aparcado en el césped —repuso Alex—. Mejor me voy a casa.

—Gracias. Todo esto tiene una pinta estupenda.

—El placer es mío. ¿Qué tal va la biblioteca?

—Nunca nos viene mal recibir libros nuevos.

—Ya te traeré unas cuantas novelas de bolsillo. De detectives. Tengo demasiadas por casa. Mi mujer me da continuamente la lata para que me deshaga de ellas.

—Muy bien, Alex. Adiós.

Los días laborables hacía una parada en el camino a casa, pero nunca se quedaba lo suficiente para mezclarse con los soldados ni con las familias de éstos. Decía que no tenía tiempo para entretenerse. Que tenía el coche aparcado en el césped. Que tenía que irse.

Raymond Monroe paseaba por el recinto del hospital haciendo tiempo, ya finalizado su turno, para ver si podía regresar a casa en coche con Kendall, que salía tarde del trabajo. Sobre todo en dirección oeste, dejando atrás el hospital, el paisaje era verde y estaba salpicado de robles viejos, arces, y cerezos y magnolios en flor. Se había hecho el anuncio de que en el plazo de diez años el complejo Walter Reed iba a mudarse fuera de D.C. Últimamente los funcionarios venían dudando de tomar dicha decisión, pero la postergación de la pena tenía los días contados. Cuarenta y cinco valiosas hectáreas de terreno en el centro de la ciudad, era inevitable que el hospital tuviera que trasladarse a otro emplazamiento.

Al doblar la esquina de una de las casas Fischer, estuvo a punto de chocar con un blanco más o menos de su misma edad que salía por la puerta de atrás. Monroe estaba acostumbrado a ver deformidades, con todos los heridos, amputados y quemados que trataba, pero aquel hombre tenía algo más, aparte del horrible caimiento del ojo derecho, que lo turbó de inmediato.

—Disculpe, amigo —dijo Monroe apoyando una mano en el brazo del otro al tiempo que se apartaba.

—Discúlpeme usted a mí —repuso el hombre, que prosiguió su camino.

Monroe se detuvo junto a la puerta trasera de la casa Fischer para observar al otro, que se dirigía a pie hacia su vehículo, un Jeep Cherokee aparcado en el césped. Lo estudió más largamente, y por un instante fugaz le vinieron a la memoria aquellos días posteriores a lo sucedido, aquel sufrimiento en los tribunales. A continuación empujó la puerta y entró en la casa.

En la cocina encontró a Peggy Stawinski, colocando tartas y empanadas sobre la larga encimera.

—Raymond. Tiene gracia que casualmente te hayas pasado por aquí precisamente ahora que estoy sacando esto.

—Ya sabes que me gustan las cosas dulces, Peggy. Como a ti.

—No sigas.

Monroe solía pasarse a saludar a Peggy. Ambos tenían hijos bajo las balas.

—Estoy esperando a mi novia. Matando el tiempo. —Monroe alargó la mano para coger algo de la encimera, y Peggy le dio un leve cachete en la mano—. Qué buena pinta tiene eso.

—Es tarta de queso Marionberry.

—Menudo nombre.

—¿Quieres un café?

—No, estoy bien así. —Monroe se pasó un dedo por su fino bigote negro—. Oye, ¿quién era ese tipo que acaba de salir de aquí, el que llevaba una camisa blanca y pantalón de trabajo?

—El dueño de un restaurante que hay en el centro, en

Connecticut con N. Todas las tardes, de camino para su casa, nos trae algún postre.

—¿Sólo para demostrarnos su solidaridad, o algo así?

—Perdió un hijo en Iraq.

Monroe hizo un gesto de asentimiento.

—Se llama Alex Pappas —dijo Peggy.

—Pappas.

Alex Pappas era como se llamaba aquel chico. Sabía que Pappas era la versión en griego de Smith o Jones. Aun así, estaba lo del ojo, y esto despejó cualquier duda al respecto. El chico debió de quedarse con aquella marca para toda la vida. Ya se había encargado Charles Baker de que así fuera.

—¿Lo conoces? —preguntó Peggy.

Monroe no respondió. Estaba pensando.

8

Charles Baker estaba sentado en Leo's, un bar de barrio que había en Georgia Avenue, cerca de una callecita ajardinada de Shepherd Park. Sobre la barra de madera que tenía delante descansaba una jarra de cerveza de barril con la que ya llevaba un rato. Estaba leyendo un periódico y esperando a que vinieran a buscarlo.

Baker se leyó el *Washington Post* de cabo a rabo. Hacía lo mismo todos los días. Aunque de joven no había abierto ni un libro ni un periódico, en la cárcel había adquirido la costumbre de leer. Y se había convertido en un vicio.

Una sección que se saltaba era la de las ofertas de trabajo. Con su historial, no existía ninguna razón de peso para solicitar un empleo que viniera acompañado de plan de pensiones, seguro médico o algún futuro. Ya se conocía aquella cantinela: presentarse a entrevistas, percatarse acertadamente los empresarios de que él no era el tipo apropiado para aquel trabajo, con aquella cicatriz en la cara que le complicaba las cosas y llevando encima en todo momento aquel mal olor que despedía su vida. Cuando llegaba el momento de explicar la experiencia con que contaba, mencionaba sus condenas por delitos graves y sus estancias en prisión, porque estaba obligado a mencionarlas. Además, le gustaba inquietar un poco a los tíos convencionales.

«Para ser justo, he de informarlo de que hay muchas personas que solicitan este mismo puesto» (*gente que no tiene antecedentes penales)*. «Muchas de ellas están sumamente cualificadas» (*cuentan con estudios más allá de décimo curso, a diferencia de ti*). «Parece usted una buena persona» (*me das miedo*). «Ya lo llamaremos» (*ni por lo más remoto*).

En ocasiones a Baker le entraban ganas de echarse a reír a carcajadas en aquellos despachos, pero se contenía. Era un buen chico. Por fuera.

De todas maneras ya tenía un trabajo, un empleo de media jornada que le había buscado su agente de la condicional. Tenía que ver con bacinillas, pañales manchados de cacas, bolsas de basura y mopas, pero estaba en libertad condicional, de modo que tenía que trabajar en algo. Formaba parte del equipo de limpieza de una residencia de ancianos que había en Penn-Branch, saliendo de Branch Avenue, en el distrito Sureste. Tenía un acuerdo con el tipo con el que trabajaba, una variedad de africano que se encargaría de cubrirlo cuando no acudiera al curro y de asegurarle a la agente de la condicional que Baker se presentaba a trabajar con toda regularidad. El africano prefería que aquellas horas las aprovechara su hermano, al que acababa de sacar de la madre patria.

Fue en la residencia de ancianos donde Baker conoció a La Trice Brown. Y por medio de La Trice se juntó con su hijo Deon y con el amigo de éste, Cody. De forma indirecta, trabajar en aquel agujero de mierda había sido positivo para él.

—¿Cómo se titula la canción y quién la compuso? Y no digas que fue Lou Rawls.

—Dame un segundo. Estoy pensando.

En el otro extremo de la barra había dos blancos de mediana edad que ya llevaban cuatro rondas de vodka. Habían estado hablando a voces de mujeres a las que afirmaban haberse tirado, de deportes que no habían practicado nunca y de coches que les gustaría tener. Ahora habían empezado a discutir sobre la canción que se oía en la máquina. Era una pieza de pop-soul con mucha música de cuerda. El vocalista tenía una voz suave que comenzaba en tono calmado y poco a poco iba ganando expresividad. En el momento culminante del tema, el cantante dio la impresión de ir a eyacular encima del micrófono. Baker conocía la canción, pero no le ponía nombre.

—*Hang On In There, Baby*, de Johnny Bristol.

—¿De qué año?

—¿Del setenta y cuatro?

—Es del setenta y cinco.

—Yo todavía estaba en la cuna.

—¿Y la discográfica?

—La MGM.

—¿Cómo lo sabes?

—Compré el disco de cuarenta y cinco revoluciones en Variety Records cuando era adolescente. Todavía me acuerdo del león.

—Supongo que sabrás de qué va esa canción, ¿no?

—De algo así como que no hay que dejar que el mundo nos decepcione.

—No, pedazo de idiota. Quiere decir: cuelga tu salchicha bien dura dentro de mí y no dejes que se ponga lacia.

—¿Dentro de ti?

—Tú ya me entiendes.

—Pero si el que canta es un tío.

—Ya, pero le dice a una tía que aguante. Le dice: aguanta un poco, procura no correrte demasiado deprisa.

—¿Y qué más da que ella se corra?

—Ahí te doy la razón.

Baker no miraba a los dos individuos ni les prestaba la menor atención. Ya iba por la sección de Negocios y estaba leyendo una de aquellas columnas que llevaban el encabezamiento «De cerca», en las que trazaban el perfil de una persona de éxito del área de Washington. Edad, universidad en la que estudió, cónyuge, hijos, el último libro que había leído, gilipolleces parecidas. Fue en aquella misma columna cuando Baker se puso de nuevo al corriente de la trayectoria de su hombre, que había triunfado en la vida. No sólo era abogado, sino además socio de un bufete. Alardeando de que estaba muy «conectado» con los chavales de los barrios pobres del centro, había creado una fundación de caridad en el nombre de su familia, a través de la cual hacía «sustanciales aportaciones» a los fondos de becas para «alumnos afroamericanos» que deseaban estudiar en la universidad, pero necesitaban que «les tendieran una mano». A Baker le gustaría saber si aquel tipo pretendía obtener un cargo político o simplemente estaba intentando demostrar a sus amigos que obraba con sinceridad. Todo el mundo jugaba por interés de un modo o de otro.

El camarero de la barra, un individuo corpulento y de nariz poderosa, le preguntó si quería otra ronda. Baker puso la mano encima de la jarra y dijo que estaba servido. El camarero fue hasta el otro extremo y les preguntó lo mismo a los dos payasos. Ellos contestaron que sí y prosiguieron con su conversación.

—Oye, ¿has estado alguna vez en el Wardman Park?

—Estuve cuando era el Sheraton Park.

—El sábado por la noche tengo allí un asunto. Una boda, en el salón de cotillones que tienen.

—Ah, ¿sí?

—Hace tres años que no voy por allí. Pero, por así decirlo, tengo un historial en ese sitio.

—¿Qué historial?

—Sexual.

—Ya empezamos.

—Lo que estoy diciendo es que allí eché el primer polvo, cuando tenía quince años.

—¿Dónde, en el aseo de caballeros?

El camarero les estaba preparando las bebidas.

Baker pensó en la fotografía del tipo que había visto en el periódico. Se acordó del chico del juicio. Rubio, de hablar suave, lleno de remordimiento. El que tuvo suerte y salió corriendo. Ya no se parecía en absoluto a aquel chico. Cabello gris, bien vestido, aire distinguido. ¿No se sorprendería de encontrarse con su viejo amigo Charles?

—Eh, amigo, ¿permite que le invitemos a una cerveza?

Baker volvió la cabeza. Era uno de los blancos, un tipo de

baja estatura y pelo afro que parecía judío. Baker llevaba muchos años entrando y saliendo del mundo, pero tenía la certeza de que los blancos hacía mucho que habían abandonado aquel *look* tan cansado.

—Estoy a punto de marcharme —contestó Baker en tono amistoso—. Pero gracias.

En su vida anterior, tal vez se hubiera abierto la chaqueta para enseñar a aquel canijo la empuñadura de una pistola asomando por la cinturilla del pantalón. Una respuesta visual a su amable oferta acompañada de una mirada a algo que dijera: «No tengo sed.» Aquél era el Charles Baker antiguo. No era que hubiera dejado de gustarle joder un poco al personal de vez en cuando, pero no estaba dispuesto a que lo enchironasen automáticamente por llevar un arma de fuego.

Hubo una época en la que llevaba pistola a todas partes y las consecuencias no le importaban lo más mínimo. Tiempo atrás, cuando se quedaba en casa de una mujer a la que había conocido, en el número cuarenta y muchos, frente a Nannie Helen Burroughs, en el distrito Noreste, se levantaba por la mañana, se metía una pistola en el bolsillo, salía por la puerta y se iba a trabajar. Recorría las calles andando hasta que se tropezaba con personas que parecían débiles, mujeres y hombres mayores a los que podía intimidar y después robarles todo lo que llevaran encima. Se imaginaba a sí mismo como un animal bello y fuerte, como uno de esos guepardos que caminan por la sabana. Ir al trabajo con naturalidad, hacer lo que hacen los cazadores.

Aquello fue antes de su estancia más reciente en la cárcel. En la prisión federal de Pensilvania, para cuando llegó al final de aquella última y larga condena, ya había dado el paso a la madurez. Sí, todavía levantaba pesas y hacía las flexiones de siempre en su celda. Seguía mirando a los hombres a los ojos y caminando con altivez. Pero no cabía duda de que la edad le había caído encima y le había hecho bajar el pistón. Cuando quedó en libertad, su plan consistía en que no tenía ningún plan, lo mismo que le había sucedido muchas veces anteriormente, pero esta vez, el no tener un mapa de carreteras lo asustó. Se dio cuenta de que el físico y la falta de miedo de su juventud ya no iban a sostenerlo al andar por el mundo. No sentía el menor deseo de llevar una vida convencional, pero fue capaz de mirarse al espejo y comprender que tenía que cambiar de estrategia. Se convertiría en jefe. Se valdría de sus artimañas y de su encanto para obligar a otros a hacer lo que él ya era demasiado mayor para hacer.

Iba a tener que buscar a varios chavales jóvenes y ponerlos a trabajar. No le resultaba difícil enganchar a los cachorros. Aunque su reputación había muerto con los que estaban desaparecidos o en la cárcel, cualquiera podía mirar sus ojos color avellana, que habían perdido toda luz, y ver que hablaba en serio, no con aquel aire sentimental de tipo pasado de moda pero todavía guay que se les concedía a los tíos canosos y a los raperos cansados. Él iba en serio.

En aquel momento sonó su teléfono móvil de usar y tirar.

—Sí, ¿dónde estás? —dijo Baker.

—Yendo para donde estás tú —dijo el blanco, Cody.

Baker cerró el teléfono.

Delante de Leo's se detuvo un Mercury Marauder de color negro. Charles Baker dejó sobre la barra un billete para pagar la cerveza y una magra propina, y salió a la escasa luz diurna que quedaba en el exterior del local. Cruzó la acera esquivando a uno de esos benefactores que sacan a un perro de las dependencias de la Sociedad Protectora de Animales y se subió al espacioso asiento trasero del coche.

Al volante del Mercury iba sentado Deon Brown, y a su lado, Cody Kruger. Deon miró por el espejo retrovisor y Baker le estudió fijamente la mirada. Se había tomado la pastilla, lo cual era buena cosa.

—Vámonos, chaval —dijo Baker.

Deon se apartó del bordillo de la acera, dio vuelta al Marauder en medio de Georgia y enfiló en dirección sur.

La Trice Brown era propietaria de un adosado dúplex situado en Manor Park, un vecindario de clase media que había al este de Georgia, cerca de la comisaría de policía del distrito n.º 4. Estaba de pie en su dormitorio, ubicado en la planta de arriba, junto a la ventana que daba a Peabody Street, con la vista fija en el coche del que se estaban apeando su hijo Deon, el amigo de éste, Cody, y Charles Baker. Al observar a Charles, oyó dentro de la cabeza aquella vocecilla que suplicaba: «Por favor, que sea bueno».

Trabajaba de asistente administrativa para el Departamento de Trabajo. Procedía de una familia fuerte que tenía raíces en el sureste. Llevaba casi veinte años en aquel empleo de funcionaria, asistía a la iglesia con regularidad y había sido una buena madre para Deon y su hija mayor, La Juanda, que actualmente se había casado y marchado de casa. En su vida todo iba bien salvo una cosa: que siempre se había liado con hombres malos. Había muchas mujeres que de jóvenes se sentían atraídas por hombres temerarios. La mayoría superaba dicha atracción y aprendía, pero no había sido el caso de La Trice Brown.

El padre de Deon había muerto, le pegaron un balazo en la cara muchos años atrás en una fiesta que se celebraba en Baltimore en honor de no se sabía quién. El padre de La Juanda fue un error de dos meses, un estafador al que dejó tirado en la estación de autobuses igual que uno deja ropa sucia en un refugio para los sin techo. El último error de La Trice era Charles Baker.

Para ser justa, cuando se conocieron parecía un hombre bueno, incluso un caballero. La abuela de La Trice, L'Annette, se había registrado con carácter permanente en la residencia para ancianos de Penn-Branch, pues padecía de Alzheimer avanzado y de vejez sin más. Cuando La Trice iba a verla, a veces hablaba con el señor Baker, uno de los encargados de la limpieza. Aunque aquel hombre tenía algo que sugería una especie de filo violento, siempre era educado y le preguntaba por su abuela, y le decía que él se aseguraría de que la «ancianita» estuviera cómoda durante su turno de trabajo.

Le sacaba a ella más de diez años, pero era atractivo, tenía la cabeza afeitada y unos ojos verdosos que le recordaban a aquel actor de cine que hacía de proxeneta con corazón de oro. Para ella, la cicatriz de la cara no estropeaba nada, sino que le daba carácter. Él le había contado sin ambages que había tomado algunas decisiones erróneas en la vida y que actualmente se encontraba en libertad condicional. Ella respondió que creía en la redención y en las segundas oportunidades. Una vez más, estaba actuando como una ciega.

La Trice le había comprado a su abuela un frasquito de perfume como regalo de cumpleaños, y un día, mientras estaba sentada con ella en la habitación, se dio cuenta de que dicho perfume no estaba sobre la cómoda en la que la señorita L'Annette guardaba sus objetos más preciados. Se lo comentó al señor Baker, el cual le dijo que iba a encargarse del asunto. En la siguiente visita, La Trice descubrió que el perfume estaba de nuevo sobre la cómoda. Encontró al señor Baker empujando una mopa y un cubo por el pasillo.

—¿Ha sido usted? —le preguntó La Trice.

—Yo me he encargado de ello —contestó el señor Baker—. Una de las enfermeras, la haitiana, creía que había sido muy astuta. Ya no volverá a robar más cosas a las abuelas.

—¿Cómo ha hecho para recuperarlo?

—Pues verá, le he enseñado a esa jovencita el error que cometía haciendo esas cosas.

El señor Baker invadió su espacio personal, se irguió sobre ella, poderoso. Ella era una persona menudita, y él era muy alto.

—Gracias, Charles.

—Es la primera vez que alguien me llama por mi nombre de pila.

—¿Le gustaría que tomásemos café juntos alguna vez?

—Oh, me gustaría muchísimo, La Trice.

En aquel entonces parecía un hombre muy bueno. La Trice oyó cerrarse de golpe la puerta de la calle al entrar él en la casa, y se sintió estremecer.

Los jóvenes se fueron a jugar con la Xbox en el cuarto de la televisión. Cody tenía un apartamento alquilado allí cerca, en el cual Deon y él almacenaban, pesaban y embolsaban la marihuana que movían. Y también era donde guardaba Cody su arma. Deon todavía vivía con su madre, en parte para tenerla a ésta vigilada y en parte porque opinaba que era lo más sensato, dada la personalidad temeraria de Cody.

Baker les dijo que no tardaría en volver. Quería hablar un momento con la madre de Deon.

Baker subió las escaleras. Últimamente, La Trice venía actuando de manera un tanto rara. Le replicaba, se irritaba cuando él hablaba de los planes que tenía para el futuro, como si ya hubiera oído demasiadas veces todas aquellas historias inventadas. Y lo peor era que en ocasiones retrocedía cuando él intentaba tocarla. Una vez que uno ha perdido el gancho sexual para una mujer, la relación está terminada. Sólo se puede recuperar de forma temporal, pero nunca del todo. No era que La Trice le importase, sino que necesitaba la ayuda de su hijo y del amigo de éste. Iba a tener que conseguir que La Trice controlase sus sentimientos hasta que él hubiera utilizado a los chicos hasta el final.

La Trice estaba de pie en un rincón de su dormitorio cuando entró él. Era muy bajita y tenía unos pechos que resultaban demasiado grandes, para la poquita cosa que era ella, cuando el sujetador caía al suelo. Cuando sonreía no estaba mal, pero es que ya no sonreía mucho, y cuando estaba seria parecía un dibujo animado, ojos saltones, labios salidos, igual que un perro de juguete. Lo ponía enfermo mirarla.

—¿Qué ocurre, nena? —dijo Baker en tono amable.

—Acabo de volver del trabajo. ¿Y tú?

—He estado buscando trabajo.

—Pero ¿no trabajabas hoy?

—Llamé diciendo que estaba enfermo.

—Una condición de tu libertad condicional es que tengas un empleo con el que te ganes la vida. Necesitas ese trabajo.

—La necesidad no tiene nada que ver. No voy a volver a ese sitio. Te lo juro, ya no aguanto ese olor.

Y tampoco le gustaba trabajar con todos aquellos extranjeros. Como aquella enfermera haitiana. Sabía que había sido ella la que había robado el perfume de la abuela de La Trice. No era la primera residente a la que robaba aquella chica; siempre escogía a personas que no estuvieran del todo bien de la cabeza. Cuando se enfrentó a la haitiana para acusarla del robo, ella lo negó, así que la metió a la fuerza en una habitación vacía y la sujetó contra la pared poniéndole el antebrazo en el cuello. Le estrujó con saña uno de los pezones entre el pulgar y el índice a través de la tela del uniforme, hasta que vio que le rodaba una lágrima por la mejilla. La chica le trajo el frasco de perfume al día siguiente. Aquella acción tan galante lo transformó en un héroe a los ojos de La Trice.

—De todos modos, obtuve lo que buscaba en aquella residencia de ancianos —dijo Baker—. Conocí a una encantadora ancianita llamada señorita L'Annette. Y te conocí a ti.

Baker se acordaba de la época en que diciendo cosas como aquélla a La Trice se le humedecían las bragas. Pero ahora, ella se limitó a desviar los ojos.

—Todo va a salirnos bien, nena —dijo Baker. Se acercó a ella y le alzó la barbilla con la mano. Acto seguido se inclinó y besó sus inmóviles labios.

Ella deseaba que se fuera. No lo amaba. No le importaba la influencia que ejercía en su hijo. Estaban haciendo algo sucio todos juntos, Charles, Deon y Cody. Fuera lo que fuese, tenía que estar mal.

—Hasta luego —dijo Baker.

—¿Adónde te vas ahora?

—Al apartamento, con los chicos. A no ser que quieras que me quede aquí contigo.

—No —repuso La Trice—. No pasa nada.

Charles fue al piso de abajo, buscó a los chicos y les dijo que era el momento de marcharse.

9

Deon Brown había asistido al instituto Coolidge del distrito, y Cody Kruger había ido al Wheaton, situado en Maryland. Deon se había graduado con notas bajas y Cody no se había graduado en absoluto. Se conocieron porque los dos trabajaban en una de las muchas tiendas de calzado deportivo del centro comercial Westfield, que algunas personas de cierta edad llaman todavía Wheaton Plaza. No era una tienda de las que exigen a sus empleados ir vestidos con camisetas de árbitros. Ninguno de los dos habría hecho tal cosa.

La primera vez que Deon vio a Cody, éste lucía una brecha abierta en la ceja derecha y varios rasguños en un lado de la frente. Cody explicó que le había atizado «un chico que intentaba verme», pero que él había «castigado» a su agresor y que las marcas que llevaba en la cara «no eran nada». Deon nunca llegó a ver a Cody pelear de verdad. Así y todo, Cody hablaba incesantemente de la violencia igual que otros jóvenes hablaban de sexo. Sea como fuere, no parecía que le interesaran mucho las mujeres. Tenía los ojos separados, la piel pálida, espacios entre los dientes y acné, grueso como el vómito, en las mejillas.

Se hicieron amigos. Deon siempre había sido un tanto solitario, y, a pesar de todas sus bravatas, Cody también. Les gustaba la maría, los videojuegos y el mismo tipo de música. Los dos eran aficionados a TCB, 3D, Reaction, CCB, Backyard y otros grupos *go-go* locales, y también al rap, si se combinaba con *go-go*, como hacía el tal Wale. Sabían quién era Tony Montana, pero Nelson Mandela, no. Se compraban ropa que llevara etiqueta y desdeñaban las marcas que eran comunes y estaban pasadas. Ellos vestían Helly Hansen más que North Face, Nike Dunk en vez de Timb. Y ambos eran forofos de las zapatillas de deporte. El motivo de que trabajaran en aquella tienda era el descuento que les hacían a los empleados.

Cody llamaba a todos los hispanos «mexicanos», los consideraba adversarios suyos y afirmaba que quitaban los puestos de trabajo a los americanos. Llevaba el pelo muy corto y se lo arreglaba sólo en las peluquerías para negros. Pronunciaba algunas palabras como los negros, pero a Deon no le daba la impresión de que se esforzara mucho por dar una imagen, como les ocurría a otros chicos blancos. Él era así.

Tras un encuentro casual con un antiguo conocido que se había convertido en cliente, Deon y Cody empezaron a pasar un poco de hierba a los otros empleados del centro comercial. Existía un mercado natural para la droga, de modo que podían actuar con discreción, valiéndose de la red establecida, todos los jóvenes que trabajaban en los quioscos, en las tiendas de ropa urbana, en las que vendían camisetas de deporte y en las zapaterías. Compraban medio kilo de una vez y lo que se fumaban ellos mismos les salía gratis. Nunca intercambiaban marihuana ni dinero dentro del recinto de Westfield; eso se podía hacer recorriendo un breve trecho en coche hasta una de las muchas zonas de aparcamiento que servían al CVS, la tienda de excedentes, o hasta el párking municipal que había detrás del Wheaton Triangle. Cuando empezaron a ver beneficios, Deon dio la entrada para adquirir un Marauder de segunda mano, un coche que llevaba mucho tiempo deseando tener, y Cody alquiló el apartamento que quedaba cerca de la comisaría de policía del distrito 4. Aumentaron los pedidos a su proveedor y colocaron el inventario extra sin esfuerzo. Gastaban los beneficios tan rápidamente como entraban.

Televisor de plasma, múltiples iPods, muebles comprados a plazos en Marlo, una pistola. Para Cody, era la vida que había imaginado para sí. Deon no estaba tan seguro; sufría brotes de depresión, y con frecuencia, incluso cuando estaba hasta las cejas de Paxil, no veía la parte positiva. Si uno tenía todo esto, ¿qué le quedaba por desear? El señor Charles, que llevaba en sus vidas desde los principios del negocio, decía: «Más.»

Tras salir de la casa de La Trice, Baker, Cody y Deon se subieron al Mercury. El Marauder de Deon estaba equipado con colectores Kook's, tubos de escape Flowmaster de extremos grandes y cromados, llantas Motto de veinte pulgadas. Las ventanillas estaban tintadas hasta el límite permitido, y éste y los demás extras atraían la mirada de la policía. Baker sabía también que ver a dos chavales, uno negro y el otro blanco, juntos dentro de un coche se consideraba sospechoso, y que existían más posibilidades de que la policía los parase que si ambos ocupantes fueran de la misma raza. Por esta razón insistía en que el Marauder no llevara nada de contrabando. Para el trabajo utilizaban el Honda de Cody, un coche fiable y relativamente invisible.

Fueron al apartamento de Cody, ubicado en Longfellow. Estaba siempre revuelto y olía a ropa sucia y a comida dejada en los platos y abandonada en el fregadero. La moqueta estaba llena de envoltorios de chicles y papelitos que guardaban códigos de la Xbox. Se sentaron en el sofá y se pusieron a jugar con la última versión de la NBA Live mientras Baker se acomodaba ante una mesa de escritorio con cajonera y encendía el ordenador de Cody. Los chicos lo empleaban para ver porno, mirar las chicas que salían en MySpace, enterarse de los resultados deportivos y navegar por eBay en busca de zapatillas de deporte tanto clásicas como nuevas. Baker lo utilizaba para el negocio.

Su idea había sido llevada a la práctica el día en que vio la columna de la sección de negocios del periódico. Y más adelante, después de ver uno de aquellos programas de televisión que se desarrollaban la mitad en la calle y la mitad en la sala de un tribunal, un episodio que detallaba un chantaje relacionado con un crimen cometido décadas antes, Baker comenzó a ver que él podía sacar partido de un montaje similar, pero más razonado. Tecleando «Heathrow Heights» y «asesinato» en la barra del buscador, terminó por dar con un sitio que ofrecía un servicio de base de datos que contenía documentos relativos a juicios criminales tanto de ámbito estatal como federal, que se remontaban muchos años en el tiempo. Sirviéndose de la tarjeta de crédito de La Trice, había recuperado las transcripciones parciales del juicio al precio de menos de cinco dólares. A diferencia de los artículos de periódico antiguos que había imprimido de los microfilms de la biblioteca, los cuales no identificaban a algunas de las personas implicadas debido a que eran menores de edad, el documento que obtuvo proporcionaba una lista de todos los protagonistas con sus nombres. A partir de ahí, no resultó muy difícil continuar.

—No quiero Woods, tío —dijo Cody mientras Deon le quitaba el papel a un cigarrillo y volcaba el tabaco que contenía—. Vamos a hacernos un porro normal.

Deon siguió a lo suyo. Tomó un poco de hierba de un montoncito que había sobre la mesa y puso una buena cantidad en el papel Backwoods. A continuación enrolló el porro y lo selló.

—Menuda mierda —musitó Cody. Pero cuando Deon prendió la marihuana y se la pasó a él, le dio una buena calada.

Baker continuaba trabajando. Por muy poco dinero uno podía tener a su disposición toda clase de buscadores de personas, que estrechaban el campo por edad y por datos geográficos. No tardó en tener la dirección y la información de contacto de Peter Whitten. El otro, Alexander Pappas, resultó un poco más difícil de identificar. En el área de D.C. había unos cuantos que llevaban el mismo nombre, pero el que terminó eligiendo fue el que tenía la edad más aproximada. Aún vivía en el vecindario del que procedía. Tenía que ser el mismo tío al que él había machacado.

Escribió en el tratamiento de textos una carta redactada con sumo cuidado y sin firmar que copió de otra que había sido escrita a mano y que mostraba marcas de corrección y palabras en los márgenes. Seguidamente tecleó un nombre e imprimió la carta en un sobre que había introducido en la impresora de chorro de tinta.

En la habitación flotaba un denso humo de marihuana. A Cody y a Deon les había dado la risa floja cuando el primero se puso a alardear de su destreza con el videojuego de baloncesto. A Baker no le importaba que estuvieran colocados; así eran más fáciles de manejar.

—Repetid lo que os dije del código —dijo Baker.

—¿Los códigos de la Xbox? —Cody no apartó la mirada de la pantalla ni los dedos del mando.

—El código para volver a entrar en el apartamento —replicó Baker con paciencia—. Os expliqué que teníais que llamar de una manera determinada.

—Tenemos llave —dijo Cody—. ¿Para qué necesitamos también llamar a la puerta?

—¿Y si os la roban? ¿Y si volvéis acompañados de la policía? De esa forma sabré que sois vosotros.

—Golpe, golpe, pausa, golpe —dijo Deon.

—Exacto —respondió Baker—. ¿Estáis listos para salir?

—Un momento —dijo Cody empleando el lenguaje corporal para que los jugadores hicieran en la pantalla lo que él les ordenaba—. Estoy a punto de cargarme a este mamón.

—Di más bien que lo has soñado —dijo Deon.

—En cambio tú, si ganas es de pura chiripa.

—Ya jugarás luego —dijo Baker—. Tenemos trabajo.

Alex Pappas tenía una fotografía enmarcada y colgada en la cocina, en la que se veía a su padre, John Pappas, de pie junto a la parrilla de la cafetería, con el delantal puesto, una espátula en la mano y una sonrisa de felicidad en la cara. La parrilla estaba abarrotada de filas de hamburguesas descongeladas que estaba precocinando. Hacía aquello mismo todos los días a modo de preparación para la hora punta del almuerzo.

—¿Por qué está sonriente? —preguntaba Johnny Pappas, el hijo mayor de Alex, cuando era pequeño—. ¡Sólo está haciendo hamburguesas! No es que hubiera ganado un millón de pavos ni nada parecido.

—Tú no lo entiendes —contestaba Alex.

Aquella foto era una manera de mantener a su padre vivo para los nietos que no habían llegado a conocerlo. Alex la había instalado junto al frigorífico, para que la vieran a menudo.

—Eh, papá —dijo Johnny Pappas al tiempo que entraba en la cocina—. No cierres todavía, ¿vale?

Alex acababa de meter un bloque de queso *kasseri* en la nevera de dos puertas, y todavía tenía que cerrarla. La mantuvo abierta mientras su hijo introducía la mano y extraía una botella de plástico de zumo de arándanos. Johnny bebió directamente de la botella.

—Lo bebes igual que un animal —comentó Alex.

—No quiero tener que lavar un vaso.

—¿Cuánto hace que no lavas algo aquí?

—Eso es cierto —contestó Johnny.

Johnny volvió a dejar la botella en su sitio, rozando con su melena desgreñada el rostro de Alex, y se limpió la boca con la manga. Alex cerró la puerta del frigorífico y se fue con Vicki, que estaba sentada a la mesa de comer con varios menús para llevar extendidos ante ella. Iban a hacer un pedido de comida, pero Alex había sacado un poco de queso, aceitunas *kalamata* y pan tostado a modo de tentempié antes de la cena. Johnny también se sentó a la mesa con ellos.

En un pequeño televisor colocado sobre la encimera estaban dando un partido en horario de máxima audiencia. Los Pappas tenían una agradable salita de descanso provista de un televisor de pantalla grande, pero sobre todo Alex y Vicki se sentaban en la cocina y veían el de trece pulgadas. La cocina era la habitación central de la casa desde que los niños eran unos recién nacidos.

—¿Qué tal nos ha ido hoy? —dijo Johnny.

—Yo he metido dos o tres millones —dijo Alex.

—¿Nada más?

—Nos ha ido bien.

—Papá, he estado pensando...

—¿Qué te he dicho sobre lo de pensar?

—He estado pensando que deberíamos añadir algunas ofertas especiales al menú. Cambiar un poco la carta.

—Ah, ya empezamos.

—No puedes competir con todos los Panera que hay por ahí. O sea, si pretendes igualarlos en cuanto a sándwiches, vas a salir perdiendo.

—Este local no es de ese tipo. Yo tengo una parrilla y platos fríos. No dispongo de una cocina grande.

—No necesitas más espacio ni más equipamiento. Yo puedo hacer sopas gourmet con un solo quemador de gas. Y puede que saltear cangrejos cuando sea la temporada. Para los desayunos podemos ofrecer huevos rancheros y acompañamientos como embutido de manzana. Y como guarnición, unos cuantos gajos de aguacate fresco.

—Entiendo. Es posible que sepas preparar todas esas cosas tan ricas, pero no estás aquí todo el tiempo. ¿Quién va a hacerlas? ¿Y qué pasa si no funcionan?

—A Darlene le gustaría mucho aprender recetas y sándwiches nuevos. ¿No te parece que ella también está aburrida de las mismas cosas de siempre?

—Está aquí para trabajar, no para divertirse.

—Si lo probamos y no funciona, siempre podemos volver a lo que ya conocemos. No estoy diciendo que tires el menú antiguo a la basura, sino que hagamos algo diferente. Para atraer a clientes totalmente nuevos.

Alex gruñó y se cruzó de brazos.

Johnny había obtenido una diplomatura en márketing y acababa de graduarse en un instituto culinario. Durante una temporada había estado de aprendiz de chef en un restaurante de *nouvelle cuisine* que había cerca de la Universidad George Washington. Ahora estaba trabajando con su padre en la cafetería a la hora de los desayunos y la del almuerzo, que con frecuencia era una situación de opiniones enfrentadas. Vicki, que pensaba que su hijo necesitaba la experiencia cotidiana de cómo llevar un negocio, era la que había sugerido ensayar algo nuevo.

—Hoy he visto en una tienda una pizarra muy bonita con marco pintado a mano —dijo Johnny—. Pienso que deberíamos comprarla. Puedo ponerla encima del teléfono de la pared, para anotar en ella los platos del día.

—Por amor de Dios.

—Déjame probar, papá. Una sopa nueva, un sándwich nuevo. A ver si tiene éxito.

—¿*Avrio*?

—Mañana, sí.

—De acuerdo. Pero a ver qué te parece este otro cambio: llegarás puntual al trabajo.

Johnny sonrió.

—¿Cenas esta noche con nosotros, cielo? —preguntó Vicki con las gafas de leer que se había comprado en la farmacia apoyadas en la punta de la nariz.

—Depende de lo que vayáis a cenar —repuso Johnny.

—*Ine aposoy* —contestó Alex haciendo un movimiento de cabeza en dirección a él. Quería decir que su hijo era un escogido.

—No quiero comer nada de esa comida de plástico.

—¿Y crees que yo sí? —replicó Alex.

—¿Qué tal El Rancho? —propuso Vicki.

—Di más bien El Cucaracho —apuntó Johnny.

—No me apetece comida mexicana —dijo Alex—. Tengo el estómago...

—¿Y el Mie Wah? —ofreció Vicki.

—No Me Va —retrucó Alex.

—No seas tan tacaño, papá.

—No es eso. Es que no me gustan los chinos.

—¿Y el Cancún Especial?

—No se me dan bien las especialidades —repuso Alex.

—Ya ha dicho que no quiere comida mexicana —apuntó Johnny.

—Bueno, pues algo tendremos que cenar —dijo Vicki.

—Venga, pedimos una pizza al Ledo —propuso Alex, una decisión a la que habían ido acercándose poco a poco.

—Yo voy a preparar una ensalada —se ofreció Vicki—. Pídela tú, Alex, ¿quieres?

—Si va Johnny a recogerla.

—Ya voy.

Lo vieron salir, un joven de veinticinco años alto, delgado y atractivo, vestido con vaqueros ajustados y una cazadora de cuero que parecía ser de una talla inferior a la suya.

—¿Qué pintas son esas que lleva? —preguntó Alex—. ¿Qué es, metrosexual o algo así?

—Basta.

—Estoy preguntando.

—Es un joven *hip*, nada más —contestó Vicki, que estaba suscrita a muchas revistas que se podían adquirir en los pasillos del supermercado—. Lleva el *look* de uno de los chicos de ese grupo, los Strokes.

Alex la miró fijamente.

—Yo sí que tengo una cosa que puedes acariciar —dijo, aludiendo al nombre del grupo, «las caricias».

—Oh, por favor, Alex.

—Estoy diciendo que ya ha pasado mucho tiempo.

—¿Tienes que mencionarlo?

—Un hombre tiene derecho a soñar.

—Pide la pizza, cielo.

—Vale, de acuerdo.

Fue hasta el teléfono y pidió una pizza grande con anchoas y champiñones. Vicki, que estaba alineando la lechuga, los pepinillos, las cebollas y las zanahorias junto a la tabla de cortar, volvió a dirigirse a él en cuanto colgó el teléfono.

—Cielo.

—Qué.

—Tenemos que hacer algo con lo del edificio.

—Está bien.

Alex y Vicki eran propietarios de una estructura de ladrillo de casi 1.600 metros cuadrados, que anteriormente había sido una subestación de Pepco, frente a Piney Branch Road de Takoma Park. Se había distribuido en zonas para darle un uso comercial, y durante los cinco últimos años había estado alquilada por un persa que la utilizaba como salón de exposiciones para presentar muestras de alfombras y moquetas a sus clientes. Cuando su actividad comercial se fue por el mismo camino que el teléfono con cable, dejó el local. Vicki estaba preocupada por el flujo de efectivo, pero Alex no. Ella llevaba los libros de contabilidad, pagaba los impuestos y gestionaba las inversiones. Alex tenía talento para dirigir un negocio, pero no sentía interés alguno por la mecánica del dinero.

—Ya buscaré un inquilino —dijo Alex.

—Llevas diciendo eso desde que se marchó el iraní. Ya han pasado seis meses.

—El edificio está pagado.

—Pero todavía pagamos impuestos por la propiedad.

—Está bien.

—Simplemente lo señalo, Alex.

—Pero no vayas por ahí metiendo el dedo en todo, ¿quieres, Doña Metomentodo?

Vicki esbozó una sonrisa de satisfacción al tiempo que partía en dos una lechuga iceberg.

Era tirando a bajita, aún conservaba un buen tipo, tenía un poquito de barriga pero estaba bien. El pelo, teñido de negro, lo llevaba cortado al estilo que hizo famoso Jennifer Aniston en *Friends* pero que ahora ya estaba pasado de moda. Esto lo sabía hasta Alex. En cambio a su mujer le quedaba bien. Todavía se excitaba cuando contemplaba su modo de venir andando hacia la cama por las noches. El modo en que se volvía tímidamente para quitarse el sujetador.

Vicki había envejecido varios años en el único que había transcurrido desde la muerte de Gus, pero las arrugas nuevas que tenía en la cara no constituían ningún problema para Alex. La pena también le había adelantado el reloj a él. Sabía que Vicki y él iban a estar juntos hasta el final. Con todo lo que habían pasado y habiendo sobrevivido a ello, no le cabía la menor duda.

La conoció cuando ella acababa de terminar el instituto y estaba haciendo prácticas en el departamento de contabilidad del Machinist's Union Building, en el bloque 1300 de Connecticut. En dichas oficinas trabajaban las chicas más amantes de la diversión del área del sur de Dupont, y también las más simpáticas. Alex tenía veintitantos años y era un empresario joven, propietario de un restaurante, un buen partido. Ella acudía al local todas las mañanas y tomaba un café pequeño, con leche y azúcar, y un bollo. Se apellidaba Mimaros. Era grecoamericana, ortodoxa, una *koukla*, y trataba con amabilidad a Darlene y al resto de la plantilla. A él no parecía hacerle caso. Alex la sacó a cenar y ella se mostró respetuosa con la camarera; si no hubiera sido así, Alex habría roto con ella al instante. Se casaron en el plazo de un año.

—¿Qué opinas? —preguntó Vicki.

—¿De qué?

—De Johnny, so tonto.

—Que tiene ideas fantasiosas.

—Está entusiasmado. Lo único que intenta es ayudar.

—Ya le he dicho que podía probar un par de cosas, ¿no?

—A tu manera, sí.

—Es que me irrita, el crío este.

Alex aguardó el mudo recordatorio de Vicki que también era una amonestación: «Johnny no es Gus.» Pero Vicki continuó cortando la lechuga y no hizo más comentarios.

Alex regresó al teléfono y lo levantó de la horquilla.

—Voy a llamar a mi madre.

Se trasladó al cuarto de estar y tomó asiento en su sillón favorito. Marcó el número de su madre, que actualmente vivía en Leisure World. Procuraba telefonearla todas las noches e ir a verla dos veces por semana, aunque ella le recordaba a menudo que no se sentía sola. Calliope Pappas no se había juntado con ningún hombre desde que falleció su marido, pero tenía muchas amistades. Matthew, el hermano de Alex, que vivía en el norte de California, llamaba con poca frecuencia y hacía una visita sólo ocasionalmente, en vacaciones, así que la madre, que ya iba acercándose a los ochenta, era lo único que conectaba a Alex con su niñez. Decía muchas veces que si se había quedado en la zona de Washington había sido por ella. Pero en secreto, sabía que necesitaba a su madre más de lo que lo necesitaba ella a él.

—Hola, mamá. Soy Alex.

—Ya lo sé, cariño. ¿No voy a conocerte la voz a estas alturas?

Cuando se hubieron despedido, Alex regresó a la cocina, volvió a poner el teléfono en su horquilla y fue hasta el frigorífico para coger otra rebanada de queso. Echó una mirada a la foto de la pared, la de su viejo con el delantal en el *magazi*, dando vuelta a las hamburguesas con una expresión de auténtica felicidad en la cara. Alex había vivido sus buenos tiempos en la cafetería. Había echado unas risas con los clientes y con los empleados. Pero jamás se había sentido igual que parecía sentirse su padre en aquella foto. Se le ocurrió pensar que, en los treinta y tantos años que llevaba trabajando allí, nunca había experimentado una felicidad tan relajada.

10

—¿Cómo consiguió este empleo ese tío? —preguntó Raymond Monroe.

—Antes de eso era cómico —respondió Kendall Robinson.

—Pues a mí no me ha hecho reír nunca —dijo Monroe—. Ni una sola vez.

—A mí tampoco —dijo Marcus Robinson.

Estaban en el adosado que tenía Kendall en Quebec Place, cenando comida que habían comprado para llevar y viendo aquel popular concurso de televisión que echaban por la noche y que presentaba un tío calvo que lucía un parche de trompetista de jazz bajo el labio inferior.

—Me gustaría saber dónde se solicita un trabajo así —dijo Monroe—. Porque estoy totalmente seguro de ser capaz de hacerlo mejor que él.

—¿Has visto alguna vez un presentador de concursos que sea negro?

—¿No había uno que lo presentaba Arsenio?

—Ése tampoco es gracioso.

—Podría ser el primero en romper la barrera del color en los presentadores de concursos. Lo que quiero decir es que si el Don Limpio ese es capaz de hacer algo así, yo también. Porque ese tío está totalmente falto de talento. ¿Se dice así?

—Creo que sí.

—¿Quieres saber cómo consiguió ese empleo? Por suerte. Igual que encontrar un trébol de cuatro hojas, igual que ganar en el casino, lo mismo. Este tío debe de tener una herradura de la suerte metida por el...

—¡Raymond!

Marcus soltó una carcajada.

—Tiene mucha suerte.

—Eso es lo que estoy diciendo, Cacahuete.

Monroe había puesto aquel apodo al chaval a causa de su estatura y de la forma tan graciosa que tenía su cabeza afeitada. A Marcus no le importaba que se lo llamara. El señor Raymond le caía bien, y cuando éste le puso el apodo, era porque Marcus también le caía bien a él.

—¿Para qué estamos viendo esto? —dijo Kendall.

—Tienes razón —contestó Monroe—. No sé por qué lo llaman concurso, cuando no se necesita ninguna habilidad. Todo se basa en la avaricia.

Monroe se levantó de la mesa de la cocina y apagó el televisor.

—Así, qué fácil —comentó Kendall.

—Debería hacerlo con más frecuencia —replicó Monroe—. Venga, hombrecito, vamos a echarle un vistazo a tu bici.

—Tiene que hacer los deberes de matemáticas —protestó Kendall.

—Ya los haré, mamá.

—¿Le prometes a tu madre que luego vas a hacer los deberes? —dijo Monroe.

—Sí.

—Pues entonces vamos.

Kendall dirigió a Monroe una mirada de aprobación mientras éste cruzaba la habitación con el niño. Salieron por la puerta trasera de la cocina, bajaron unos escalones de madera que daban a una acera agrietada y bordeada por dos estrechas franjas de tierra, hierbajos y un poco de césped y penetraron en un garaje pequeño e independiente que se elevaba junto al callejón.

Kendall había comprado aquella casa diez años atrás, por cincuenta y pico mil dólares, y ahora valía varios cientos de miles. Había soportado el trapicheo de droga, los allanamientos y la violencia de aquel vecindario, y aunque los problemas no estaban erradicados del todo, estaba empezando a tomar cuerpo la visión que tenía de un Park View transformado.

Muchas de las viviendas de su calle actualmente tenían propietarios de nuevas generaciones y estaban siendo reformadas. Kendall, aunque no había hecho mejoras importantes, mantenía su casa en un estado decente. Monroe se encargaba del mantenimiento básico, que a menudo no iba más allá de dar una mano nueva de pintura a una pared, hacer agujeros nuevos para tornillos para sustituir los que se habían estropeado, calafatear bañeras y duchas y reponer las ventanas rotas, una habilidad que les había enseñado su padre a él y a James cuando eran pequeños.

Monroe también organizaba el garaje. Sus padres no tenían ninguno en Heathrow, y para él suponía un lujo. Tenía tornillos, tuercas, pernos, arandelas y clavos almacenados en tubos de carretes de fotos vacíos, cada uno con una pegatina escrita con rotulador y todos alineados en una balda de madera. Aceite de motor, líquido de la transmisión, líquido de frenos, trapos, útiles de limpieza, líquido para lavar el parabrisas y anticongelante; todo este material estaba colocado en fila, apoyado contra uno de los muros. Había llevado allí su caja de herramientas, y cuando era necesario la llevaba a casa de su madre. Pensaba que poco a poco estaba instalándose en aquel lugar.

—No sé cómo se ha pinchado —dijo Marcus mientras Monroe ponía en posición vertical su bicicleta, una Dyno 2000 con ruedecitas a los lados en la parte de atrás, y la apoyaba sobre el manillar y el sillín.

—Habrás pisado algo, imagino. Alcánzame esas palancas para desmontar neumáticos que hay en la balda. —Al ver que Marcus no se movía, explicó—: Esas cosas azules de plástico, un poco alargadas. Con ganchos en la punta.

Raymond le mostró al chico cómo insertar el extremo

grueso de la palanca entre el neumático y la llanta, y cómo engancharlo en el radio. Le indicó cómo emplear la segunda palanca de la misma manera, enganchándola dos radios más abajo. Trabajando así, se podía sacar el neumático.

—Ahora pasa con cuidado la mano por dentro del neumático. Encontrarás unos trocitos de cristal, o alguna rama puntiaguda, algo así. Lo que haya causado el pinchazo en la cámara.

—Ha sido esto —dijo Marcus sosteniendo con cuidado entre los dedos un pequeño triángulo de cristal verde oscuro.

Monroe bombeó aire un par de veces al interior de la cámara nueva y la encajó en el neumático vacío. A continuación sacó la válvula por el agujero de la llanta y metió un lado del neumático en el borde de la misma. Después rodeó la bici y encajó el otro lado con los dedos a fuerza de músculo. Completó la tarea inflando la rueda hasta la presión adecuada. Mientras tanto no dejó de hablar con el chico, describiendo el proceso con un lenguaje sencillo.

Marcus observó atentamente cómo trabajaba. Se fijó en que en las manos del señor Raymond se marcaban mucho las venas y sobresalían de los antebrazos igual que cables de acero. Se fijó en el gorro de punto que llevaba en la cabeza, un poco ladeado. Y también en su bigote, fino y cuidado. Algún día, él también pensaba dejarse uno igual.

—Ahora ya tiene que rodar bien —dijo Monroe.

—¿Puedo ir hasta la Avenue y volver?

—Es demasiado de noche. Me preocupan los coches que puedan verte. Pero puedes acompañarme andando hasta la tienda, si quieres. Me he dado cuenta de que a tu madre le falta leche.

De camino hacia Georgia, Monroe le habló a Marcus acerca del lenguaje corporal.

—Barbilla alta, los hombros cuadrados, como si llevaras colgando un palo de escoba. Establece contacto visual, pero sin pasarte, ¿entiendes? No te conviene provocar a nadie sin motivo. Por otra parte, tampoco te conviene parecer una víctima en potencia.

—¿Cómo es una víctima? —preguntó Marcus.

—Como una persona a la que se podría robar en plena cara —respondió Monroe. Estas mismas cosas se las había dicho a Kenji cuando era pequeño. Y a él se las había dicho su padre, Ernest Monroe.

Calle abajo, a medida que se iba intensificando el tráfico, Marcus se cogió de la mano de Monroe.

Charles Baker iba sentado en el asiento del pasajero del Honda de Cody Kruger, mirando por la ventanilla una casa colonial de color gris que se levantaba en la esquina de la 39 con Livingston. En el asiento de atrás iba Deon Brown, moviendo de un lado para otro su considerable peso. Estaban aparcados bloque adelante, cerca de Legation Street. Dos negros y un blanco en el interior de un coche desvencijado en uno de los barrios más ricos de la ciudad. Cualquiera que se tropezara con ellos pensaría que se habían extraviado.

—Estas casas son bonitas —comentó Cody.

—Y tienen árboles muy grandes —dijo Baker—. Durante el día, esto es el paraíso de los allanadores.

Se encontraban en Friendship Heights. Baker había cometido unos cuantos allanamientos en vecindarios idénticos a aquél. Dos hombres dentro, uno en el coche vigilando. Entrar directamente hasta el dormitorio principal y ponerlo todo patas arriba. A la gente le gustaba guardar las joyas, las pieles y el dinero en efectivo cerca del sitio donde dormía. Pero él y su gente habían sido retirados de dicho juego por la ley. No estaba dispuesto a ir otra vez a la cárcel por un abrigo de pieles. Si tenía que caer, sería por algo que mereciera la pena.

—Teniendo tanto dinero —comentó Cody—, ¿por qué no conducen cochazos más lujosos?

—Por prudencia —contestó Baker—. Demuestran que lo tienen de manera discreta, pero también están diciendo algo más.

Aquél no era el estilo de vida de nuevos ricos que exhiben

en la puerta de casa un deportivo propio de un Potomac o un McLean. Allí los residentes tenían pasta, pero no se preocupaban de publicarlo en los periódicos. Sus coches no llamaban la atención, ni siquiera cuando eran rápidos, pero eran bastante nuevos y respetuosos con el medio ambiente. Las calles estaban repletas de Volvos de tracción a las cuatro ruedas, sedanes Saab, monovolúmenes híbridos, modelos Infiniti G y Acuras.

—Éstos están diciendo: «Mírame —dijo Baker—, puedo permitirme un Mercedes pero prefiero no tenerlo.» Se gastan cincuenta mil dólares en un Lexus híbrido para ahorrarse un litro de gasolina cada pocos kilómetros y alardear de ello en la próxima cena a la que asistan. Pero pide a uno de estos hijos de puta que done mil dólares a un colegio del otro lado de la ciudad para que un niño negro y pobre pueda tener un ordenador y una oportunidad en la vida, y verás cómo te cierra la puerta en las narices.

«¿Y cómo lo sabes tú? —pensó Deon, que ya estaba cansándose del tono de escepticismo con que hablaba Baker—. ¿Cuándo has hecho tú algo por algún niño, pobre o lo que sea?»

—¿No es cierto, Deon?

Deon recolocó el cuerpo. Tenía las piernas grandes y se encontraba incómodo en la estrechez del asiento trasero.

—Muy cierto, señor Charles.

—No aguanto a esta gente —dijo Baker, y Cody afirmó con la cabeza.

—¿Podemos irnos? —dijo Deon.

—Dentro de un minuto —respondió Baker.

Deon no se sentía cómodo en aquella parte de la ciudad, Aun cuando iba bien vestido, aun cuando era convencional, proyectaba cierta imagen. No era sólo el color, aunque eso influía bastante en las reacciones. La gente de allí percibía que no era su sitio. En cierta ocasión compró una camisa en una de las tiendas de Wisconsin Avenue, situada en la zona que llamaban «el Rodeo Drove de Chevy Chase», y cuando la llevó a la caja le pidieron la documentación, y eso que estaba pagando en efectivo. Su madre le dijo que debería haber preguntado el motivo, pero él se sintió demasiado humillado para cuestionar al dependiente. Ya no volvió a ir de compras a aquella zona de tiendas.

En eso, se abrió la puerta de la casa de estilo colonial y salió por ella un hombre alto y delgado vestido con cazadora deportiva y pantalón. Lucía una cabellera densa, gris y tirando a larga que le caía un poco por encima de las orejas. Llevaba en la mano una correa, en cuyo extremo iba atado un perro salchicha. Se detuvo un momento para prender un habano y después echó a andar en dirección norte.

—Todas las noches —dijo Baker.

Cody tocó la manilla de la portezuela.

—Aún no —dijo Baker—. Que se aleje un poco.

—¿Cómo sabes que no va a volver enseguida?

—Porque va a llegarse hasta ese bonito centro de ocio con cancha de baloncesto que tienen como a una manzana de aquí. Tarda un poco en llegar, porque ese triste proyecto de perro que lleva atado a la correa tiene las patas cortas.

—Una cancha sin iluminar puede ser un sitio perfecto para desvalijarle —apuntó Cody.

—Lo que yo quiero no cabe dentro de una cartera —replicó Baker—. Su deuda asciende a bastante más.

El hombre dobló a la izquierda al llegar a Livingston y desapareció.

—Ahora, sí —dijo Baker a la vez que entregaba a Cody un sobre con el interior tintado que llevaba impreso en el anverso el nombre de «Peter Whitten».

Cody se apeó del coche, recorrió al trote unos metros de calle y metió el sobre en el buzón que había junto a la puerta de la casa colonial. Acto seguido regresó al Honda, excitado, con la cara enrojecida y sin resuello.

—Adelante —dijo Baker.

Cody le dio al contacto y salió del aparcamiento. Se dirigieron hacia el este y emprendieron el regreso a su lado de la ciudad.

Vicki se había acostado temprano, tal como acostumbraba a hacer desde que mataron a Gus. No soportaba ver las series de autopsias y asesinos en serie que dominaban la programación televisiva de la noche, y nunca había sido aficionada a la lectura. Alex pasaba la mayoría de las noches en su sillón del cuarto de estar, solo, con una novela de bolsillo y una copa de vino tinto. Todavía leía novelas, pero las alternaba con biografías, memorias del campo de batalla escritas por soldados y libros no de ficción que trataran de la política humana de la guerra.

La casa, tras un período de actividad, se había quedado tranquila. Johnny había salido con sus amigos y Vicki ya estaba durmiendo. Alex dobló la esquina de la página del libro y echó el resto del vino por el fregadero de la cocina. Dejó una luz encendida para Johnny y subió a la planta superior.

Entró en el dormitorio de Gus. Lo habían dejado tal cual. Ni Vicki ni él habían sido capaces de guardar sus trofeos de fútbol americano, ni de regalar su ropa, ni de quitar los carteles que Gus había pegado en la pared. Alex había hablado de mudarse, de vender la casa y marcharse a otra parte, pero ambos decidieron que abandonar aquella casa era como dejar atrás a Gus.

Alex no estaba desequilibrado mentalmente. Un año antes estuvo lo bastante cerca de la locura como para saber lo que se sentía cuando uno quedaba destrozado. Después de aquel día, después de que se presentaron en su casa aquellos hombres de uniforme, después de que hubieron enterrado lo que quedaba de Gus, se volvió medio loco de rencor y de rabia. Recurrió al alcohol fuerte por primera vez en su vida. Se le pasó por la cabeza prender fuego a su casa. Tuvo pensamientos violentos acerca del presidente. Habló con Dios en voz alta y le preguntó por qué no se lo había llevado primero a él. En una noche negra, le preguntó a Dios por qué no se había llevado a Johnny en lugar de Gus, y lloró suplicando perdón hasta que llegó Vicki y lo tomó en sus brazos.

La mujer enviada por el ejército les explicó las diversas fases del dolor. Y él respondió: «Métase sus fases por el culo», y se lo repitió cuando ella se apresuró a salir de la casa.

La cosa mejoró. Pasó el tiempo y el dolor fue yendo a menos. Dejó de beber whisky. Acabó cansándose de estar furioso. Escribió una carta al ejército contrito y pidiendo perdón. Tenía un negocio que dirigir, una esposa de la que cuidar. Deseaba ver a Johnny asentado en la vida. Deseaba tener un nieto.

Alex contempló la estantería de Gus, que albergaba pocos libros pero muchos trofeos, la mayoría de ellos pertenecientes a la época de la Pop Warner, los buenos años de Gus que también fueron los mejores para él. Llevar a los chavales a los partidos, oír sus conversaciones, sus fanfarronadas y sus predicciones mientras iban oyendo en el coche los temas de *hip hop* que más les gustaban. Tras el partido, ver a Gus agachado sobre una rodilla, unas veces contento y otras lloroso, escuchando atentamente a su entrenador, con la cabeza desprendiendo una nube de vaho y la cara llena de churretes de sudor, y pegotes de hierba adheridos al casco que llevaba apoyado en el pecho. En aquella época Gus dormía con un balón de fútbol. Su objetivo era llegar a jugar con los Hurricanes. Quería que su padre se mudase con la familia a Florida para que él pudiera entrenar durante todo el año.

Como estudiante no destacaba gran cosa. Perseguía objetivos sólo en el deporte y en el trabajo, cuando pasaba el verano ayudando a su padre en la cafetería, entregando pedidos. Su trayectoria como jugador de fútbol en el instituto fue una decepción, debido a lo limitado del talento y los mediocres esfuerzos de sus compañeros de equipo, y las calificaciones que obtuvo estaban por debajo de la media. Para cuando llegó al último curso ya estaba claro que no iba encaminado a la universidad. Un oficial de reclutamiento que merodeaba por la zona comercial cercana a su instituto empezó a conversar con él. Gus era el candidato perfecto, fuerte y en buena forma física, no muy dado a los estudios, deseoso de probarse a sí mismo y a ligar su hombría al entrenamiento y el campo de batalla. Veía anuncios en la tele que pintaban el hacerse soldado como un cruce entre un caballero andante, una aventura en el mundo exterior y un videojuego, y lo llenaban de emoción. Gus deseaba escalar la montaña, extraer la espada de la piedra y enfrentarse al dragón. Se enroló a la edad de dieciocho años.

—No te preocupes, papá. Cuando vuelva, haremos crecer el negocio los dos juntos.

—Eso es lo que dice el letrero —repuso Alex al tiempo que atraía a su hijo hacia sí y lo abrazaba con fuerza—. Voy a conservarlo para ti, hijo.

Al poco de cumplir los diecinueve, Gus resultó muerto a causa de una bomba de fabricación casera que detonó debajo de su Humvee, al oeste de Bagdad.

Alex tomó un trofeo y leyó la placa: «Gus Pappas, MPV, 1998.» En el banquete del Boy's Club, Gus había subido al entarimado con paso tambaleante para recibir aquel premio y durante unos instantes había adoptado la pose del jugador Heisman, detalle que arrancó las carcajadas de sus compañeros de equipo.

—Hijo —dijo Alex en voz queda al tiempo que volvía a dejar el trofeo sobre el polvo de la estantería. Y después, tal como hacía a menudo en noches como ésta, pensó: «¿Por qué?»

11

Dominique Dixon había llamado a Deon Brown a su teléfono móvil desechable, y le había indicado el lugar y la hora. Sería en Madison Place, cerca de Kansas Avenue, junto al Fort Slocum Park.

Lo habitual era que Dixon pasara primero en coche por el lugar de encuentro, y si notaba que estaba caliente advirtiera a Deon que no debía acudir y que cambiara de planes. Rara vez había problemas, y nunca habían tenido sorpresas.

Dixon llevaba un par de años en el negocio de la marihuana. Actualmente suministraba a una media docena de camellos de la zona norte del código postal 20011 de Manor Park. Aunque no era ni un duro ni un tipo dado a las peleas, sí que poseía talento para conocer a la gente. Una vez que decidía entrar en un negocio con alguien, lo trataba con justicia. Su razonamiento consistía en que si trataba bien a las personas, éstas no tendrían motivos para traicionarlo. Hasta la fecha, su razonamiento había sido de lo más sólido.

Dixon se había criado en un hogar estable en Takoma, D.C. Sus padres le proveyeron de todo lo necesario, le prestaron atención y en general fueron unos progenitores correctos. Y así y todo, Dominique se había convertido en traficante. La culpa no era de los padres, sino de su hermano mayor, Calvin.

Calvin era atractivo, imprudente, arriesgado, inconsciente, encantador y muy irritable. Tenía un amigo que se llamaba

Markos, de padre etíope y madre italiana, una pareja de triunfadores del barrio Adams Morgan que habían hecho fortuna con la propiedad inmobiliaria en los barrios de Shaw y Mount Pleasant. Calvin y Markos se conocieron en el salón VIP de un local situado junto a New York Avenue y descubrieron que ambos tenían interés por la marihuana potente, el champán caro, las mujeres con mezcla de razas y las motos Ducati. Por medio de un conocido de dicho local, Markos consiguió una cita con un contacto de Newark al que le gustaba su sentido del estilo. Ni Markos ni Calvin deseaban trabajar para vivir, de modo que echaron mano del inteligente hermano pequeño de Calvin para que les dirigiera el negocio. Dominique idolatraba a su hermano mayor, y vio la oportunidad de crecer en estatura a los ojos de él. Markos aportó una provisión de fondos para comprar el pedido inicial. Fue todo un éxito desde el principio.

Dominique se tropezó con Deon Brown, al que conocía de haber ido juntos al instituto, en una zapatería del centro comercial Westfield. El recuerdo que tenía de Deon era el de un chico inteligente y callado, un mediocre tal vez, pero recto, una persona de la que uno se podía fiar. También se acordó de que a Deon le gustaba aderezar los antidepresivos que tomaba con una buena dosis de marihuana. Deon le calzó a Dominique unas deportivas Van y se las ofreció a un precio que incluía su descuento de empleado. Ya en el aparcamiento, Deon le entregó la bolsa de las zapatillas, y Dominique le puso en la mano una minúscula bolsita de marihuana.

—Guárdame esto —dijo Dominique.

—¿Qué es?

—Hidro de calidad. Si te gusta, dame un toque.

—¿Todavía vives con tus padres en Takoma?

—Ahora vivo por mi cuenta. Pero si necesitas ponerte en contacto conmigo, llámame al móvil. —Dominique le dio el número—. No se te ocurra pasarle eso a nadie más, ¿oyes?

Aquella noche, Deon y su amigo Cody se fumaron la hierba hidropónica y se colocaron a base de bien.

Al día siguiente, Deon telefoneó a Dominique.

—Consígueme un poco más de lo de ayer, tío. Mi colega y yo queremos una onza.

—Yo no trabajo con esas cantidades.

—Pues entonces un cuarto.

Dominique se echó a reír.

—No me has entendido bien.

—Oh —dijo Deon.

—Mira, tío. Si quieres, puedo decirte cómo conseguir una onza gratis.

—¿Cuándo?

—Vamos a vernos en persona. Y tráete también a tu colega.

Se reunieron en una cafetería que había en Georgia, justo al norte de Alaska Avenue, pasado el establecimiento de licores que tenía un letrero iluminado a medias. El local en cuestión estaba a punto de cerrar para siempre, herido de muerte por los restaurantes de comida rápida que estaban surgiendo a su alrededor. Toda la zona que se encontraba al alcance del oído de su mesa para cuatro estaba llena de mesas vacías.

Cuando entraron Deon y Cody, Dominique, que ya estaba sentado, al principio se quedó sorprendido y un tanto desanimado por la apariencia física de Cody. Que fuera blanco no lo molestó demasiado, aunque lo cierto era que prefería tratar con gente de su mismo color, aunque sólo fuera por sentirse más cómodo. Cody, con su gorra negra con placa, su camiseta de color negro liso, sus vaqueros Nautica y sus botas negras de las Fuerzas Aéreas, daba la impresión de ser como cualquier urbanita duro de su edad, hasta que uno se fijaba bien en su rostro. En su mandíbula salpicada de acné había una atonía y en sus ojos separados una inexpresividad que sugerían una falta de inteligencia que no se debía únicamente a los efectos adormecedores de la hierba. Si era un idiota dócil, vale; pero si dicha idiotez la compensaba siendo prepotente o violento, iba a representar un problema. Dominique decidió hablar con ellos, plantear su propuesta y ver adónde llevaba ésta.

—Bueno —dijo Dominique una vez que Deon le hubo presentado a Cody—. Te ha gustado la muestra, ¿no?

—La mierda era buena —contestó Cody.

—Es la calidad media con la que trabajo.

—Le dijiste a Deon que podíamos conseguirla gratis —dijo Cody.

—Ahora voy a eso —repuso Dominique.

—Te escuchamos —dijo Deon.

Aunque estaban solos, Dominique se inclinó hacia delante y bajó el tono de voz.

—Si os consiguiera más, ¿os veis capaces de libraros de ella?

—¿Cuánto más? —preguntó Deon.

—Medio kilo, para empezar.

Deon notaba que Cody lo estaba mirando, pero mantuvo la vista fija en Dominique.

—¿Por qué nosotros?

—Porque tú y yo nos conocemos de antes. Necesito saber con quién trato.

—Yo no soy la única persona que conoces del instituto.

—Cierto. Pero cuando me encontré contigo en la zapatería me acordé de que siempre nos habíamos llevado bien. Y me puse a pensar que ese centro comercial en el que trabajas tú es un mercado sin explotar. Tú y tu colega debéis de conocer a un montón de drogatas, ¿no?

—Claro —contestó Cody con un encogimiento de hombros que indicaba despreocupación.

—No tengo a nadie en esa zona —dijo Dominique—. Es una oportunidad para mí, pero también para ti. A ver, ¿cuál es el paso que vas a dar después de trabajar de dependiente en esa tienda? ¿Ayudante del jefe? No es que pretenda burlarme. Simplemente te estoy preguntando.

—Es verdad —dijo Deon.

—Ahí lo tienes —dijo Dominique.

—¿Cuánto va a costarnos medio kilo? —preguntó Cody.

—Esta mierda que tengo ahora vale mil quinientos en total —respondió Dominique—. Pero voy a adelantárosla gratis. Sólo esta vez, porque quiero ayudaros a arrancar. Cuando ganéis los primeros mil quinientos, me pagáis. El resto podéis venderlo más caro o guardároslo para consumo personal. A mí me da lo mismo.

—¿Por cuánto podemos venderlo? —preguntó Deon.

—Por lo que permita el mercado. Si sacáis doscientos la onza, duplicaréis el dinero. De vez en cuando os traeré hidro de mayor intensidad que es más cara. Dos mil, dos mil quinientos el medio kilo. En esos casos tenéis que sacar trescientos o cuatrocientos por onza para ganar lo normal. Dicho de otro modo, tenéis que ir ajustando.

—¿Cuánto pagas tú por ella? —quiso saber Cody.

—¿Por qué?

—Curiosidad.

—No es asunto tuyo —replicó Dominique con una sonrisa amistosa.

Cody observó al joven: camisa Ben Sherman con dibujitos de rosas, dedos esbeltos y muñecas delgadas, uñas brillantes y cuidadas. No le gustó lo que vio, pero hizo un gesto de asentimiento con la cabeza.

—Mira, tío —dijo Dominique—. Para que esto funcione, para que esto vaya como tiene que ir, es mejor no complicarse la vida. Yo te proporcionaré lo que necesites y cuando lo necesites, y a partir de ahí te toca a ti moverlo. Pero yo soy sólo un intermediario. Yo no me meto en lo que haces tú y tú no tienes por qué conocer los detalles de lo que hago yo. ¿Entiendes?

—Sí, de acuerdo —dijo Cody.

—Si queréis un consejo, no seáis chapuceros. Eso es lo que tenéis que tener presente. Os lo digo en serio, tened cuidado a quién le vendéis. Un tío que no os sea leal tiene todas las papeletas de querer hacerse el dueño, podría ir por ahí aireando vuestro nombre. Y entonces estaríais en peligro vosotros mismos, y a lo mejor cascáis cómo me llamo yo.

—Yo no haría algo así —dijo Cody.

—No lo dudo —contestó Dominique—. Sólo estamos hablando. Pero debéis saber que si a alguien se le ocurre delatarme, la gente con la que trato se pondrá nerviosa.

—Entendido —dijo Cody.

—Te acuerdas de mi hermano, ¿no, Deon?

—Claro —respondió el aludido. No conocía a Calvin Dixon, pero sabía de su reputación—. ¿Dónde está ahora?

—Oh, por ahí. Todavía anda por ahí.

Deon tamborileó con los dedos en la superficie de la mesa y paseó la mirada por el restaurante. Miró un momento a Cody y luego volvió a fijar la vista en Dominique.

—Bueno —dijo Dominique relajándose en su asiento—, ¿estáis preparados para ganar un poco de dinero?

Dominique había entrado en contacto con Deon y Cody en el momento oportuno. Estaban aburridos, insatisfechos con su nivel de ingresos, y no veían la manera de mejorar ni de salir. Iba a ser divertido, era jugar a un juego situado al margen de la ley, algo que aumentaría de golpe su autoestima. Ninguno de los dos pensaba que lo que estaban a punto de hacer fuera malo. La marihuana formaba parte de su vida cotidiana, igual que la de sus amigos. Fumar hierba no hacía daño a nadie. No era heroína ni cocaína, y ellos no eran unos marginados. De los dos, tan sólo Cody aspiraba a llevar la vida que conocía de las canciones de rap y de la televisión, cantada e interpretada por gente que, en su mayor parte, no la había experimentado personalmente. Deon, que era propenso a deprimirse y venía dando tumbos desde el instituto, lo vio como un paso positivo. Le gustó la idea de llevar un dinero extra en el bolsillo y hierba gratis que fumar. Aparte de aquello, no miraba más allá del día que estaba viviendo.

—Vamos a probar con ese medio kilo —dijo Deon—, a ver qué tal funciona.

Al principio la cosa fue bien. Les resultó fácil encontrar clientes, y aquellos con los que trataban eran amigos que habían conocido en el centro comercial o personas de las que podían responder dichos amigos. Si a uno lo hacían parar el coche y lo empapelaban por llevar una bolsita de hierba en la guantera, dicho suceso terminaba ahí. Aquella cultura de no ir por ahí de soplón había pasado del centro de la ciudad al extrarradio. La policía no era respetada como un digno adversario. Los uniformes eran el enemigo. Era algo tácito y entendido por todo el mundo que nadie iba a delatar a Deon y Cody.

Pero en el transcurso de un año sobrevinieron rápidamente los cambios. El restaurante ubicado más allá de Georgia y Alaska cerró sus puertas. En el letrero de Morris Miller se fundió otro tubo de neón. Cody alquiló un apartamento y lo amuebló. Charles Baker entró en la vida de la madre de Deon y fue introduciéndose poco a poco en la de ellos. Cody dejó el empleo que tenía en la zapatería. Se compró un arma, la segunda transacción provocada por una compra de hierba en un establecimiento de armas de fuego de Richmond Highway, Virginia. Duplicaron los pedidos que le hacían a Dominique.

A Deon los cambios le importaban muy poco. En ocasiones, cuando estaba ciego de Paxil, demasiado colocado de hierba, paranoico y confuso, pensaba en huir, tal vez en trasladarse a otra ciudad. Pero no conocía a nadie fuera de D.C. y tampoco quería dejar sola a su madre. El tren que había tomado era un expreso.

—Ya viene —dijo Charles Baker.

Estaban aparcados en Madison, mirando al oeste, con el oscuro recinto del parque a la derecha y las casas a la izquierda. Por la calle se acercó despacio un voluminoso Chrysler 300, luego giró haciendo maniobra y dio marcha atrás para situar el maletero casi pegado al capó del coche de ellos. De él se bajó Dominique Dixon, el cual levantó la puerta del maletero del Chrysler a la vez que Cody abría el del Honda utilizando el mando a distancia. Dominique sacó rápidamente dos bolsas de basura negras de gran tamaño, cada una llena de medio kilo de marihuana. A continuación cerró el maletero con el codo, fue hasta el otro extremo del Honda, metió las bolsas en el maletero de éste y cerró.

—Hay que ver lo bien que viste este tío —comentó Baker cuando Dominique, luciendo una chaqueta de cuero, una camisa de firma a rayas y unos vaqueros de los caros, se acercó a la ventanilla del conductor, que ahora estaba bajada.

—Tíos —dijo Dominique, pero su mirada se apagó en cuanto vio a Baker, que iba sentado en la parte de atrás.

Cody le entregó un sobre que contenía tres mil dólares en billetes. Dominique se lo guardó en el bolsillo interior de la chaqueta.

—Por qué no entras y te sientas un momento, tío —dijo Baker.

—Tengo cosas que hacer —repuso Dominique.

—No quieres socializar, ¿eh?

—No es mi intención que me enchironen —dijo Dominique procurando mantener un tono de voz jovial. Echó un vistazo al asiento del copiloto—. ¿Todo bien, Deon?

Deon negó muy ligeramente con la cabeza. Aquel movimiento le dijo a Dominique que se fuera. Sus ojos le decían: «Lárgate.» Baker captó la señal, y comenzó a hervirle la sangre.

—Vale —dijo Dominique—. Ya te llamaré más tarde.

—Podríamos ir a alguna parte a charlar —propuso Baker en tono amigable—. No me importaría conocerte un poco mejor.

—Esta noche no puedo —replicó Dominique.

—Podríamos acercarnos hasta tu casa. Tomar algo, por ejemplo.

—Tengo planes.

—Con una mujer, espero —dijo Baker, y Cody dejó escapar una risita—. Vamos, hermano, sólo queremos hacerte una visita.

—No llevo a mis clientes a mi casa.

—¿Es que huelo mal, o algo?

—Oye, tío...

—Para ti, soy señor Charles.

Dominique expulsó el aire despacio, pero no hizo dicha corrección.

Miró a Deon fijamente y dijo:

—Me voy.

No se despidió de Baker ni de Cody antes de regresar a su Chrysler. Cuando arrancó y se fue, los faros de éste los barrieron con una ráfaga.

—Ese hijo de puta no sabe lo que es guardar respeto —dijo Baker—. Me gustaría saber adónde se va.

—Lo más seguro, a su casa —dijo Cody.

—¿Tú sabes dónde vive? —inquirió Baker.

—Claro —contestó Cody—. Deon y yo fuimos una vez a entregarle dinero. Pero no nos invitó a entrar.

—Vámonos, Cody —dijo Deon—. Tenemos que largarnos de esta calle.

Una vez en el apartamento, Cody y Deon pesaron la hierba en una báscula y empezaron a distribuirla por onzas en bolsas de plástico para sándwiches. Charles Baker paseaba arriba y abajo mientras la televisión de plasma emitía un partido de la NBA de la costa oeste.

—Koby se la va a dar a los Jail Blazers —dijo Cody con los ojos enrojecidos a causa del canuto que se había fumado—. Los Lakers están haciendo lo que pueden.

En eso sonó el móvil de Deon. Éste respondió diciendo:

—Sí. —Y acto seguido—: Vale, espera un momento.

Baker lo siguió con la mirada cuando se levantó de la mesa y se alejó por el pasillo.

Una vez dentro de su cuarto, Deon cerró la puerta sin hacer ruido.

—Ya puedo hablar.

—Mira una cosa, Deon. Lo de ese compañero tuyo tiene que acabarse.

—Te oigo.

—Ya te dije que yo, con quien hago tratos es contigo. Cody no me sirve, pero venía con el paquete y lo acepté desde el primer día. Pero lo de ese viejo, simplemente no puede ser.

—Se queda con mi madre de vez en cuando. Está mucho por aquí, eso es lo que pasa. Yo no le pedí que nos acompañara. Se las arregla para entrometerse.

—Ése no es mi problema. En mi negocio, no dejo que entre la mierda de las calles. Nada de bravuconadas, ni de amenazas, ni de violencia. No permito que entre en el círculo gente como Baker. ¿Estamos?

—Sí.

—Mi colega eres tú, Deon.

—Por supuesto.

—En el próximo intercambio, no quiero volver a ver a ese tipo.

—Entendido, Dominique.

Deon cerró el teléfono. Salió del dormitorio y volvió a recorrer el pasillo. Baker estaba sentado a la mesa con Cody y el partido televisado de baloncesto se oía a todo volumen.

—¿Quién era? —preguntó Baker, alzando la vista.

—Mi madre —contestó Deon.

—¿Tenéis secretos? ¿Por qué has tenido que irte a otra habitación para hablar con ella?

—Porque teníais el volumen del partido tan alto que no oía nada.

—¿Ha pedido hablar conmigo?

—No. Tiene una de esas migrañas. Esta noche le conviene más estar sola.

—¿Eso te lo ha dicho ella?

—¿Qué?

—Nada —dijo Baker.

«Esa nena está borrada del mapa —pensó Baker—. Y también pueden dar mucho por el culo a su blandengue hijito.»

Raymond Monroe estaba sentado ante la mesa de trabajo de Kendall Robinson. Pinchó el icono de Outlook de la pantalla del ordenador. Kendall había creado una dirección para él, ya que él no tenía ordenador en casa de su madre. Fue a Enviar y Recibir y pinchó. Apareció un mensaje de *spam*, pero nada más. Ningún correo electrónico procedente de Kenji.

Llevaba un par de semanas sin saber nada de su hijo. No

era nada fuera de lo corriente, pero no por ello le preocupaba menos.

Se quedó unos instantes sentado en el silencio del cuarto de estar y pronunció una muda plegaria por Kenji. Decía siempre lo mismo. Simplemente daba las gracias por el regalo de la vida, y por el regalo de la vida que había recibido su hijo. Monroe nunca pedía nada a Dios. No tenía derecho. Pensó en su hermano, y después en el hombre del ojo caído que había visto en la casa Fischer. Las vidas destrozadas y arrebatadas. Lo único que podía hacer uno era esperar el perdón y procurar llevar una vida decente. Tender una mano a quienes se veían atrapados en aquel desastre.

Llamó por teléfono a su madre, le dijo que la quería y le dio las buenas noches. Luego apagó las luces, subió la escalera, echó una ojeada a Marcus y continuó hasta la habitación de Kendall. Kendall estaba tendida en su lado de la cama, de espaldas a él. Le había dejado encendida la luz de la mesilla de noche, y bajo aquel resplandor Raymond se desvistió hasta quedar en calzoncillos y se metió bajo las sábanas. Kendall estaba desnuda. Se acercó a ella y le pasó una mano por el hombro, el brazo y la cadera. Ella se volvió para besarlo.

—Qué sorpresa tan agradable —dijo él al tiempo que cerraba la mano en torno a un seno.

—Para mí, no —repuso Kendall—. Llevo toda la tarde pensando en ello.

—¿Qué he hecho bien?

—Muchas cosas. Sobre todo la manera de tratar a Marcus.

—Es un buen chico.

—Y tú también, Ray.

—Lo intento —dijo Monroe.

12

—Sólo queda una de cangrejos, Juana —dijo John Pappas.

—Entendido, cielo —respondió Juana Valdez mientras pasaba un trapo húmedo por el mostrador sobre el que momentos antes había estado comiendo un cliente—. Sólo una.

Alex oyó el diálogo, pero no volvió la cabeza. Estaba ocupado en cobrar a la abogada que acababa de levantarse de la banqueta. La hora punta del almuerzo estaba tocando a su fin, y ante la barra ya sólo quedaban unos cuantos rezagados. A partir de ahora habría poco movimiento.

—¿Qué tal todo hoy, querida? —preguntó Alex.

—Fantástico —respondió la mujer, de cabello oscuro.

Miró más allá de Alex mientras éste iba sacando el cambio. Tenía detrás la vitrina de los postres. Su padre había escogido aquella ubicación pensando que a lo mejor a los clientes les entraban ganas de llevarse alguna cosilla a la oficina cuando ya estaban saliendo por la puerta.

—¿Alguna tentación?

—¿Qué tal está la tarta de melocotón?

—Buena. Si quieres, puedo envolverte una ración.

—Mejor no. Aunque es una lástima dejar que se eche a perder.

—No va a echarse a perder —replicó Alex.

La tarta de melocotón no tenía mucha salida en el local, pero Alex la pedía a los proveedores porque por lo visto les gustaba a los soldados, muchos de los cuales provenían del sur. También tenía en el expositor refrigerado media tarta de queso con cerezas. Pensaba meter las dos en una caja y dejarlas en el hospital de camino para casa.

—Papá. —Mientras la abogada salía del local, John Pappas se había acercado a la caja y se había quedado detrás de su padre.

—¿Sí?

—Se han acabado los cangrejos, menos una ración.

—Ya te he oído —replicó Alex a la vez que giraba sobre sus talones para mirar a su hijo. John llevaba un pantalón negro y una camisa azul cielo. Parecía un tipo que estuviera a punto de pedir un martini, no un camarero de la barra—. Muy bien.

—No pongas tanto entusiasmo.

—No, lo digo en serio. Está muy bien. Hemos tenido beneficios y hemos hecho amigos nuevos. He oído comentarios positivos de los clientes. Aunque no tantos en relación con la sopa...

—Supongo que no debería haber incluido espárragos.

—Dan un olor raro a la orina. Y a la gente no le gusta que le huela la orina, sobre todo en el trabajo. Acuérdate de que tienen que compartir el cuarto de baño.

—No había pensado en eso.

Alex se dio unos golpecitos en la sien.

—Utiliza el *mialo*.

—¿Quieres esa última ración de cangrejos para almorzar tú?

—No los retires todavía —dijo Alex—. Puede que los quiera algún cliente.

—Vale.

—Pero si dentro de media hora todavía no los ha pedido nadie, dile a Darlene que me los ponga en un plato con algo de acompañamiento. Ella ya sabe lo que me gusta.

—De acuerdo.

—Y, Johnny...

—¿Qué?

—¿Hoy se te ha agotado la música? Porque da la impresión de que la canción es siempre la misma.

—Lo que suena es Thievery Corporation, papá.

—Como si es una mezcla de la General Motors y la IBM. Aquí vendemos comida, no etiquetas de X.

—¿«Etiquetas de X»? —dijo John entre risas.

—¿No se dice así?

—Deberías atenerte a tu época. Collares del amor y pantalones de campana, cosas así.

—Hijo, eso es anterior a mi época.

—Voy a hablar con Darlene.

—Adelante.

—Está entusiasmada con el especial de mañana: gambas criollas.

—Suena caro.

—Esta semana las gambas están de oferta.

—Pero no te pases de la raya. Esto no es una marisquería.

Alex lo observó mientras se alejaba pisando las esterillas de goma y por el camino se paraba para conversar con un ejecutivo del NAB. Le preguntó por lo que había comido y qué le gustaría ver en el menú en el futuro. Al ejecutivo pareció complacerlo el hecho de que alguien solicitara su opinión. Llevaba tres años yendo a comer allí, y no había intercambiado con Alex más que unas cuantas palabras amables pero vacías.

Darlene estaba de pie junto a la parrilla, con la espátula apuntando hacia el techo. Hizo un gesto con la barbilla en dirección a Johnny, y después le sonrió a Alex. A su lado, Blanca silbaba mientras empezaba a envolver y guardar los embutidos. Tito estaba al fondo, ejecutando una especie de baile latino junto al lavavajillas. De acuerdo, todos daban la impresión de estar más contentos cuando Johnny estaba presente. No era que Alex fuera un negrero ni un cascarrabias, pero la verdad era que el chico iluminaba el local igual que si hubieran dado una mano de pintura nueva. Con todo, Johnny tenía mucho que aprender.

—Collares del amor —dijo Alex coincidiendo con un

cliente que se acercaba a la caja trayendo la nota de la consumición en la mano.

—¿Qué es eso? —dijo el hombre.

—Mi hijo opina que soy un dinosaurio.

—Bienvenido al club. En mi caso, la diferencia es que el mío no tiene ambición y no sabe cocinar.

—Pásese mañana —le dijo Alex experimentando una desconocida punzada de orgullo mientras el cliente iba depositando billetes sobre el mostrador—. Va a hacer un plato especial con gambas.

Charles Baker había acudido a la residencia de ancianos para pasar allí unas horas, por cuenta de su agente de la condicional, una bonita chica latina que le había programado una cita. Todo fue bien. Le dijo que le gustaba su empleo y que tenía una actitud verdaderamente positiva respecto del futuro, todas las gilipolleces que ella deseaba oír. La agente dijo que la muestra de orina que él había entregado en la clínica había dado resultado negativo, lo cual no lo sorprendió lo más mínimo; bebía sólo un poquito, cosa que era legal en un delincuente, pero no fumaba droga. Ni siquiera de joven le había gustado. Menos mal, porque los planes que había trazado eran complicados, y para que salieran bien tenía que tener la cabeza despejada.

Su supervisor africano le cubrió las espaldas y le dijo a la agente de la condicional que Baker había cumplido con su trabajo y que en general era uno de sus empleados más dispuestos. La agente se marchó, y cuando su coche salió del aparcamiento Baker hizo lo mismo.

En el cruce entre Branch Avenue y Pennsylvania tomó un autobús que pasaba por el centro. Estaba dentro de él, viajando en dirección oeste, cuando de pronto le sonó el móvil. La pantalla indicó que se trataba de un número oculto. Baker lo atendió.

—Sí.

—¿Charles Baker?

—El mismo.

—Soy Peter Whitten.

Baker sonrió de oreja a oreja. Se aclaró la garganta y se enderezó en el asiento alargado que compartía con un individuo vestido con un abrigo que olía a culo sin lavar.

—Señor Whitten. Gracias por llamarme.

—Sólo para tenerlo claro, usted es el Charles Baker que dejó una nota en mi buzón, ¿correcto?

—Soy yo.

—En mi opinión, deberíamos vernos en persona. ¿Qué le parece?

—Opino lo mismo —repuso Baker intentando una forma de hablar refinada.

—¿Qué tal mañana? ¿Está libre para almorzar?

—Pues sí.

—Hay un sitio que me agrada mucho... ¿Tiene para anotar?

—Me acordaré.

Peter Whitten le dio el nombre del restaurante, la ubicación y la hora de la reserva.

—Tiene que venir con americana. Creo que es obligatoria.

—Así lo haré —contestó Baker—. Hasta entonces.

Cerró el móvil. Miró por la ventanilla y se notó sonreír. Esperaba que al principio Whitten se pusiera furioso, si es que mostraba alguna reacción. Pero, por su voz, le había parecido de lo más razonable. Simplemente, la gente de dinero hacía las cosas de otra manera. Civilizadamente. Baker no estaba acostumbrado a los buenos modales ni al comportamiento racional, pero sabría llevarlo bien. La violencia no era el único modo de conseguir cosas.

Aquello iba a resultar fácil.

Alex Pappas estaba junto a la caja, contando la calderilla de los cajetines, con la mano izquierda puesta bajo el borde del mostrador mientras con el dedo índice de la derecha iba empujando monedas. Movía los labios calculando las cantidades e iba tecleando éstas en una calculadora del tamaño de una novela de bolsillo. El sol ya había pasado de largo, y lo había dejado a él bajo el resplandor amarillento de las lámparas de forma cónica que pendían del techo.

A las tres cortó la cinta de la registradora para ocultar una parte de los beneficios al empleado de Hacienda. Dejó dinero suficiente en una caja metálica para poder empezar a la mañana siguiente, guardó ésta en el congelador y el resto se lo llevó a casa para entregárselo a Vicki, que era la que administraba las finanzas, igual que entregaba la *crimata* a su madre antiguamente, cuando tomó las riendas del negocio. Era un sistema que funcionaba, de modo que no había motivo para cambiarlo.

Juana y Blanca ya se habían ido, siempre eran las primeras en marcharse. Tito había terminado de pasar la mopa y había guardado el cubo y la fregona de tamaño industrial en el cuarto de atrás. Johnny y Darlene estaban donde la parrilla, anotando una receta en un cuaderno; Darlene ya se había puesto la ropa de calle, un conjunto completo con bolso a juego. Tenía la costumbre de, antes de marcharse a casa, ir a la trastienda y arreglarse de arriba abajo. Alex sabía que quería que él le echase una ojeada, igual que cuando ambos eran adolescentes. Con ello le decía que era una cocinera de uniforme, pero también una mujer que tenía una vida propia fuera de aquel local.

Tito salió tranquilamente al otro lado del mostrador y se sentó en la banqueta situada más próxima a la caja registradora. Él también se había puesto ropa limpia y se había echado por encima una buena dosis de colonia fuerte.

—Hola, jefe.

Alex terminó de contar el dinero y tecleó un importe en la calculadora.

—Tito. Hoy has ido un poco retrasado con los pedidos para entregar. ¿Había algún problema?

—Blanca me mandó demasiado lejos, hasta la calle Dieciséis. Y cuando llegué, la señora no tenía el dinero preparado para pagarme.

—La Dieciséis está fuera de tu zona.

—¡Ya lo sé!

—Está bien, hablaré con Blanca.

Tito no hizo ningún movimiento para marcharse. Alex aguardó, sabiendo que Tito quería una de dos cosas: consejo, porque en aquel país no tenía padre; o dinero, porque siempre andaba escaso de fondos.

—Una cosa más, jefe.

—¿Sí?

—Esta noche voy a llevar a una chica a cenar.

—¿Una clienta nuestra o del barrio?

—Yo no me lío con los clientes.

—A ver.

Tito sonrió con timidez.

—Es una chica que he conocido en mi barrio. Vamos a ir a Haydee's. ¿Lo conoce?

Era un restaurante de cocina mexicana y salvadoreña. La propietaria había venido desde El Salvador, había trabajado de camarera y había abierto su primer restaurante en Mount Pleasant Street y más tarde el segundo en Georgia Avenue. En una ocasión, Alex había llevado a la familia a cenar al local de Mount Pleasant y la había aburrido, sin duda, con su entusiasmada repetición de una historia más de un inmigrante que había triunfado.

—Está bien —contestó Alex—. Y tiene precios razonables. Así que no me pidas demasiado.

—¿Qué tal cuarenta dólares? —dijo Tito.

Alex se metió la mano en el bolsillo, sacó un fajo de billetes enrollados y extrajo dos de veinte.

—¿Quieres que te lo descuente todo junto de la próxima paga?

—La mitad la semana que viene, y la mitad a la otra. ¿Vale?

Alex le entregó el dinero.

—Ponte goma, Tito.

—¿Qué?

—Ya me has oído. Eres demasiado joven para ser padre.

—No me gusta el chubasquero.

—Haz lo que te digo, chaval.

Tito guiñó un ojo.

—Gracias, jefe.

Alex hizo un gesto de despedida con la mano.

—Que te lo pases bien.

Tito se encaminó hacia la puerta de atrás con un saltito atlético, de gallito. A Alex le recordaba a Gus; tenía la misma disposición hacia lo físico, la misma seguridad en sí mismo. Y a él también le recordaba constantemente que usara condón. «Tu madre y yo no queremos tener nietos todavía, y tampoco te conviene destrozarle la vida a una chica.» Gus, al igual que Tito, no veía más allá del placer, no tomaba en cuenta las consecuencias. No era que fueran chicos insensibles, sino, más bien, insensatos. A Johnny nunca tenía que decirle que se pusiera condón. Sabía poca cosa de su vida personal, pero estaba seguro de que sería prudente. Por el contrario, Gus tomaba decisiones basadas en el deseo y en la emoción. Gus tenía la seguridad de que iba a jugar al fútbol americano en un nivel superior, pese a su baja estatura, y deseaba mudarse a Florida. Gus se había enrolado en el ejército impulsado por la visión romántica que tenía del guerrero. Gus tenía fantasías y sueños. Johnny tenía planes.

Alex oyó unos golpecitos, y al volver la cabeza vio a un negro alto que estaba llamando con los nudillos en el cristal de la puerta principal.

—Ya voy yo, papá —dijo Johnny.

—No, voy yo —replicó Alex.

Deslizó la caja del dinero bajo el mostrador, cerró el cajón de la registradora, pasó a través de la abertura que había en el mostrador y fue hasta la puerta. Formó con los labios la palabra «cerrado», pero el de fuera no se movió. Alex descorrió el pestillo y abrió la puerta lo justo para hablar con él.

—Ya hemos cerrado, señor.

—No vengo a consumir nada.

—¿En qué puedo servirle?

—Me llamo Raymond Monroe.

Era un nombre muy común. Y también le resultaba vagamente familiar. Tuvo la sensación, cada vez más acentuada, de que ya había visto a aquel hombre en otra ocasión.

—¿Me permite entrar un minuto?

—¿Para qué?

—Oiga, no vengo a robar.

—Eso ya lo sé —replicó Alex un tanto violento, y también irritado.

—Ayer lo vi frente a la casa Fischer, en Walter Reed. Casi chocamos el uno con el otro.

—Cierto —respondió Alex. Así que lo conocía de aquello. No recordaba del todo el encuentro en cuestión, pero no tenía motivos para pensar que este hombre estuviera mintiendo.

—Ha sido Peggy. A Peggy la conoce, ¿no? Ella es la que me ha dicho dónde encontrarlo. Verá, tenía usted algo que... En fin, si quiere que le diga la verdad, fue lo del ojo. Y luego, cuando Peggy me dijo cómo se llamaba... Usted es el chaval que resultó herido en Heathrow Heights, ¿verdad?

Alex titubeó.

—En efecto.

—Yo soy uno de los chicos que tuvieron parte en el incidente. El hermano pequeño.

Monroe sacó la cartera y exhibió su permiso de conducir para que Alex pudiera asociar la foto con el nombre. Alex la miró, todavía bloqueando la puerta con el pie.

—Oiga, no quiero nada —dijo Monroe.

—Es que... me ha pillado desprevenido.

—Sólo un momento. —Monroe apoyó la palma de la mano en el cristal de la puerta—. Por favor.

—Claro. —Alex se hizo a un lado—. Pase.

Monroe penetró en el local y Alex echó la llave a la puerta. Ambos fueron hacia el mostrador.

—¿Le apetece un refresco o algo?

—Estoy bien así —contestó Monroe.

—¿Papá? —llamó Johnny, que estaba con Darlene junto a la puerta de atrás.

—Marchaos a casa, los dos —dijo Alex—. Yo voy a charlar un momento con este caballero. Enseguida os alcanzo.

Tras esperar a que se fueran Johnny y Darlene, Alex indicó con un gesto la banqueta que estaba más cerca de la registradora. Una vez que Monroe quedó instalado, también tomó asiento él, dejando una banqueta libre entre ambos. Rara vez se sentaba a este lado del mostrador, y no supo qué hacer con los brazos.

—¿Ése era su hijo?

—El mayor, sí.

—Un chaval muy guapo.

—Gracias.

—Yo también tengo un hijo, es soldado. Se llama Kenji y pertenece a la Décima División de Montaña, Primer Batallón. Equipo de Combate de la Tercera Brigada.

—Que Dios lo proteja —comentó Alex.

—Sí.

—¿Por eso estaba usted en Walter Reed?

—No, trabajo allí. Soy fisioterapeuta.

—Eso es admirable.

—Bueno, me pagan por ello, de modo que no es que esté donando gratuitamente mi tiempo. Pero procuro echar una mano, ¿sabe? Me sentía un poco inútil mientras Kenji estaba allá, haciendo la parte que le corresponde.

Alex asintió. En el reloj de Coca-Cola el segundero rebasó las doce y empujó el minutero con un suave chasquido. Alex apoyó el antebrazo en el mostrador y pasó un dedo por el grano artificial del linóleo.

—Perdone —dijo—. No es mi intención ser maleducado. Es que no tengo claro del todo para qué ha venido a verme.

—Sólo estoy tendiendo una mano —contestó Monroe—. Cuando uno va saliendo adelante en la vida, siente la necesidad de hacer las camas que dejó sin hacer. ¿Entiende lo que quiero decir?

Alex afirmó con la cabeza. No se le ocurrió nada más que decir.

—No es necesario que lo hagamos todo a la vez —dijo Monroe, que percibía la resistencia y la confusión de su interlocutor. Decidió que el resto habría que dejarlo para otro momento más apropiado—. Cuando se sienta más cómodo, cuando quiera volver a hablar de ello, llámeme.

Monroe cogió el bloc de notas de consumición y el bolígrafo que descansaba al lado. Escribió su nombre y el número de su móvil en la primera hoja, la arrancó y se la pasó a Alex arrastrándola sobre el mostrador. Alex fue cortés e hizo lo mismo.

—Lamento que perdiera a su hijo —dijo Monroe.

—Gracias.

Los dos se bajaron de sus respectivas banquetas y se dirigieron hacia la puerta.

—Señor Monroe.

—Llámeme Ray.

—Su hermano... ¿cómo ha dicho que se llamaba?

—James.

—¿Lo tiene todavía?

—Está vivo, sí.

—¿Y qué tal le va?

—No vive aquí. Dio unos cuantos tumbos, pero acabó saliendo. Está en el centro, trabajando. Sí, a James le va bastante bien.

Monroe le ofreció la mano, y Alex se la estrechó.

Una vez que se hubo marchado Raymond Monroe, Alex se sentó en medio del silencio del restaurante, pensando en la puerta que acababa de abrirse. Imaginándose a sí mismo cruzándola y, si llegaba a hacer tal cosa, preguntándose qué podía encontrar.

13

Raymond Monroe se incorporó a la County con su Pontiac, viejo pero bien conservado, y enfiló hacia el norte por el bulevar. Llegó al distrito de locales comerciales y pasó por delante del gran centro de bricolaje y el Safeway, la pizzería propiedad de unos griegos y la antigua gasolinera en la que había trabajado su hermano James, ahora transformada en una estación de autoservicio dotada de una pequeña tienda que había ocupado el sitio del taller mecánico. Dobló a la izquierda al llegar al final, antes de la bifurcación, y descendió por la cuesta llevando al lado las vías del tren para penetrar en Heathrow Heights.

Se veían adultos que regresaban del trabajo a casa y niños jugando en el jardín y montando en bicicleta por las aceras. Las sombras iban alargándose bajo la luz ya mortecina. Nunzio's, mercado del barrio y tienda tradicional de ultramarinos, había cerrado hacía mucho, y había sido sustituida por dos casas de dos plantas, una de ellas con revestimiento de color turquesa. Al final de la calle, bordeando la zona de bosque, estaba la valla municipal, pintada de amarillo, que informaba a todo el que no conociera aquel barrio de que aquello era un callejón sin salida.

Raymond saludó con la mano a un anciano que conocía y más adelante a una chica a la que una vez había besado junto a la cancha de baloncesto y que actualmente ya era abuela.

Todavía conocía a la mayoría de la gente que vivía allí. Había conocido a sus padres y ahora reconocía a sus hijos. En los cinco últimos años se habían mudado a aquel barrio varias familias de hispanos, trabajadores y con una prole numerosa, pero Heathrow continuaba siendo un enclave de negros cuyos habitantes se sentían orgullosos de su lucha y de su historia.

Las casas se habían mejorado y estaban siendo reformadas. Había un par de ellas que se habían construido de nuevas desde los cimientos, pero dichas estructuras parecían ser tan modestas como las viviendas destartaladas a las que habían reemplazado. Si alguien quería deslumbrar se iba a otra parte. Muchos, incluso quienes habían aumentado notablemente su nivel de vida, decidieron seguir viviendo en Heathrow Heights.

Rodney Draper, el antiguo amigo de los hermanos Monroe, era uno de los que no se habían ido. Rodney aún vivía en casa de su madre, aunque ya no en el sótano. Tenía mujer y tres hijas, una de las cuales iba a la universidad. Rodney se había dedicado a la venta de estéreos, luego pasó a los grandes electrodomésticos, y se había abierto camino en un pequeño negocio que en los años noventa se convirtió en una cadena de diez establecimientos. En la actualidad era el director de Merchandising de la empresa, trabajaba las sesenta horas por semana que eran habituales en los comercios de venta al público y se ganaba la vida de manera sólida, si bien no espectacular. Raymond pasó por delante de su casa, ampliada, bien cuidada y reluciente gracias a una mano nueva de pintura. No vio el coche de Rodney en la calle; al parecer, siempre estaba trabajando.

Aparcó delante de la casa de su madre, no lejos de la de Rodney, en la calle paralela a la vía principal de Heathrow. Aquella calle también terminaba en un callejón sin salida. Los perros, incluso los que conocían su olor, le ladraron desde los patios de las casas de alrededor cuando atravesó el jardín del suyo.

Su madre, Almeda, estaba sentada en el cuartito de estar de la casa, que contaba con dos dormitorios. Monroe tomó sus manos frías y artríticas en las suyas, se inclinó hacia delante y le dio un beso en la mejilla.

—Mamá.

—Ray. —Almeda posó los ojos en la bolsa de fin de semana que su hijo llevaba asida en la mano—. ¿Te quedas esta noche?

—Sí, señora.

Estaba sentada en el viejo sillón reclinable de su marido, restaurado por el propio Raymond. Tenía el cabello blanco y salpicado de lunares que se veían a través de aquellos mechones finos como el algodón. En la delgadez de las muñecas y de los antebrazos sobresalían las venas. Llevaba puesta una blusa limpia y con adornos florales comprada en Macy's y un pantalón negro de cinturilla elástica. Contaba ya ochenta y muchos años. La joroba que tenía en la espalda era más pronunciada cuando se ponía de pie.

Almeda no iba a tardar en necesitar atención profesional, si es que vivía mucho más. Raymond estaba decidido a no llevarla a una residencia. No estaba enferma, sino únicamente débil. No era un problema de dinero. La casa estaba pagada, y él se encargaba de los recibos y de la contribución y llevaba a cabo la mayor parte del mantenimiento. Almeda recibía una modesta pensión de la Seguridad Social y otra de la Administración de Veteranos por los servicios prestados por Ernest en la guerra. Les iba bien. Durante la mayor parte del tiempo Raymond disfrutaba de la compañía de su madre. Le gustaba vivir allí.

Se acercó al televisor y bajó el volumen. Almeda estaba viendo la serie *Jeopardy* y, al igual que la mayoría de las personas mayores, ponía el volumen muy alto. Raymond se sentó a su lado en el sofá y se inclinó hacia delante para que ella lo oyera con claridad.

—¿Te preocupa algo, hijo?

—Nada en absoluto.

—No tendrá algo que ver con Kenji, ¿no? ¿Has sabido algo de él?

—Nada. Está ocupado, eso es lo que ocurre. En esas patrullas de las que forma parte. Estoy seguro de que se encuentra bien.

—Entonces, es que tienes problemas con tu novia.

—Qué va, con Kendall todo va bien. Nos va bien a los dos.

—Esto de estar yendo de acá para allá de una casa a otra acabará por pasar factura a vuestra relación.

—¿Estás intentando echarme de casa?

—Lo que digo es que podrías venirte a vivir aquí con ella. Busca un ministro y celebra una ceremonia. Hazlo por ella y por su hijo.

—A lo mejor lo hago. Si ellos me aceptan.

—¿Cómo no van a aceptarte? —replicó Almeda—. A un buen hombre como tú.

—Escucha, mamá...

—¿Qué pasa?

—Hoy he ido a ver a una persona. Uno de los blancos implicados en el incidente, el del setenta y dos.

El incidente. Todos los protagonistas lo habían llamado siempre así. A Almeda se le hundieron los hombros y se reclinó en el sillón.

—¿Cuál de ellos?

—El que resultó herido por Charles Baker.

Almeda entrelazó las manos en el regazo.

—¿Cómo has dado con él?

—Me lo tropecé en Walter Reed. Es Alex Pappas. Reconocí el nombre y lo asocié con la cara.

Almeda afirmó con la cabeza.

—¿Y qué tal le ha tratado la vida?

—Estaba en el hospital entregando comida. Perdió un hijo en Iraq.

—Es horrible —dijo Almeda.

—Es propietario de un restaurante que hay en el centro. Lleva la cicatriz que le dejó Charles, pero aparte de eso no sé gran cosa de él. No he estado el tiempo suficiente para averiguar nada más. Él se sentía incómodo, como le pasaría a cualquiera. Lo calé enseguida.

—¿Qué leíste en sus ojos?

—Leí bondad.

—¿Por qué, Raymond? ¿Por qué has ido a verlo?

—Lo necesitaba —contestó Monroe.

Almeda le tendió la mano. Él la tomó, un diminuto manojo de huesos.

—Supongo que te entiendo —dijo ella.

—No ha podido ser accidental que ese hombre se haya cruzado en mi camino. Por las noches rezo por mi hijo sabiendo que todavía soy impuro por dentro. No puedo seguir así.

—¿Vas a volver a hablar con ese hombre?

—He dejado la puerta abierta. Ahora depende de él.

—Si quiere profundizar más en el asunto, deberías incluir a tu hermano.

—Eso tengo pensado hacer.

—Él fue el que sufrió más.

—Sí, señora.

—¿Ya está todo? —preguntó Almeda.

Raymond no le había contado todo. No quería que se preocupara por James.

—No hay nada más —respondió, y a continuación desvió la mirada.

Deon Brown estaba en el cuarto de estar de la casa de su madre, alternando entre la silla y los paseos de un lado para otro. Desde la noche anterior, Cody y él habían conseguido colocar la mayor parte de la hierba que le habían comprado a Dominique. Pasaban el día hablando por sus respectivos móviles desechables, concertando citas, haciendo entregas en aparcamientos, garajes, casas y apartamentos, y recaudando dinero. El resto de las onzas que no habían desembalado físicamente ya estaba comprometido. Las transacciones habían sido rápidas y correctas, y cada uno se había embolsado más de mil dólares en efectivo en menos de veinticuatro horas. Deon debería estar contento, pero no; estaba cansado de pasar el día entero con Cody, que no paraba de hablar, ni siquiera cuando estaba colocado. Casi había acabado con sus nervios.

Había venido a casa de su madre buscando un poco de paz, y puede que incluso a cenar con ella, ver la televisión juntos, charlar. Pero, para fastidio suyo, al llegar a la casa encontró dentro a Charles Baker. Deon lo oyó hablar en el piso de arriba, levantando la voz a su madre, y las fuertes protestas y réplicas de ella. Y por último los gritos de Baker, más violentos y más aterradores, poniendo fin a la discusión con estridencia e intimidación. Después se hizo el silencio durante un par de minutos, seguido por un chirrido rítmico, que no era otra cosa que los muelles del colchón de su madre. A Deon le entraron ganas de salir de la casa, pero no pudo. No estaba dispuesto a abandonar a su madre en compañía de una escoria como Charles Baker. Baker estaba encima de su madre, empujando, haciendo crujir el colchón y haciendo rebotar las patas de la cama contra el suelo de madera. Se frotó las sienes y paseó nervioso de un lado al otro, pero no se fue.

Después, en la casa volvió a reinar el silencio. Deon oyó que se cerraba la puerta del dormitorio de su madre, situado en la segunda planta. Baker no tardó en bajar. Se detuvo un momento al pie de la escalera para remeterse la camisa dentro del pantalón y saludó con la cabeza a Deon, que ahora se había sentado en un mullido sillón.

—¿Cuánto tiempo llevas aquí? —le preguntó.

—Un rato.

—Entonces nos has oído discutir.

—Por lo que parecía, sobre todo discutías tú.

—Tu madre es muy emocional. Las mujeres son así.

—O sea, que no te quedas a dormir —dijo Deon. No era una pregunta.

Baker, sin perder la sonrisa, mantuvo los ojos fijos en el muchacho. No le gustaba que le hablaran de aquella forma, pero iba a dejarlo pasar. «De todas formas ya estoy harto de ese agujero seco —pensó—. ¿Qué motivos tengo para desear quedarme?»

—Esta noche voy a dormir en mi casa compartida —dijo—. Pero antes tengo que pasarme por la esquina de la Trece con Fairmont, a ver a un amigo. ¿Te importa llevarme?

—Yo también me iba ya —repuso Deon, contento de sacar a aquel tipo de la casa de su madre.

Deon, al volante del Marauder, arrancó en dirección este con Charles Baker sentado a su lado. Se había hecho de noche, y el resplandor del panel de instrumentos daba color a las caras de ambos. Baker miró a Deon, que llenaba todo el espacio disponible detrás del volante, aunque el asiento estaba muy echado para atrás.

—Eres un tío bastante corpulento —comentó Baker—. ¿Cuánto pesas, ciento veinte?

—Por ahí.

—¿Alguna vez has jugado al fútbol americano?

—Nunca.

—Estás echando mucha grasa. Es por todos esos Macs y esa comida basura que consumes. Tienes que vigilarte un poco, porque, no sé si te has fijado, pero empiezas a tener tetas como las tías.

Deon mantuvo la vista al frente, frenó y se detuvo del todo en uno de los muchos cruces que había ahora en la Trece.

—Con tu constitución —continuó Baker—, si hicieras pesas no tardarías mucho en ponerte cachas. Cuando yo levantaba pesas estaba hecho un animal.

«Cuando estabas en la cárcel», pensó Deon.

—Sea como sea —dijo Baker—. Tu amigo y tú no hacéis suficiente ejercicio físico, eso es lo único que digo. Claro que hoy en día los jóvenes son así. Entre el YouTube y el MySpace, los chats y todas esas gilipolleces, ya no usáis para nada los músculos. Yo sí que uso los músculos. Los de la cabeza y los de la espalda.

Deon aceleró al iniciar una leve cuesta y los Flowmaster que llevaba el Mercury dejaron escapar un gruñido.

—Por supuesto, con todo el dinero que tienes, imagino que no sentirás la necesidad de tener un buen físico. Estoy hablando de hacer ejercicio de verdad, de salir ahí fuera a empujar y sudar. Porque Cody y tú estáis forrados, ¿me equivoco?

—Nos va bien —contestó Deon.

—¿Cuánto habéis ganado, por ejemplo, este último día, un par de miles, o más?

—Algo así.

—Y yo, vaciando bacinillas y fregando las manchas de mierda de los retretes, ¿por cuánto? ¿Por doscientos dólares a la semana? ¿Cómo te parece que me siento yo?

—¿Adónde quieres llegar?

—Que adónde quiero llegar. Eres muy gracioso, ¿lo sabías? Quiero llegar a que ya llevo una temporada metido en la vida de tu madre, y he sido bueno con ella. Es para pensar que su hijo tendría ganas de devolver el favor y hacer algo por el tío que ha tratado tan bien a su mamá. Dale al señor Charles un poquito de eso tan bueno que habéis comprado tú y tu colega.

—Estamos servidos —dijo Deon.

—Pero yo, no.

—Lo que quiero decir es que nosotros ya teníamos en marcha lo nuestro antes de que aparecieras tú, y que no tenemos intención de ampliar el grupo. Estoy contento tal como estamos.

—Pues no se te ve muy contento que digamos. No veo que sonrías tanto. Tomas esas pastillas para la depresión y tal, pero a mí no me parece que estés muy alegre.

—Estoy bien así.

—¿Y el chaval blanco ese? ¿También está contento?

—Eso tendrías que preguntárselo a él.

—Sí, voy a preguntárselo. Porque Cody me da la sensación de que es un tipo ambicioso. Más que tú.

—¿Dónde quieres bajarte?

—Ya te he dicho que en Fairmont. Todavía faltan unas cuantas calles. —Baker tamborileó con los dedos en el salpicadero—. Me imagino que no acabas de verlo. Te falta visión, chaval.

Deon no preguntó a Baker qué era lo que no acababa de ver.

—A la marihuana no quiero ni acercarme —dijo Baker—.

No me apetece violar la condicional con una detención por drogas. Y si intentara meter las narices en la parte, digamos, mecánica del negocio, la jodería del todo, porque no se me da bien hacerme cargo de los detalles. La verdad es que no tengo ni puta idea del negocio de mover hierba. Pero sí conozco la naturaleza humana.

—¿Adónde quieres llegar?

—Cuando vi por primera vez a tu amigo Dominique, vi a un tío que va de legal. Tengo un poco de experiencia a la hora de identificar a toda leche a esos hijos de puta.

«No me cabe ninguna duda», pensó Deon.

—O sea, si me metieras en una habitación con el tal Dominique, te negociaría condiciones mejores cagando leches. Aumentaría vuestra comisión. Ése es el papel que desempeñaría para vosotros. Y no estoy de coña, soy capaz de ello.

—Dominique tiene gente —dijo Deon.

—¿Qué gente?

—Tiene un hermano más bien duro.

—Gilipolleces. A los dos les corre la misma sangre por las venas, ¿no? Pues me la suda.

—Estamos bien tal como estamos —dijo Deon.

—Sí que eres cabezota —repuso Baker—. Vale. Que te jodan, chaval. No necesito nada de ti. Mi oportunidad está a punto de llegar. A quien pedirás préstamos será a mí.

—Ya hemos llegado —dijo Deon.

—Para.

Justo antes de llegar a Fairmont, Deon detuvo el Mercury junto a la acera y lo dejó al ralentí. Dos bloques más adelante, en Clifton Street, se veía a blancos jóvenes y trajeados caminando por lo alto de la amplia colina que discurría junto al instituto Cardozo, saliendo de la boca de metro para dirigirse a sus pisos y sus adosados.

—Fíjate en ésos —dijo Baker—. Creen que pueden moverse con libertad... no tienen ni idea de dónde están ni de lo que puede ocurrirles. Van por ahí muy seguros de sí mismos. Se creen que van a hacerse dueños de nuestra ciudad.

—Pensaba que tú eras de Maryland —dijo Deon.

—No me corrijas, chaval —replicó Baker con una expresión seria y avejentada bajo las luces del salpicadero—. Me cabreas.

—No he pretendido decir nada.

—Ya sé que no, grandullón. —Baker forzó una sonrisa—. Gracias por traerme. Te veo más tarde, ¿vale?

Deon observó a Baker mientras éste echaba a andar en sentido oeste por Fairmont Street con el cuello de la chaqueta vuelto hacia arriba y las manos colgando a los lados. A continuación, él tomó dirección este, luego giró a la izquierda en la calle Doce y se alejó del centro.

Charles Baker llegó hasta el centro de la manzana, una fila de chalés adosados con torretas, y cruzó la acera para acercarse a la fachada de una casa que tenía múltiples apartamentos. Penetró en un portal abierto y pulsó uno de los botones marrones que había junto a unas tiras de papel insertadas en receptáculos de cristal.

De unas ranuras salió una voz débil:

—Sí.

—Soy tu colega, Charles.

Se hizo un largo silencio.

—¿Y?

—Estoy en tu calle, y se me ha ocurrido, no sé, entrar a saludarte.

A Baker le pareció oír un suspiro. A lo mejor fue el siseo de la estática que procedía del altavoz. No lo supo con seguridad.

De pronto se oyó un zumbido. Baker abrió la puerta de madera y cristal. Atravesó un recinto pequeño y limpio y subió un tramo de escaleras hasta el rellano del segundo piso; una vez allí, llamó con los nudillos a una puerta marcada con unos números adhesivos.

Se abrió la puerta. En el umbral apareció un hombre corpulento, de pecho fuerte, vestido con pantalones azules de trabajo y camisa desabotonada del mismo color. Llevaba también una camiseta blanca que le colgaba con aire desaseado sobre la barriga. Sostenía una lata abierta de cerveza Pabst Blue Ribbon con una mano encallecida y regordeta. Tenía los ojos grandes y un poco inyectados en sangre y el cabello despeinado y sin arreglar, bastante largo.

—¿Qué ocurre? —dijo el hombre.

—¿Así te diriges a tu antiguo socio?

—Buscas algo. Si no, no habrías venido hasta aquí.

—No es más que una visita. Pero no puedo hacerla desde aquí fuera.

—Mañana tengo que levantarme para ir a trabajar.

—Sí, yo también tengo un día cojonudo —repuso Baker—. ¿Me dejas entrar?

El gigante de pecho de oso le dio la espalda y se internó en el apartamento, que estaba a oscuras y dominado por el fuerte volumen del televisor. Charles Baker entró y cerró la puerta.

El otro tomó asiento en su sillón favorito, uno reclinable, y bebió un trago de cerveza. Ésta se derramó y le resbaló por la barbilla hasta la camisa. Se pasó la mano por el lugar donde había caído la mancha húmeda, el parche ovalado y de color blanco que llevaba cosido a la tela y en el que figuraba su nombre bordado.

—¿No vas a ofrecer una cerveza a tu invitado? —dijo Baker.

—Coge una —respondió el otro.

—Sabía que eras mi colega. —Baker fue hasta el frigorífico que había en la diminuta cocina del apartamento. No tuvo dificultad para dar con él, no era la primera vez que estaba en aquella casa.

James Monroe, sentado en su sillón, permaneció con la vista al frente, con el brillo del televisor parpadeando en sus ojos negros.

14

Alex y Vicki Pappas estaban sentados en su cuarto de estar con sendas copas de vino, tinto para él, blanco para ella. Vicki le había estado hablando de la jornada que había tenido su hijo Johnny en el trabajo y del talento que poseía para relacionarse con los clientes y con los empleados. Dijo que la presencia de Johnny en la cafetería iba a ser positiva para su relación, que iba a ayudarlos a estar más unidos. Alex estaba preparado para discutirle aquello, pero, con toda sinceridad, tuvo que coincidir con ella. El hecho de tener a Johnny en el local iba a resultar beneficioso para el negocio. Y además le gustaba tenerlo allí.

A continuación, Alex le contó a su mujer lo del hombre que había ido a verlo a la hora de cerrar. Ella escuchó con atención y formuló unas cuantas preguntas, pero no pareció tener mucho interés por prolongar la conversación ni por invertir más energía en aquel tema. El incidente había tenido lugar varios años antes de que ella hubiera conocido a Alex; para ella, era un suceso abstracto que le había sucedido a un muchacho que no conocía y que tenía poco que ver con el hombre al que amaba y con el que llevaba casada veintiséis años.

—Tú no crees que esto sea una estafa, ¿verdad?

—Es él —respondió Alex.

—Te estoy preguntado si es una extorsión.

—No. Fue muy amable. No creo que sea nada de eso.

—¿Vas a llamarlo?

—¿Debería?

—Cariño, es cosa tuya. —Vicki se encogió de hombros y se levantó del sillón—. Estoy hecha polvo. Me voy a la cama.

Se inclinó y le dio un beso en la boca. Él la agarró de la mano y prolongó el beso.

—Buenas noches, Vicki.

—*Kali nicta.*

Tras servirse lo que quedaba del vino, Alex se sentó ante el ordenador familiar y entró en la red. Primero buscó los archivos del *Washington Post*, y halló varios artículos relativos al incidente, desde el parte inicial del crimen hasta el anuncio de la acusación, dieciocho meses más tarde, en la primavera de 1974. En un momento dado había leído la mayoría de aquellos artículos, e incluso se había guardado algunos de ellos, con la sospecha de que algún día querría repasarlos, pero un par de años después de casarse los tiró a la basura con la esperanza de que, al nacer su primer hijo, aquel capítulo de su vida quedase cerrado.

Los recuerdos que albergaba de aquella época eran tan borrosos como el incidente en sí. No acudió al funeral de Billy Cachoris. En aquel momento él se encontraba internado en el hospital Holy Cross, y a continuación, en el otoño, vinieron las dos intervenciones de cirugía reconstructiva. Su estancia en el hospital consistió en un día tras otro de dolor y de fármacos, con el televisor de la pared como único entretenimiento, que le cansaba el ojo bueno, y la radio que sus padres le habían traído de casa. Escuchaba los 40 Principales porque no podía coger las emisoras progresistas que le gustaban, y la lista de temas era una provocación: *Rocket Man*, *Black and White*, *Precious and Few.* Eran canciones que habían estado sonando precisamente aquel día. Canciones a las que Billy había cambiado la letra, temas con los que estuvieron haciendo chistes tan sólo unas horas, unos minutos antes de que mataran a Billy. Al presentar cada canción, el pinchadiscos de la PGC decía: «¡Mil novecientos setenta y dos, éste es el tema de vuestra vida!» Y Alex pensaba: «No me hagas reír.»

Al igual que muchos adolescentes que se las han visto en

situaciones graves, Alex pensaba que nunca más iba a brillar el sol en su lado de la calle. Cuando volvió a casa, escuchó sin cesar su álbum de Blue Oyster Cult, y en particular poniendo una y otra vez el tema *Then Came the Last Days of May*: «Tres colegas iban riendo y fumando / en la parte de atrás de un Ford alquilado. / No podían saber que no llegarían muy lejos.» Parecía que lo habían escrito para él y sus amigos.

Excepto en la presencia de autoridades jurídicas, Alex había vuelto a tener escaso contacto con Pete Whitten. A Pete, su padre le había prohibido que se relacionase con él, y las pocas conversaciones que tuvieron por teléfono fueron incómodas y estuvieron llenas de silencios. Pete se marcharía el verano siguiente a una universidad de otro estado; su vida no se había visto alterada por el incidente, ya que ni él ni Alex habían sido acusados de ningún delito. Alex comprendió que la amistad que tenía con él había terminado.

Para Alex, lo más extraño del período posterior al incidente fue regresar al instituto. Tenía la sensación de que su rostro era feo y daba miedo, aunque, naturalmente, su percepción era mucho peor que la realidad. Tenía el ojo muy caído en el extremo, y el tejido cicatrizal que lo rodeaba se veía pastoso. Era imposible que la gente no se fijara en él, pero distaba mucho de ser horroroso; en cierto modo, simplemente daba una impresión de tristeza permanente. Rompió con Karen porque supuso que ya no iba a resultarle atractivo. Un día, en la sala del ala E, un chaval que se llamaba Bobby Cohen le dijo con toda inocencia: «Oye, tío, me han dicho que te agredieron unos negros», y Alex lo agarró por la camiseta y lo arrojó contra las taquillas. El chico no había dicho nada malo, pero Alex andaba buscando una excusa para explotar.

Día a día se le fue agriando el carácter. No era un chico violento, pero se había ganado una fama de indeseable, simplemente porque había participado en un incidente racial en el que a uno de sus amigos lo habían matado de un disparo. Los negros de su instituto, que eran aproximadamente unos treinta entre un total de quinientos, dejaron de hablarle. Antes del incidente se había llevado bien con varios de ellos, sobre todo porque tenía trato con ellos en la cancha de baloncesto que había cerca del aparcamiento de los profesores, pero aquello se acabó. Un grupo de engominados, los últimos de su especie, quiso hacer migas con él pensando que compartía sus prejuicios raciales. Se denominaban, de forma muy imaginativa, los Amos Blancos, y Alex los rechazó. Su objetivo consistía en terminar el último año del instituto con la cabeza gacha. Lo atormentaba un fuerte sentimiento de culpa por la muerte de Billy y no deseaba hacer amigos nuevos. Quería estar solo.

El hecho de trabajar para su padre, en cierto modo, le permitió conservar la humanidad. Los clientes, lectores del *Washington Post* y del *Evening Star*, estaban enterados de su participación en aquel suceso. Algunos le mostraron rechazo pero la mayoría lo trató con educación. Inez, típico de ella, no hizo mención alguna del incidente, y en ocasiones soltaba una risita cuando Alex pasaba por su lado, como si supiera algo de él que él desconocía. Junior y Paulette, fuera lo que fuese lo que sentían, se lo guardaban para sus adentros. Lo más difícil fue enfrentarse a Darlene la primera vez. Pero, gracias a Dios, Darlene fue buena.

—¿Te duele? —le preguntó tocando la cicatriz con los dedos, la única persona aparte de los médicos y su madre que hizo algo semejante.

—Ya no —contestó Alex—. Oye...

—No tienes por qué hablar de ello. Me dolió leer tu historia en los periódicos, no puedo negarlo. Pero en parte fue porque sabía que también te dolía a ti. Mira, cualquiera puede equivocarse de coche. Porque a eso se redujo todo. No pudo ser de otra forma. Alex, yo te conozco, así que no tienes necesidad de decir ni una palabra más.

A veces, después del trabajo, se sentaban un rato en la cafetería semi a oscuras, hasta más allá de la hora de cerrar. Su padre se había marchado y le había dejado a él la llave. Los dos charlaban en voz queda y oían música en el ocho pistas portátil que Darlene se traía al trabajo todos los días. Marvin Gaye, los Isley Brothers y Curtis Mayfield, la cinta más memorable de todas era la que llevaba por nombre «Curtis», con la foto del cantante sentado con toda naturalidad con su traje amarillo limón. Canciones atemporales como *The Other Side of Town*, *The Making of You*, *We the People Who Are Darker Than Blue*, el hermoso falsete de Curtis y sus suaves arreglos flotando en el aire mientras dos adolescentes hablaban de cosas de adolescentes, a veces cogidos de la mano, pero siempre sin pasar de ahí, siempre como amigos.

En lo referente al juicio, la participación de Alex en el mismo fue mínima. Estuvo asesorado por el fiscal del Estado, un tal Ira Sanborn, pero en el estrado tuvo muy poca cosa que contar. Él no había visto el disparo en sí. Él no había visto al joven que le destrozó la cara. Sólo pudo describir los ruidos, las sensaciones y las voces que oyó. En el turno de preguntas de la parte contraria, el abogado defensor encargado del caso, un hombre joven que se llamaba Arthur Furioso, intentó pintar a Alex y Pete como dos jóvenes racistas que habían sido los responsables del asesinato en última instancia por haber dado lugar al suceso, pero Sanborn aportó varios testigos que dieron fe de la buena reputación de los muchachos, en número suficiente para refutarlo. Para el jurado, estaba el hecho de que se había asesinado a un adolescente y se le había destrozado la cara a Alex. Además, en ningún momento se había cuestionado quién era el que había apretado el gatillo. El mayor de los dos hermanos, James Monroe, había confesado unas horas después del incidente ser el autor del disparo; él y su hermano pequeño Raymond, y también el amigo de ambos, Charles Baker, que había admitido haberle pegado la paliza a Alex, fueron acusados de asesinato, agresión intencionada y múltiples delitos de arma de fuego. Lo único que quedaba por saber, le dijo Sanborn a la familia Pappas en privado, era el grado que iban a adjudicar a la acusación de asesinato y cuál de los tres sería condenado y enviado a prisión.

Alex, sentado delante de la pantalla del ordenador, salió de la página del *Post* sin leer el último artículo que figuraba en los archivos. Tecleó en un buscador las palabras «Heathrow Heights» y «asesinato» y terminó encontrando una página que vendía transcripciones parciales de juicios celebrados hasta cincuenta años antes. Se sirvió de su tarjeta de crédito para pagar la tasa de acceso, que ascendía a cuatro dólares con noventa y cinco centavos, e imprimió un documento que llevaba el encabezado de «James Ernest Monroe contra el estado de Maryland» junto con el número y la fecha del caso, presidido por un tal juez Conners.

Alex torció hacia sí el flexo de la lámpara de mesa. Se reclinó en la silla y leyó el documento.

Un caluroso día de verano, tres muchachos penetraron al volante de un coche en el barrio Heathrow Heights de Montgomery County y, «en broma», arrojaron una golosina de cereza y un adjetivo racial a tres jóvenes de color que se encontraban en la calle, frente a un establecimiento de nombre Nunzio's. El documento del juzgado describía dicha acción como «una forma perversa de entretenimiento». Uno de los ocupantes del vehículo, Peter Whitten, testificó que el plan había sido inicialmente idea del conductor, William Cachoris (el tercer ocupante, Alexander Pappas, testificó que no recordaba quién había decidido penetrar en Heathrow Heights). Después de que hubieron arrojado la golosina y el insulto, Cachoris intentó alejarse del lugar en cuestión, pero se encontró con una calle cortada y se vio obligado a girar en redondo. En aquel momento Peter Whitten se apeó del vehículo y escapó internándose en la zona boscosa y siguiendo las vías del tren. Cachoris y el pasajero que quedaba, Pappas, regresaron a la calle, que esta vez se hallaba bloqueada por los tres jóvenes. Cachoris se bajó del coche e intentó razonar con los jóvenes preguntándoles: «¿No podríamos solucionar esto?» Entonces, uno de los jóvenes le propinó un puñetazo en la cara que le arrancó un diente y le aflojó varios más. Alexander Pappas intentó escapar a pie, pero fue capturado y agredido, y a consecuencia de ello sufrió graves lesiones en el cuerpo y en la cara. Acto seguido, uno de los jóvenes sacó una pistola y disparó a Cachoris en la espalda. La bala le perforó el pulmón y el corazón. Fue declarado muerto en la escena del crimen.

Llegó la policía y acordonó el barrio. Una mujer, cuyo nombre estaba borrado del documento, que se encontraba en el interior de la tienda de Nunzio's en el momento del disparo, había observado todo desde la ventana y dijo al dueño del establecimiento que llamara a la policía. Durante el interrogatorio, dio la descripción de los jóvenes que habían tomado parte en el crimen, pero afirmó que no era capaz de identificarlos. Durante un interrogatorio posterior, más intenso, recordó los nombres de los protagonistas.

La policía registró la vivienda de Ernest y Almeda Monroe, que estaban trabajando, y detuvo a sus hijos, James y Raymond Monroe, que no ofrecieron resistencia. Hallaron una pistola barata del 38 en el cajón de la cómoda del hermano mayor. La mujer de Nunzio's había descrito al individuo que efectuó el disparo como un joven alto que llevaba una camiseta con números impresos. James Monroe, cuando lo encontró la policía, llevaba puesta dicha camiseta, y aparecía manchada de sangre. En aquel momento James Monroe admitió haber disparado el arma que mató a William Cachoris. Más tarde, las pruebas de balística relacionaron la bala con dicha arma.

A continuación, la policía detuvo a Charles Baker en el domicilio de su madre, Carlotta Baker, una peluquera soltera y en paro. Más adelante, en la comisaría de policía, Charles Baker confesó ser el autor de la agresión a Alexander Pappas.

Alex sintió que la sangre le subía lentamente a la cara conforme iba leyendo.

En el juicio, Baker testificó contra James Monroe a cambio de que fuera eximido de la acusación de asesinato y de que le impusieran una condena reducida, siempre que se declarase culpable del cargo de agresión. Según rezaba el preacuerdo, a continuación el Estado recomendaría una condena para Baker inferior a un año. En el juicio, sobre el estrado, Baker dijo: «El que disparó fue James», y señaló a James Monroe para que lo viera el jurado. Arthur Furioso, el abogado defensor, preguntó a Baker por el acuerdo pactado, el cual éste se apresuró a describir, y a continuación le preguntó si la policía lo había coaccionado de algún modo para que confesara. Él respondió: «La policía me invitó a una botella de Sneaky Pete. Me la bebí, pero no fue eso lo que me hizo hablar. Me remordía la conciencia.» Furioso intentó declarar el juicio nulo basándose en que había habido soborno, pero al juez Conners su razonamiento le pareció débil e injustificado, y su moción fue rechazada.

James Monroe fue hallado culpable de homicidio en primer grado, agresión y múltiples delitos de arma de fuego. Baker fue condenado por agresión con intención de mutilar. El hermano pequeño, Raymond Monroe, fue absuelto de todas las acusaciones.

Alex dejó el documento del juicio y volvió a los archivos del *Washington Post*, donde repasó el último relato del suceso, en el que describía la condena de James Monroe.

En una vista celebrada antes de la condena, Furioso entregó al juez una petición firmada por más de un centenar de residentes de Heathrow Heights, en la que suplicaban benevolencia y declaraban que William Cachoris, Peter Whitten y Alexander Pappas habían llevado a cabo una «agresión por motivos raciales» contra su «pacífica comunidad y los ciudadanos de la misma» que había sido la causa directa de que se hubiera disparado un arma. El juez Conners afirmó que estudiaría dicha petición, pero en el momento de dictar sentencia rechazó la idea de que hubiera que atribuir peso alguno a las circunstancias de la «broma». «Aquel día, William Cachoris y sus amigos tomaron una decisión errónea, una decisión ofensiva y necia... pero que de ningún modo excusa el hecho de segar una vida humana.» Y después prosiguió: «Acciones como ésta tienen lugar a todas horas. Todos soportamos actos disparatados que tienen origen en el racismo. Yo mismo los veo en mi vecindario, y nunca se da un castigo de esta clase.» El *Post* decía que aquello provocó un murmullo creciente en la sala del tribunal, tal vez una reacción de incredulidad, dado que se sabía que Conners vivía en Bethesda, una de las zonas más blancas y más acaudaladas de Montgomery County.

El juez Conners condenó a James Monroe a diez años de prisión por el delito de homicidio. En el plazo de dos años y medio podría solicitar la libertad condicional. Además, condenó a Monroe a dos años de cárcel por el delito de agresión y a tres por los delitos de arma de fuego. Estas condenas las cumpliría al mismo tiempo que la de homicidio. Baker recibió la condena acordada de menos de un año. El abogado defensor, Furioso, prometió apelar. En los archivos del *Washington Post* no figuraba nada más relacionado con este caso.

Alex Pappas permaneció allí sentado un rato más, pasando el dedo por el polvo que se había acumulado en la mesa del ordenador, trazando una raya y después otra transversal para formar una cruz. Apagó la lámpara, fue hasta la puerta de la calle, examinó la cerradura y dejó una luz encendida para Johnny, que había ido al cine con un amigo. Cuando subió a la planta de arriba, pasó junto a la habitación de Gus, pero no entró.

Se había convencido a sí mismo de que la muerte de Gus había sido fortuita. En el último día de su vida, el soldado que conducía el Humvee en el que viajaba Gus había tomado un camino en vez de otro, y en este último había una bomba de fabricación casera oculta bajo los escombros. ¿Fue Dios el que envió al conductor del Humvee por aquel camino? Alex no podía creer tal cosa. Dios nos daba la vida; y después de eso, no nos protegía ni nos hacía daño. Estábamos solos. Pero ¿qué pasaba con el pecado? Para el pecado tenía que haber un castigo.

Aquel día, Alex podía haberse bajado del Torino. Podía haber exigido a Billy que detuviera el coche. Sabía que lo que estaban a punto de hacer estaba mal. Y permitió que sucediera. Por culpa de su falta de acción se habían quebrado muchas vidas. Un joven había ido a la cárcel. Billy había muerto. Y también había muerto Gus.

Se desvistió y se metió en la cama. Vicki se movió a su lado. Alex le tocó el hombro con la mano y le dio un leve apretón.

—Vicki.

—¿Qué? —respondió ella con los ojos cerrados.

—Voy a llamar a ese tipo —dijo Alex.

—Duérmete.

Alex apagó la luz de la mesilla de noche. Pero no se durmió.

15

James Monroe vivía en un apartamento muy pequeño. La única habitación principal contenía dos camas, una cómoda barata, un par de sillas, un televisor apoyado en una mesita y un compacto estéreo que descansaba sobre una estantería metálica con ruedas. Monroe casi no tenía espacio para volverse dentro de la cocina. Cuando se sentaba en la taza del váter, tenía que mantener los brazos pegados al cuerpo para no tocar las paredes.

James Monroe y Charles Baker se sentaron muy juntos en los dos sillones que había en la habitación. Ambos bebían cerveza. Monroe estaba viendo la televisión, y Baker estaba hablando.

Monroe no sentía demasiado interés por el programa que estaban viendo. Era la serie sobre autopsias ambientada en Miami, y no se creía ni una palabra. Pero era más fácil ver aquella serie que prestar toda su atención a Baker.

—Ahora Red va a disparar a alguien —dijo Baker—. Vestido con su traje de diseño y sus gafas de sol. Sabrás que eso también se lo han inventado.

—¿El qué?

—Estoy hablando de los de *C.S.I.*, que sacan la pistola y le disparan a alguien. Esas cosas no suceden nunca. La policía de verdad ni siquiera saca la pistola la mayoría de las veces. Pero este Red, todas las semanas se carga a un hijoputa con su arma. Con esa melena tan bonita que tiene, ondeando en el viento.

De uno de los muchos libros que había leído Monroe en la cárcel, recordó un pasaje que hablaba de las películas de televisión de Estados Unidos que tratan de crímenes. El autor decía que era un «género fascista», porque en dichas películas a los criminales los cogían siempre, y la policía y los fiscales ganaban siempre. Dichas películas advertían a los ciudadanos, en efecto, de que debían cumplir las normas, de que si se atrevían a infringir la ley los detendrían y los meterían en la cárcel. Monroe rio ligeramente al leerlo. La gente quería que alguien le dijera que su vida no corría peligro. Aquellos guionistas de televisión estaban ganando dinero dándole a la gente las mentiras que la gente quería oír.

—Hum —dijo Monroe.

—¿Eso es todo lo que tienes que decir?

—Estoy intentando ver la serie.

—¿Y lo otro?

—¿Qué es lo otro?

—Lo que te estaba contando. La persona con la que he quedado.

Baker había venido a hablarle a Monroe de la cita que había concertado con Peter Whitten para comer al día siguiente. Monroe se limitó a negar apenas con la cabeza y mantuvo la mirada inexpresiva y fija en el televisor.

—¿Y bien?

Monroe bebió de su lata de cerveza.

—Te necesito, tío —dijo Baker—. Necesito que vengas conmigo. No es necesario que digas nada, sólo tienes que sentarte a mi lado y hacer bulto. Transmitir el mensaje a ese tipo, para que yo no tenga necesidad de amenazarlo directamente. Se dará cuenta. No le queda otro remedio.

Monroe se quitó algo que tenía en el ojo.

—Este tío tiene dinero —dijo Baker—. Y algo de ello podría ser para nosotros. Nos lo debe, ¿entiendes? Pienso ser generoso y darte una parte por acompañarme. No la mitad ni nada parecido, pero algo sí. Después, pondré el dedo en el otro. Haré exactamente lo mismo. Tú sabes de sobra que llevarán encima un sentimiento de culpa. En el periódico, el señor Whitten alardeaba de que es muy amigo de los negratas. Bueno, pues yo voy a darle una oportunidad para demostrarlo. Y si no lo demuestra, tendrá que saber que yo voy a cargarme su reputación.

—No —dijo Monroe.

—¿Qué?

—No quiero formar parte de eso.

—Ya eres parte.

—No es verdad.

—La letra de la carta original es la tuya. ¿Cómo vas a decir que no tienes nada que ver?

Era cierto. James había escrito el primer borrador de la carta, redactado a bolígrafo sobre papel, por instigación de Charles. Porque James había bebido mucho aquella noche, el alcohol estaba razonando por él, y no había pensado en las ramificaciones que seguirían. Porque Charles era demasiado lerdo para escribir él la carta, de manera legible, gramaticalmente correcta y sin faltas de ortografía. Porque James lo que quería era que Charles saliera de su apartamento, y aquélla parecía la única manera de conseguirlo. En ningún momento llegó a pensar que Charles fuera a entregar la carta. Creyó que era una de sus fanfarronadas habituales.

Desde el incidente, le resultaba un problema decir que no a Charles. Ello le había ocasionado toda clase de dificultades. En cierta ocasión volvió a llevarlo a la cárcel.

—No quiero formar parte de ello —repitió Monroe.

—Y supongo que tampoco quieres dinero.

—Ya gano dinero trabajando.

—En un frío taller mecánico.

—Donde sea. Pero trabajo.

Baker se levantó del sillón y se puso a pasear por la habitación describiendo un pequeño arco. Al final, se cansó y apuntó con el dedo al rostro de Monroe.

—Me lo debes.

Monroe se levantó y se irguió en toda su estatura. Entrecerró los ojos, y Baker dejó caer la mano al costado.

—Mira, tío. Lo único que digo...

—Eso pertenece al pasado —recalcó Monroe. Calló unos instantes para serenar un poco la respiración. Cuando volvió a hablar, su voz sonó grave y controlada—. Escucha. Los dos tenemos más de cincuenta años.

—Eso es de lo que estoy hablando. Se nos acaba el tiempo.

—Deberíamos haber aprendido. Estar agradecidos por esta oportunidad de volver a empezar desde cero.

—¿De qué tengo que estar agradecido yo? ¿De ese apestoso empleo que tengo?

—Pues sí. Yo voy al trabajo todos los días y me alegro de tenerlo. Me alegro de tener alquilado este apartamento, del que puedo salir cuando me apetezca. Explotar a la gente, hacer trabajos sucios... para mí, ese tren hace mucho que salió de la estación.

—Pues para mí, no —repuso Baker—. No sé hacer las cosas de otra forma.

Monroe observó los ojos duros, color avellana, de Baker y vio que así era.

—Esos blancos nos jodieron la vida —dijo Baker.

—Ya te lo he dicho: no.

—No te equivoques. Todavía tengo la carta, escrita con tu letra.

—Yo no he escrito ninguna carta. Corregí un poco la redacción y la puntuación porque lo que tú escribiste era un desastre y casi no se podía leer. Únicamente intentaba enseñarte un poco. La verdad es que no pensé en absoluto que fueras lo bastante idiota para enviarla. Estaba haciéndote un favor.

—Te lo agradezco. Pero aun así, las correcciones que hiciste llevan tu letra.

—¿Me estás amenazando?

—No es mi intención.

—Si pretendes decir algo, dilo claramente.

—No hay ningún mensaje entre líneas. —Baker esbozó una sonrisa—. Tú y yo estamos unidos para siempre. Eso es todo.

—He sido un caballero y te he permitido que me hicieras una visita. Ahora ha llegado el momento de que te vayas.

—Te veo en otro momento.

—Vamos. Tengo que dormir.

Una vez que Baker hubo cerrado la puerta al salir, James Monroe echó el pestillo, fue hasta el frigorífico y cogió otra Pabst. Se sentó en su sillón y miró la televisión fijamente, pero sin poner atención en lo que salía en pantalla.

Tomó el teléfono e hizo una llamada. La conversación que tuvo fue breve y emocional.

Acto seguido, cambió el canal de la televisión y puso un partido de los Wizards que se emitía desde Seattle. Quitó la anilla de la lata de cerveza, inclinó la cabeza hacia atrás y echó un buen trago.

La Casa del Sol era uno de los muchos sitios para comer que había en Georgia Avenue, tanto dentro de Washington D.C. como en el centro de Silver Spring. El rótulo de neón del escaparate anunciaba «Filete con queso, marisco, pollo frito y comida china», una oferta muy heterogénea que daba como resultado mediocridad y, en última instancia, ardores de estómago y diarrea. El propietario se apellidaba Sol, de ahí el nombre del establecimiento. Sol poseía tres locales: en D.C., en Montgomery y en Prince George's County, vivía en un chalé situado en Falls Road, en Potomac, conducía un Mercedes Serie E y tenía hijos estudiando en el M.I.T. y en Yale. Cody Kruger denominaba a aquel restaurante «La Casa del Guarro». Deon y él almorzaban allí con frecuencia.

Deon acababa de terminarse un plato de pollo a la naranja, con patatas fritas y una Coca-Cola grande. Ya empezaba a dolerle el estómago. Iba en su coche en dirección norte, vio el rótulo del escaparate de La Casa del Sol y estacionó en el aparcamiento. Cuando estaba estresado, tendía a buscar algo de comer; los antidepresivos que tomaba se suponía que debían quitarle el apetito, pero no era así.

Deon se limpió la grasa de la cara y tiró la servilleta a la basura. Empujó la puerta de cristal, salió del restaurante y se encaminó hacia su Marauder, aparcado en un sitio que daba al Centro de Reclutamiento de las Fuerzas Armadas, una estructura de ladrillo liso que se levantaba junto al restaurante. Se sentó al volante y metió la llave, pero no la hizo girar. No tenía ganas de irse al apartamento a oír hablar a Cody. Tampoco le apetecía ir a la calle Peabody y ver los ojos hinchados de su madre.

No sabía exactamente cómo había llegado allí. En la escuela elemental había sido un alumno mediano, dotado de habilidades sociales limitadas. En los cursos intermedios había tenido dos amigos íntimos, Anthony Dunwell y Angelo Ross, pero ellos eran deportistas y él no, y cuando llegaron al instituto empezaron a juntarse con otra gente. Fue en los primeros años del instituto cuando experimentó por primera vez náuseas y falta de aire cada vez que le pedían que se situara delante de la clase e hiciera una presentación de su trabajo. Cuando conocía gente nueva, muchas veces tartamudeaba al hablar. Su madre lo llevó a un loquero, el cual declaró que tenía un problema de ansiedad social y le diagnosticó un desorden por pánico. Le recetaron Paxil, un medicamento que al parecer lo ayudó. Y también lo ayudaba la hierba de calidad. Perdió un poco de su retraimiento social y durante una temporada tuvo una novia muy guapa, Jerhoma Simon, y más tarde otra de sonrisa radiante que atendía al nombre de Ugochi. Por razones que no recordaba, o no quería recordar, dichas relaciones no duraron. Tras graduarse, vino un período en seco sin novias ni amigos nuevos, hasta que conoció a Cody en la zapatería. Después de aquello siguió una decisión errónea tras otra y finalmente la entrada de Charles Baker, y aquí estaba ahora, a sus diecinueve años, con dinero en el bolsillo y nada en el horizonte excepto más dinero o una condena de prisión, sentado dentro del coche en un aparcamiento.

Tocó la llave que colgaba del contacto, pero retiró la mano.

Aunque todavía era media tarde, el cartel situado en lo alto

del Centro de Reclutamiento ya estaba profusamente iluminado. Se acordó de que en Park View, en una oficina de reclutamiento similar que había cerca del viejo The Black Hole, el
cartel estaba iluminado a todas horas y las ventanas estaban
libres de mugre. Una fachada limpia en medio de comercios
desvencijados, un faro para los jóvenes del vecindario que estaban buscando un empleo o una salida, muchos de ellos habiendo abandonado los estudios, muchos de ellos huyendo de
problemas y tentaciones, algunos de los cuales se los habían
buscado ellos mismos, otros no.

Las ocasiones en que había estado en lugares como Chevy
Chase y Bethesda, nunca había visto oficinas de reclutamiento
de ningún tipo. Pero la cosa tenía su lógica. ¿Para qué iba el
ejército, la marina o el cuerpo de marines a desperdiciar tiempo, dinero y esfuerzo en unos chavales que nunca iban a enro-
larse? Aquellos chavales irían a la universidad. Aquellos chavales tenían padres que les pagarían la matrícula, el alojamiento
y la manutención y que, más adelante, los ayudarían a entrar
en el mercado de trabajo por medio de su red de amigos triunfadores.

Mirando a través de los cristales del centro de reclutamiento, vio dos figuras de cartón de tamaño real que representaban
a soldados, el uno negro y el otro hispano, con el atuendo
militar. Entre uno y otro había unas grandes estanterías metálicas con decenas de panfletos. Deon supuso que parte de ellos
estarían redactados en español. Detrás de las estanterías había
biombos como los de las oficinas de las empresas, formando
cubículos. Deon se dijo que a lo mejor aquella gente no quería que la vieran los ciudadanos que pasaban por la calle.

En la cristalera en sí había numerosos carteles que prego-
naban las excelencias del servicio militar; la foto de un porta-
viones abarrotado de aeronaves, tropas y equipamiento, listo
para entrar en acción, con una frase encima que decía: «Vida,
libertad y persecución de todos aquellos que las pongan en
peligro»; la imagen de una mujer de color, muy guapa y de
mirada orgullosa, con una boina colocada de lado en la cabe-

za, acompañada del siguiente pie de foto: «Está la fuerza. Y luego está la fuerza del ejército.» Había otros carteles que mencionaban primas de alistamiento de hasta veinte mil dólares, treinta días de vacaciones al año, subvención del cien por cien de una matrícula universitaria y atención médica y dental gratuita. Formación garantizada en la carrera escogida. La oportunidad de viajar.

Por debajo de los biombos se filtraba una luz amarillenta. Allí dentro había alguien, algún oficial, quemando el aceite, solo y dispuesto para charlar.

Deon no tenía ningún sitio especial al que ir. Y él también tenía la necesidad de charlar con alguien.

Se apeó del Mercury, pasó bajo la atrayente iluminación del enorme cartel de la Oficina de Reclutamiento y probó el tirador de la puerta de entrada. No estaba cerrada con llave. Pero no penetró en el interior.

16

Raymond Monroe salió de la sala de terapia poco después de las doce del mediodía, con la intención de ir a buscar a Kendall para almorzar con ella en la cafetería. Cuando estaba sacando el móvil del bolsillo pasó junto a él un hombre joven, con un ojo tapado, heridas de metralla en forma de media luna alrededor de la órbita, la cabeza afeitada y varios puntos de sutura visibles a un lado de la misma.

—Qué hay, Papi —dijo el joven.

—¿Cómo va eso? —dijo Monroe.

—Genial —respondió el joven sin ironía ni sarcasmo, y siguió caminando con los hombros bien cuadrados.

Frente a la fila de ascensores, Monroe esperó uno que viniera de bajada al lado de un individuo de su edad que estaba de pie y con las manos apoyadas en las agarraderas de una silla de ruedas. En la silla iba sentada una joven de unos veinte años, con la bata del hospital y debajo una camiseta. Tenía el cabello corto, los ojos azules y un poquito de bigote, muy probablemente el resultado de los esteroides que había estado tomando después de lesionarse. Le habían amputado ambas piernas a la altura del nacimiento del fémur, casi por debajo del tronco. Lucía un muñón muy quemado y salpicado de «puntitos», trozos pequeños de metralla que aún estaban incrustados en la piel. El otro muñón no parecía haber sufrido quemaduras, pero se agitaba violentamente.

—Qué hay —dijo la joven mirando a Monroe.

—Buenas tardes —contestó Monroe—. ¿Qué tal le va a todo el mundo en un día tan estupendo como éste?

—¿Qué tal me va, papá? —dijo la chica.

—Acaban de tomarle las medidas para las prótesis —respondió su padre, que tenía el mismo color de ojos que su hija, un azul intenso—. Ashley ya no va a tardar mucho en volver a andar.

Tanto Ashley como su padre tenían un marcado acento sureño. Y los dos despedían un fuerte olor a tabaco.

—Y después de eso —dijo Ashley—, voy a cruzar a nado de una orilla a la otra, ida y vuelta.

—Quiere recorrer a nado el antiguo lago —explicó el padre—. Uno muy limpio y agradable que tenemos cerca de casa.

—Lo voy a hacer —aseguró ella.

—A lo mejor el verano que viene —dijo el padre al tiempo que bajaba una mano y le tocaba la mejilla. Sonrió, y le tembló el labio de melancolía y orgullo.

—Puede que tú y yo tengamos ocasión de trabajar juntos en la piscina —apuntó Monroe.

—Lo voy a agotar —dijo Ashley.

—Mi pequeña se apunta a todo —dijo el padre.

—No me cabe duda —repuso Monroe. Cuando se abrieron las puertas del ascensor, a Monroe le sonó el móvil en la mano para indicar que tenía un mensaje.

Ya fuera del edificio principal, procedió a examinar los mensajes. La voz de Alex Pappas le dijo que le gustaría que se vieran. Monroe pulsó la tecla de devolver la llamada y le respondió Alex.

—Pappas e Hijos. —Parecía estresado en medio del considerable ruido de fondo.

—Soy Ray Monroe.

—Señor Monroe, me pilla en mitad de la hora punta del almuerzo.

—Llámeme Ray. Perdone, no sabía...

—Si le apetece que charlemos otra vez, al salir del trabajo voy a pasarme por la casa Fischer. A la misma hora que el otro día.

—De acuerdo. Estaba pensando en que podíamos ir en coche a hacer una visita a mi hermano.

—En este momento no puedo hablar. Nos vemos luego.

—Pappas cortó la conexión bruscamente. Monroe se quedó mirando el teléfono unos instantes y a continuación se lo guardó otra vez en el bolsillo.

Entró en el edificio 2 del hospital principal y tomó el ascensor hasta la planta de Kendall. Cuando llamó con los nudillos en la puerta abierta, ya se dio cuenta de que ella no se encontraba allí dentro. Greta Siebentritt, la terapeuta de pacientes externos que compartía despacho con Kendall, se volvió en su silla para saludarlo.

—¿Qué hay, Ray?

—Estoy buscando a mi novia. ¿Se está escondiendo de mí?

—Difícilmente. Está reunida con el soldado Collins. Últimamente le ocupa bastante tiempo.

—¿El soldado que se va a hacer voluntariamente la amputación?

—El mismo. ¿Quieres que le diga alguna cosa a Kendall?

—Ya la veré más tarde.

Monroe almorzó a solas, pensando en su hermano James, en Alex Pappas, en Baker y en el problema que se avecinaba.

Para la cita del almuerzo, Charles Baker había decidido ir vestido con una chaqueta sport de color morado y puntadas blancas a lo largo de las solapas, pantalón de pinzas negro, de poliéster, camisa color lavanda y zapatos negros de cuero labrado que casi parecían caimanes. Había conseguido aquel atuendo completo el año anterior, comprado en tiendas de descuento y en el comercio que tenía el Ejército de Salvación en la calle H de la zona noreste. Nunca había tenido ocasión de lucirlo completo, y cuando se miró en el espejo antes de salir de su vivienda compartida se dijo que iba limpio y presentable.

—¿Adónde vas? —dijo un hombre al que llamaban Trombón, un heroinómano en recuperación que tenía una nariz larguísima, uno de los cuatro individuos en libertad condicional con los que compartía Baker la vivienda—. Tienes pinta de tío forrado de pasta.

—He quedado con una gente en un sitio —replicó Baker—. En un sitio que no es éste.

Era verdad que Baker se sentía como si valiera un millón de dólares cuando salió de la casa.

Pero cuando llegó al centro, salió de las escaleras mecánicas del metro en Farragut North y comenzó a caminar en medio del bullicio de Connecticut Avenue, volvió a experimentar la sensación, la que experimentaba cada vez que salía de su mundo insular, de que estaba fuera de sitio y no hacía pie. A su alrededor se movían hombres y mujeres de todos los colores que trabajaban, vestidos con ropa de calidad que llevaban con naturalidad, portando carteras y bolsos de cuero blando, caminando con energía, yendo a alguna parte. Él no entendía cómo habían llegado hasta allí. ¿Quién les había enseñado a vestir de aquella forma tan discreta y elegante? ¿Cómo habían conseguido el trabajo que tenían?

Baker se tocó con el índice y el pulgar la solapa de su chaqueta sport morada. La tela era gomosa. Vale, él no estaba a la altura de aquella gente tan fina. Deslumbraría al señor Peter Whitten con su personalidad y con la fuerza de su lógica. Lo cegaría con una sonrisa de las que recomendaba Dale Carnegie.

El restaurante era un italiano cuyo nombre tenía una O al final, situado en la calle L, al oeste de la Diecinueve. Nada más entrar lo rodeó el murmullo de conversaciones relajadas, el suave movimiento y el dulce tintineo de la porcelana, la cubertería y el cristal. En las paredes se habían pintado murales que le recordaron las extravagantes pinturas antiguas que había visto en un museo en el que había estado una vez, en una ocasión en la que entró huyendo del frío, mientras vagaba sin rumbo de camino al centro comercial.

—Sí, señor —dijo un joven trajeado de negro que acudió a su encuentro cuando lo vio entrar por la puerta.

—He quedado aquí para comer. Tengo una cita con el señor Peter Whitten.

—Por aquí, señor.

El joven hizo un complicado gesto con las manos y giró en redondo sus estrechas caderas. A Baker le vino a la mente la palabra «presa», pero aquél no era lugar para maquinaciones, de modo que siguió al joven por aquel laberinto de mesas hasta la barra de granito, donde estaba sentado un corpulento negrazo de americana de cuero que lo fulminó con la mirada. Hasta los hermanos que había en aquel local lo tomaban por alguien salido del gueto, pensó Baker. Pues bien, que se jodieran ellos también.

Peter Whitten estaba aguardando en una mesa para dos cubierta con un mantel blanco, situada junto a la barra. Toda su persona, desde la caída natural del traje hasta el corte de pelo, justo por encima de la oreja, indicaba dinero a gritos. Su expresión no era ni amistosa ni hostil, y todas sus facciones estaban serenas. Tenía el cabello plateado y rubio, y los ojos de un tono azul claro. Igual que un actor en el papel del padre rico en un culebrón, tenía un atractivo un tanto previsible. No se levantó, pero cuando llegó él extendió la mano.

—¿Señor Baker?

—El mismo —contestó Baker al tiempo que le estrechaba la mano y le ofrecía una sonrisa—. El señor Whitten, ¿verdad?

—Por favor.

El joven le había retirado la silla, y Baker se dejó caer en ella y acomodó las piernas por debajo de la mesa. Tocó los cubiertos que tenía delante, los movió un poco, y casi al instante se presentó junto a la mesa otro individuo vestido de esmoquin que depositó una carta y le preguntó si deseaba algo para beber.

—¿Le apetece una cerveza, o quizás un cóctel? —dijo Whitten tratando de ayudar.

Baker observó la copa de Whitten.

—Sólo tomaré agua —respondió.

—¿Con gas o sin gas? —inquirió el camarero.

—Agua normal —contestó Baker.

El camarero se marchó en silencio. Baker abrió la carta del restaurante, buscando algo que hacer con las manos y sin saber cómo iniciar la conversación. Era consciente de que Whitten lo perforaba con la mirada mientras él examinaba el menú. *Prima piatti, insalata, pasta e risotto, secondi piatti...* ¿Cómo se esperaba que un norteamericano supiera qué pedir en semejante lugar? *Fagotini...* Baker se dijo que aquel restaurante tenía algo que no le gustaba.

—¿Necesita ayuda con la carta? —se ofreció Whitten. No sonreía, pero en sus ojos se advertía cierto brillo de hilaridad.

Baker había cometido un error. No debería haberse encontrado con Whitten en aquel sitio. Era una equivocación por su parte, incluso una arrogancia, suponer que iba a saber jugar en el campo de su contrincante.

—En absoluto —respondió—. Todo parece buenísimo. Es que necesito un poco de tiempo.

—Tal vez sea mejor que hablemos antes —dijo Whitten cruzando las manos sobre la mesa; estaba claro que se sentía en paz en su mundo.

Baker cerró el menú y lo dejó sobre el mantel.

—Muy bien. Ya ha leído la nota, de manera que no es ningún misterio a qué se debe esta reunión.

—Sí.

—Estoy buscando un poco de ayuda. Señor Whitten.

Whitten lo miró fijamente.

—Yo diría que se me debe cierta... mmm... reparación, si entiende a qué me refiero. Desde el día en que usted y sus amigos entraron en nuestro barrio con el coche, mi vida ha sido muy dura. Aunque tampoco es que yo no haya intentado hacer algo con ella. No soy una mala persona. Tengo un trabajo.

—¿Qué es lo que quiere?

—Una compensación por lo que hicieron usted y sus amigos. Me parece que es justo. No pretendo hacer saltar la banca ni nada parecido. Pero a usted no hay más que verlo. Es obvio que le ha ido bien en la vida. Seguro que puede gastar un poco.

—¿Gastar el qué?

—¿Cómo?

—Que cuánto quiere.

—Estaba pensando que, no sé, cincuenta mil dólares sería una cifra adecuada. Con eso serviría. Serían unos buenos cimientos para construir algo a partir de ahí. Para regresar al camino en el que estaría desde el principio si usted y sus amigos no hubieran entrado en nuestro mundo.

—¿Y qué haría si yo le dijera que no?

Baker sintió que se ruborizaba. El camarero le sirvió agua con una jarra, y él bebió un buen trago de golpe.

—¿Quieren que les tome nota? —preguntó el camarero.

—Todavía no —dijo Baker.

El camarero miró a Whitten, que negó levemente con la cabeza, indicándole con ese gesto que no sucedía nada y que debía dejarlos solos.

Una vez que el camarero se hubo marchado, Baker permitió que se aplacaran sus emociones.

—No me interprete mal —dijo.

—¿No?

—Estamos teniendo una conversación, sencillamente. Le estoy pidiendo, de caballero a caballero, un poco de ayuda.

—En su carta decía no sé qué de daños a mi reputación.

—No era una amenaza. Era, digamos, un incentivo para que usted contribuyera. Simplemente me refería a que... a ver, no querrá que la gente que trabaja en su bufete se entere de detalles de su pasado, ¿no? No querrá que esos niños a los que tiende una mano, esos niños de color a los que ayuda, sepan lo que hizo usted. ¿No?

—Ya lo saben —replicó Whitten—. Todos. Lo saben porque se lo he contado yo, muchas veces. Es un hecho que forma parte de mi viaje. Quiero que los niños sepan que en la vida de los norteamericanos existe efectivamente un segundo acto. Que pueden cometer errores, pero que eso no es el final. Que pueden hacer tonterías y aun así alcanzar el éxito, hacer una aportación positiva a la sociedad. Pienso que es importante que lo sepan.

—Oh, conque sí.

Baker sintió que su boca se curvaba en una sonrisa. De las que empleaba para machacar a todo el que soñara siquiera con intimidarle. De las que por lo general paraban los pies a cualquiera. En cambio la expresión de Whitten no se alteró.

—Sí —contestó Whitten—. Yo creo en las segundas oportunidades. Precisamente por esa razón he accedido a reunirme hoy con usted. Porque sé que ha tenido una vida difícil.

—Así que ha estado investigando mi vida.

—El que ha investigado ha sido un socio mío, el señor Coates. El señor Coates es un detective privado que presta diversos servicios a mi bufete. Lo tiene sentado justo detrás de usted. Es el de la chaqueta de cuero, en la barra.

Baker no volvió la cabeza. Ya sabía a quién se refería.

—En estos momentos está usted en libertad condicional, señor Baker. ¿Sabe lo grave que sería que intentase cometer un acto de extorsión y de chantaje? Cuento con toda la munición necesaria para volver a meterlo en la cárcel, de inmediato. Ayer grabé la conversación que tuvimos, en la cual usted afirmó que era quien me había enviado esa carta. Es posible que se admita o no como prueba en un juicio, pero de todos modos la cinta está en mi poder. Tengo la carta y el sobre, los cuales seguramente contendrán sus huellas dactilares. Y la impresora que utilizó probablemente se localice en su domicilio.

—¿Y bien?

—Voy a darle una tregua. Salga de aquí ahora mismo, en silencio, y no siga con este tema. Ni se le ocurra volver a ponerse en contacto conmigo de ningún modo. No se acerque a mi casa ni a mi trabajo. De lo contrario, tomaré medidas rápidas y decisivas.

—Tiene una manera muy graciosa de hablar. —El tono de

voz de Baker era suave y controlado—. Como si estuviera haciéndome un favor.

—Señor Baker, piense muy bien lo que dice y hace. Por su propio bien.

—Hijo de puta.

—Hemos terminado.

—Cobarde de mierda. Mira que lanzar una chuchería por la ventanilla y después echar a correr como una nenaza. Dejando tirados a sus amigos.

Whitten palideció. Ahora tenía los dedos fuertemente entrelazados.

—Haga algo bien. Sea inteligente y váyase.

Baker se levantó de la mesa con cuidado, para no derramar el agua ni hacer temblar la cubertería. Pasó por delante del individuo de americana de cuero negro sin volver la vista. No quería ver el amago de sonrisa ni de victoria, porque en ese caso se sentiría tentado a arrearle un puñetazo en la cara, y no estaba por la labor de violar la condicional por algo tan rastrero. Porque no estaba preparado para volver al trullo. Aún no había terminado.

Esquivó a varias personas que estaban agrupadas junto al puesto del *maître*, poniendo cuidado en no establecer contacto físico, empujó la puerta de la calle y salió al exterior.

Su error había sido intentar razonar con Whitten. Si algo le había enseñado la vida, era a aprovecharse de los débiles. Que las cosas que deseaba sólo podían obtenerse mediante la intimidación y la fuerza.

Por la acera venía hacia él un hombre de gabardina, hablando por el móvil. Baker chocó violentamente contra su hombro al cruzárselo, y obtuvo la reacción que deseaba. En la mirada del otro apareció miedo y confusión.

«Esto es lo que sé hacer. Con esto es con lo que me siento bien.»

Y soltó una carcajada.

17

Raymond Monroe estaba reclinado contra su Pontiac, observando a Alex Pappas, que salía de la casa Fischer vestido con una camiseta de algodón azul y unos tejanos Levi's. Era un hombre de estatura media y pecho ancho, y, a juzgar por la energía que traslucía su zancada, daba la impresión de encontrarse en una forma física bastante buena. Monroe ponderó de qué modo iba a encajar la información que él estaba a punto de proporcionarle. Parecía un tipo razonable.

—Ray —dijo Alex estrechándole la mano.

—Alex. Se te ve muy limpio, para haberte pasado el día trabajando.

—He ido a casa y me he cambiado. Quería hablar con mi mujer, explicarle lo que iba a hacer contigo, y todo eso. No suelo salir mucho.

—Tampoco es que vayamos a irnos de copas. He pensado que te vendría bien conocer a mi hermano. Esta tarde trabaja.

Alex se encogió de hombros.

—Pues vamos.

Pappas, al volante de su todoterreno, salió del recinto del hospital y aparcó en Aspen, la calle que discurría junto a Walter Reed. Se subió al asiento del pasajero del Pontiac de Monroe y se puso cómodo.

Monroe enfiló Georgia, pasó por un pequeño cementerio de la guerra civil y giró a la derecha para tomar Piney Branch

Road. Enseguida se transformó en la calle Trece, y Monroe circuló por ella en dirección sur.

—Últimamente he visto a muchos contratistas y obreros de la construcción en los terrenos del hospital —comentó Alex.

—Están de reformas y reparaciones. Ahora se dice que no van a cerrar Walter Reed. Al menos por el momento.

—¿A causa de esos artículos que han salido en los periódicos?

El *Washington Post* venía describiendo en detalle las depauperadas condiciones físicas del edificio, los documentos traspapelados, los retrasos en la aplicación de los servicios que se les debían a los soldados, la negativa de conceder indemnizaciones a los que sufrían el síndrome de estrés postraumático con la cuestionable excusa de que ya existía un problema anterior, y el clima general de incompetencia. Dichas revelaciones habían dado lugar a titulares en el mundo entero y habían precipitado el despido de numerosos directivos y cargos de alto nivel.

—Esos artículos fueron la causa de que sucedieran muchas cosas —dijo Monroe—. Mejoras que deberían haberse realizado hace mucho tiempo. Porque la gente sabía lo que estaba ocurriendo. Fue necesario hacerla pasar por la vergüenza en que la sumieron unos cuantos artículos de prensa para que entrase en acción.

—Pero yo veo que aquí se hace mucho bien a la gente.

—Pues sí, ésa es la cosa. No habría venido mal que los periodistas hubieran escrito otro artículo más hablando de la parte buena. Aquí hay personas comprometidas, tanto civiles como del ejército, que se esfuerzan mucho para hacerles la vida más llevadera a esos chavales que llegan heridos. Y esos jóvenes, hombres y mujeres, si se tiene en cuenta a lo que se enfrentan, en su mayoría tienen una actitud positiva. Lo que digo es que el personal de Walter Reed se esfuerza mucho. Pero es que se ha visto desbordado, eso es lo que ha ocurrido. Nadie sabía que la guerra iba a durar lo que duró. Nadie sabía el número de heridos que iban a llegar en avalancha.

»Pero ¿quieres saber cuál es la verdad? ¿Quieres saber qué deberían estar contando en realidad? Hace diez o doce años, antes de que falleciera mi padre, yo lo llevé al hospital de veteranos de North Capitol. Se le había hinchado la pierna, y a mi madre le preocupaba la posibilidad de que tuviera un coágulo. Así que entramos en el hospital, y después de que los guardias de seguridad nos sacudieran de arriba abajo y nos obligaran a hacer toda clase de piruetas, nos pasaron a una sala de espera. Mi padre era el más viejo de todos, probablemente el único veterano de la guerra mundial. Los demás eran veteranos de Vietnam y tipos que habían servido en la guerra del Golfo. Y te lo juro, se pasaron varias horas allí sentados sin que los atendiera nadie. Tíos enganchados a una máquina, en sillas de ruedas, afectados por el gas naranja, y nadie les dio ni una respuesta clara ni nada de nada. Trataban a aquellos veteranos exactamente igual que a una caca de perro. Y eso es lo que les va a ocurrir a los veteranos de la guerra de Iraq. Serán los veteranos de Vietnam de su época. Para entonces, calculo que ya estaremos metidos en la guerra siguiente, y de estas personas no se acordará nadie.

—Eso no es nuevo.

—Pero no es justo.

—Tú reza para que tu hijo regrese entero.

—Eso hago. Cuando uno tiene un hijo allá, no piensa en otra cosa. —Monroe miró a Pappas—. Perdona, amigo.

—No pasa nada —dijo Alex—. Tu hijo está en Afganistán, ¿no?

—En el puesto de avanzada de Korengal. Lo llaman el KOP. ¿Te suena?

—No.

—Es fundamentalmente un campamento fortificado y rodeado por terreno árido y por el enemigo. Los talibanes, sin ir más lejos. Es el entorno más peligroso en el que se puede estar. Kenji es de infantería ligera, lo cual supone que la mayor parte del tiempo está sobre el terreno en patrullas de a pie, llevando un M4 en la mano y buscando actividades hostiles.

—¿Sueles tener noticias de él?

—Cuando está en el campamento. Tienen un par de ordenadores portátiles, y me envía correos electrónicos cuando puede. Si les hace mal tiempo, la señal, o como se llame, se va al carajo. Él procura mantenerse en contacto, pero ya llevo una temporada sin recibir correos suyos. Imagino que estará de patrulla.

Alex afirmó con la cabeza. Se acordó de los largos períodos de tiempo que pasaba sin tener noticias de Gus. Durante aquella temporada, perdió horas de sueño, peso y pelo. Vicki y él dejaron de hacer el amor. Se enfadaba constantemente con Johnny y solía perder los nervios con los clientes y con los empleados.

—Estoy dándote la vara hablando todo el rato de mi hijo —dijo Monroe—. ¿Dónde servía el tuyo?

—Gus estaba en la provincia de Anbar, al oeste de Bagdad. Tenía diecinueve años.

Atravesaron el cruce de Arkansas Avenue y empezaron a subir una larga pendiente.

—¿Qué le sucedió a tu hermano? —quiso saber Alex.

—¿Que qué le sucedió? —Monroe movió la cabeza en un gesto negativo—. Nada bueno.

—¿Cuánto tiempo pasó en la cárcel?

—James cumplió entera la condena de diez años por el disparo, y después un poco más. No lo asimiló bien por dentro. Lo desafiaban y él aceptaba esos desafíos, ya me entiendes. Se metía en peleas. Al final apuñaló a un tipo con un triángulo de plástico. No sé cómo ni por qué ocurrió. Imagino que lo arrinconaron contra la pared, porque él no era capaz de iniciar un episodio de violencia. James no era violento. Ya sé lo que estás pensando, pero no. Sea como sea, lo hizo, y lo pagó. Tardó veinte años en salir.

—¿Y después?

—Después se juntó con Charles Baker, y las cosas continuaron yendo a peor. De Charles te acuerdas, ¿no?

—Sí.

—Charles trae problemas. Desde siempre. Él también ha estado entrando y saliendo de la cárcel, sobre todo de Jessup, y la prisión no ha hecho más que malearlo. Se lio con James en el juego, cheques sin fondos, cosas de ésas. Más tarde consiguió que James empezara con él a cometer allanamientos, en casas de Potomac y Rockville a plena luz del día, mientras los dueños estaban trabajando. Los acompañaba un tal Lamar Mays. James era el vigilante y el conductor, aprovechando que siempre se le habían dado bien los coches. Charles creía que lo que hacían era infalible. Buscaban la hora idónea de penetrar en las viviendas, entraban y salían rápidamente, robaban sólo en el dormitorio, elegían los apellidos judíos de la guía telefónica porque Charles pensaba que a los judíos les gustaba tener el dinero y las joyas a mano. Pero Charles se equivocaba, como se había equivocado siempre. Los pillaron. Y Lamar, el muy idiota, llevaba encima un arma cuando lo detuvo la policía. Así que con unos cargos acumulados encima de otros y su historial, a James le cayó otra condena de las grandes.

—¿Cuánto tiempo lleva en la calle?

—Dos o tres años ya.

—¿Y Baker?

—También está fuera.

—No lo entiendo. Lo que me cuentas es que tu hermano es básicamente una buena persona. Entonces, ¿por qué se ha juntado todo el tiempo con un individuo como Baker?

—Es demasiado complicado para explicártelo hoy —repuso Monroe—. ¿Y qué me dices de ti?

—¿A qué te refieres?

—¿Qué tal te ha ido a ti? Tu vida.

—Normal, supongo —contestó Alex—. Mi padre falleció cuando yo tenía diecinueve. Me hice cargo del negocio y allí sigo.

—¿Y ya está?

—Trabajo y familia.

—¿Y ningún sueño?

—En cierta ocasión pensé que quería escribir un libro. Y lo

intenté, en secreto. —Alex se mordió el labio—. Esto no se lo he contado a nadie. Ni siquiera a mi mujer. Cuando ya tenía unas cuantas páginas escritas, las leí y me di cuenta de que no tenía talento para ello. Uno tiene que aceptar quién es, ¿no? Hay que ser realistas.

—O sea, estás diciendo que eres feliz con lo que haces.

—No exactamente. Yo no diría feliz. Estoy resignado. ¿Qué otra cosa voy a hacer? No terminé la universidad. Sé llevar un pequeño negocio, pero aparte de eso no sé hacer nada más. —Alex cambió el peso en el asiento—. Sea como sea. Supongo que ya averiguaré qué otras cosas puedo hacer en la vida. Tengo pensado entregar las riendas de mi cafetería a mi hijo mayor, no tardando mucho.

—¿Ese muchacho tan guapo que vi en el local?

—Sí, ése.

Alex aún no se lo había dicho a Vicki. Ni tampoco a Johnny. Ésta era la primera vez que lo expresaba en voz alta, y se sorprendió. No tenía amigos varones. No sabía por qué le estaba contando estas cosas a Raymond Monroe, salvo por el hecho de que con él se sentía cómodo. Era un hombre con el que resultaba fácil hablar.

—Ya estamos cerca de donde trabaja James —dijo Monroe—. También tiene un apartamento pequeño por aquí.

Monroe giró el volante. Se encontraban en Park View, entre la Trece y Georgia, yendo hacia el este por una calle lateral. Monroe detuvo el Pontiac junto a la acera, cerca de un espacio que se abría en un callejón, y dejó el motor al ralentí.

—¿Por qué nos paramos aquí?

—Porque quiero hablar contigo antes de que veamos a James. El taller en el que trabaja está justo bajando por ese callejón.

—Pero si aquí son todo viviendas.

—El dueño del taller consiguió que lo declarasen local comercial basándose en el testamento de su abuelo. No es gran cosa, no tiene ni calefacción ni aire acondicionado. James trabaja sólo con coches viejos porque son los únicos que sabe reparar. No llegó a ponerse al día de la tecnología moderna, diagnóstico por ordenador y esas cosas. Su jefe sabe que no puede conseguir un empleo en ninguna otra parte, y así lo trata. James no gana mucho más del salario mínimo, pero está trabajando, eso es lo importante. Necesita trabajar.

—¿Qué intentas decirme?

—Que mi hermano todavía se equivoca mucho. Bebe demasiada cerveza, igual que hacía nuestro padre, y eso le altera el buen juicio. Permaneció en contacto con Charles Baker. Y Charles... en fin, Charles tiene mucha influencia en él.

—¿Adónde quieres llegar?

—Charles y James escribieron una nota a tu antiguo amigo Peter Whitten. Bien, pues James, por decirlo así, corrigió el estilo de dicha nota, ¿entiendes?

—¿Qué nota era ésa? —preguntó Alex, percibiendo el tono de impaciencia de su propia voz.

—De las que piden dinero. Charles quería que Whitten supiera que si no pagaba, él iba a contarle todo su pasado al bufete de abogados en el que trabaja actualmente. Hablo del incidente de Heathrow Heights. De hecho, hoy Charles había quedado en verse con Whitten. No sé qué tal habrá ido el encuentro.

—Esto es una gilipollez. Baker es idiota. Pete no va a darle dinero para que silencie algo que sucedió hace treinta y cinco años. Dudo que a Pete Whitten le importe siquiera que se sepa.

—Coincido contigo. Pero si Charles se va con una negativa, es posible que a continuación vaya a por ti.

Alex asintió rápidamente, pues había comprendido algo que no había tenido en cuenta.

—Me dijiste que te habías puesto en contacto conmigo para zanjar la cuestión.

—Y así es. Pero ahora se presenta un problema que también tengo que resolver. Simplemente estoy siendo sincero contigo, amigo.

—¿Qué es lo que quieres?

—Quiero que veas a mi hermano. Quiero que veas lo que

hace. Entonces sabrás que no es mala persona, que se merece la oportunidad de encontrar un poco de paz.

—Habla claro, Monroe.

—Si Charles fuera a verte y te pidiera lo mismo que le está pidiendo a Whitten, quisiera que tú no metieras en esto a los agentes de la ley. Por culpa de esa nota, James acabaría otra vez en la cárcel. Y no puede volver a la cárcel. Está haciendo todo lo que puede para ser legal, Alex. En serio.

—Te olvidas de una cosa —dijo Alex—. Tu hermano mató a mi amigo.

—Es cierto. Tu amigo murió. No creas que estoy dejando aparte ese detalle, ni pienso dejarlo nunca. Lo que te pido es que intentes perdonar.

Alex desvió el rostro. Se tocó la alianza que llevaba en el dedo e hizo un leve gesto con la mano en dirección a la entrada de la callejuela.

—Ya que estamos aquí —añadió—, vamos a ver a tu hermano.

—En ese callejón no hay sitio para aparcar —dijo Monroe—. Vamos andando.

Tras cerrar el coche con llave, Monroe y Alex echaron a andar por el callejón. Pasaron por delante de patios traseros de casas, algunos asfaltados, otros cubiertos de hierba y de tierra, garajes independientes, perros pastores y pitbulls que vigilaban detrás de vallas metálicas, cubos de basura y letreros de prohibido el paso. Al llegar al final giraron y llegaron a un local que parecía otro garaje residencial con el portón abierto y un letrero escrito a mano y clavado encima. En letras dibujadas con pintura roja que había goteado, rezaba: TALLER GAVIN. Se parecía a uno de esos letreros de los Little Rascals, un cartel de la sede de un club hecho por críos.

En el interior del taller, atestado de herramientas y del tamaño justo para que cupiera un solo coche, había un Monte Carlo color oro de la primera serie, sin restaurar. Tenía el capó levantado y el motor iluminado por una lámpara de colgar cuyo cordón estaba anudado en los rieles del portón, que discurrían junto al techo. Junto al Chevy había un hombre alto y provisto de una barriga en consonancia con su estatura, vestido con camisa y pantalón de trabajo y calzado con unas gruesas botas de suela Vibram. En la camisa llevaba un parche ovalado de color blanco en el que figuraba su nombre de pila, James, en letras bordadas.

Raymond y Alex entraron en el taller. James Monroe acudió a su encuentro. Alex advirtió una leve cojera en la lentitud de su forma de andar. Ya la había visto en otras personas que tenían alguna disfunción en las caderas.

—James —dijo Raymond—. Éste es Alex Pappas.

Alex extendió la mano. James se la estrechó sin mucha fuerza, mirándolo con unos ojos grandes e inyectados en sangre. Alex no dijo nada, porque sabía que cualquier cosa que dijera resultaría manida.

—¿Y qué se supone que debemos hacer ahora? —preguntó James a Raymond—. ¿Sentarnos alrededor del fuego de campamento y cantar una canción?

—Charlar un poco, nada más —respondió Raymond.

—Tengo que seguir trabajando en este MC —dijo James—. De un momento a otro se presentará Gavin y me preguntará por qué no está terminado.

—¿No puedes charlar y trabajar a la vez?

—Mejor que tú.

—Pues venga. No te molestaremos.

—En esa nevera hay cervezas —dijo James señalando una vieja nevera metálica Coleman de color verde que descansaba en el suelo de hormigón—. Acércame una.

Raymond fue hasta la Coleman para coger una lata de cerveza para su hermano. James volvió a centrar la atención en el coche.

18

—¿Dónde está tu colega? —preguntó Charles Baker.

—No lo sé —contestó Cody Kruger—. He llamado a la zapatería y me han dicho que se fue temprano. Les dijo que le dolía el estómago o alguna trola parecida. Yo he pasado antes por delante de la casa de su madre, pero no he visto su coche en la calle.

—Yo mismo he llamado por teléfono a su madre. Me ha dicho que no sabía dónde estaba.

—Ya aparecerá.

—De todos modos, no lo necesitamos.

—¿Para qué?

—Para lo que vamos a hacer —repuso Baker—. Deja ese *joystick* y vamos a hablar un momento.

Kruger estaba sentado en el sofá que había en el apartamento, jugando a The Warriors en la Xbox. El videojuego le gustaba más que la película original, porque había más sangre y los protagonistas podían joder a la policía. Estuvo a punto de sonreír cuando el señor Charles llamó *joystick* al mando, pero se contuvo y dejó el mando en el suelo.

Baker llevaba un rato paseando nervioso por la habitación. Kruger advirtió, por la tensión que reflejaban sus mandíbulas, que estaba furioso.

Horas antes se había visto con un tipo, y el encuentro no había salido bien. Aquello era todo lo que había dicho el señor

Charles. Cody sabía que no debía presionar más para averiguar el motivo.

—Voy a hacerte una pregunta —dijo Baker.

—Muy bien.

—¿Estás contento con este sitio, con todas estas cosas que tienes aquí?

—No me quejo.

—Pero podría irte mejor.

—Claro. Ya lo tengo pensado.

—¿Y cómo vas a conseguirlo?

—Aumentando el negocio, supongo.

—¿De qué modo?

Kruger tenía la boca abierta en un gesto de idiota.

—Yo te lo voy a decir —dijo Baker—. Ese tal Dominique, el que os vende la mierda. ¿Le tienes respeto? ¿Es de esos tipos de los que uno recibe órdenes y además los admira?

—No mucho.

—Yo tampoco lo admiraría. Te juro que no entiendo por qué le consientes que te hable como te habla. Tú eres más listo que él y más fuerte. ¿Que no, Cody?

—Sí.

—Pues voy a decirte lo que vamos a hacer: vamos a hacer una visita a ese cabrón hijo de puta. Vamos a decirle cómo van a ser las cosas de ahora en adelante. A lo mejor nos llevamos un poco de mierda a cuenta, para modificar las condiciones de la relación. ¿Qué te parece eso?

—No sé.

—No sabes. ¿Qué eres, Cody?

—Soy un hombre.

—Exacto. Eso lo ve cualquiera. Llega un momento en que un hombre tiene que decidir quién es. O te pasas toda la vida siendo un siervo o te pasas al otro bando. Lo que quiero preguntarte es si vas a ser el siervo de mamones como Dominique o estás dispuesto a ser un rey.

Baker vio que se encendía una luz en los ojos apagados de Kruger.

—Pero ¿qué pasa con Deon? —preguntó Kruger.

—Que se joda, tío. Deon no tiene ambición, pero tú sí.

Kruger se puso de pie sacando pecho.

—Ve a buscar tu pipa —dijo Baker—. Nos va a hacer falta.

Kruger regresó con una Glock 17, la pistola de la policía que codiciaban muchos jóvenes de Washington que fantaseaban con ser forajidos. Las armas de fuego eran fáciles de conseguir para los que preguntaban por ellas. Ésta había sido adquirida a cambio de droga en una tienda ubicada en el 29 Sur, entre Manassas y Culpeper, en Virginia. Y después le había sido vendida a Kruger.

—A ver, que yo la vea —dijo Baker al tiempo que cogía la Glock en la mano. Examinó los números de serie para cerciorarse de que Kruger no los hubiera borrado. Si los relacionaban con un arma que tenía los números borrados, les caerían más años. Le devolvió la pistola a Kruger, y éste se la guardó.

—Si alguna vez necesitas mi pistola —dijo Kruger—, la guardo en el cajón de mi cómoda, debajo de los calzoncillos.

Baker echó una mirada a Kruger, que llevaba la capucha de la sudadera echada sobre la cabeza, como había visto en los vídeos. Alargó la mano y tiró de la capucha hacia abajo.

—No querrás ir llamando la atención, ¿no?

—No, señor Charles.

—Dijiste que sabías dónde vive Dominique.

—Así es.

Baker indicó la puerta de la calle con un gesto de la barbilla, y ambos salieron del apartamento.

James Monroe, apoyado en un trapo extendido sobre el borde de la aleta delantera del Monte Carlo, desatornillaba la palomilla del filtro del aire. La depositó sobre la cubierta del filtro para saber dónde encontrarla después, extrajo el filtro y lo dejó a un lado sin desconectarlo del manguito. El carburador del viejo Chevy quedó a la vista y al alcance de la mano para cualquier reparación.

—¿Qué estás haciendo ahora, James? —dijo Raymond.

—Voy a ajustar la mezcla de aire y combustible.

—¿Ya has revisado las bujías y los cables?

—¿Qué crees tú? El ajuste del carburador es lo último que se hace. Llevo treinta y tantos años repitiéndotelo.

—James se encarga del mantenimiento de mi Pontiac —explicó Raymond a Alex—. A cambio, yo le hago el mantenimiento de la cadera.

—Pero con mi cadera no lo haces tan bien como yo con tu vehículo.

—Este taller no es precisamente el mejor sitio para una persona que tiene un problema de cadera. Para empezar, pasas demasiado tiempo de pie. Y por otra parte, Gavin debería poner calefacción.

—Tengo ese calefactor de ahí —dijo James refiriéndose a un pequeño aparato, en aquel momento apagado, que había junto al banco de trabajo, en la parte posterior del taller.

—A poco que te interesara, lo tendrías encendido.

—De todas formas ya falta poco para el verano.

—Pero todavía no ha llegado.

Alex y Raymond estaban de pie, porque allí dentro no había espacio para poner sillas. Alex tenía en la mano una lata de cerveza. Ya había oscurecido, y con ello había llegado el frío de las noches de D.C. Estaban a mediados de la primavera, pero por la noche las temperaturas siempre descendían hasta alrededor de los cinco grados. Alex se había equivocado al no coger una cazadora; tenía frío y se sentía un poco mareado. James había encendido el motor del Chevy, y el olor del tubo de escape resultaba nauseabundo. Alex no sabía cómo podía soportar James trabajar en aquel lugar tan atestado y tan insalubre.

Alex se acercó un poco más al coche. Observó que James conectaba un medidor de vacío a la boquilla de entrada. Tenía las manos ásperas y encallecidas, y una tirita enrollada en el dedo índice de una de ellas.

—¿Viste anoche el partido de los Wizards? —preguntó James.

—Los partidos de la costa oeste los transmiten demasiado tarde para mí —contestó Raymond—. Pero algo he leído en el periódico. Gilbert tenía cuarenta y dos. Los SuperSonics estuvieron a punto de remontar gracias a Chris Wilcox.

—Ya, pero Agent Zero dio el golpe mortal con dos segundos en el reloj. Cuando Caron Butler se recupere de la lesión, van a arrasar en las eliminatorias. Porque cuando se duplique la defensa con Gilbert, tendréis otras dos armas, Caron y Antawn, en el perímetro, listos para marcar.

—No van a poder arrasar tanto sin un pivot —dijo Raymond.

—Michael Jordan no necesitó un pivot especial para convertir en campeones a los Bulls.

—Gilbert no es Michael.

—Pásame ese cabeza plana de diez pulgadas, Ray. Está encima del banco.

Raymond fue hasta el banco de herramientas y cogió un destornillador de vástago largo y hoja achatada provisto de un mango de vinilo. James lo tomó y encajó la punta del mismo en la ranura de uno de los dos tornillos que había en la cara inferior del carburador. A continuación giró el tornillo en el sentido horario hasta que quedó apretado.

—Para ganar un campeonato se necesitan cinco jugadores de lo mejorcito —prosiguió Raymond, empeñado en dar a conocer su opinión.

—No siempre —replicó James a la vez que pasaba al segundo tornillo y lo apretaba del mismo modo que el primero—. Claro que también estuvo el antiguo equipo de los Knicks, así que siempre hay alguna excepción. Los cinco mejores jugadores de la historia pertenecen al baloncesto profesional.

—Clyde Frazier y Earl Monroe —dijo Raymond—. Dos suplentes de lujo

—Willis Reed —dijo James, al tiempo que volvía a introducir el destornillador en la ranura del primer tornillo—. Dave DeBusschere.

—Bill Bradley —intervino Alex.

—El de Princeton —dijo James sin apartar la vista de la tarea—. Tenía un buen lanzador en suspensión desde la esquina.

—Pero la clave era Frazier —dijo Raymond—. Ganó el anillo teniendo a su lado a Dick Barnett. No necesitó a Earl.

—¿Y qué me dices de las eliminatorias del setenta y tres contra los Lakers? —dijo James—. Ahí sí que se vieron auténticos milagros.

—Por favor —protestó Raymond—, Clyde hizo un contraataque en el que literalmente se merendó el balón. Lo sabes perfectamente.

—Si tú lo dices —respondió James, y empezó a aflojar de nuevo los tornillos del carburador.

—Mi hermano y yo llevamos toda la vida con esta discusión —dijo Raymond, sonriendo para sí. Alex vio que su sonrisa se esfumaba cuando oyó unos pasos.

En el exterior se encendió una luz de emergencia que iluminó el callejón, y entró en el taller un individuo representante de los pesos gallo, bajito, medio calvo y con orejas grandes cubiertas por unas estrafalarias matas de pelo grisáceo. Pasó a toda prisa por delante de Alex y Raymond sin saludar a ninguno de los dos, se puso en jarras y se plantó junto al coche. Al lado de James, parecía un niño.

—¿Ya está terminado? —preguntó.

—Me falta poco, señor Gavin —contestó, que ahora estaba girando lentamente los tornillos en sentido contrario al de las agujas del reloj.

—Le dije al señor Court que iba a tenerlo listo a esta hora.

—Court dijo que el cálculo del gasto de combustible por kilómetro estaba averiado. Eso no se va a arreglar sólo con poner bujías nuevas. Tengo que ajustar la mezcla.

—Haz lo que sea, pero termínalo, James. No te pago para que diviertas a la compañía. Court está a punto de venir a recoger su coche. Necesito que esté listo. Mañana, no. Ahora.

—Estará listo, señor Gavin.

Gavin salió sin hacer más comentarios. Por espacio de unos

momentos se oyó solamente el motor del coche que había dentro del taller. Alex se sintió violento por James Monroe.

—Dos y media —dijo Raymond rompiendo la tensión—. ¿No, James?

—Así es. —Había aflojado los tornillos dos veces y media, y ahora estaba ajustándolos en incrementos de un cuarto de vuelta mientras escuchaba el motor.

—Menudo humor traía hoy Micky Mouse, y ha ido al grano, ¿eh? —dijo Raymond.

—Menudo sí que lo es —repuso James soltando una risita—. Eso no te lo va a discutir nadie.

—Y tampoco tiene motivos para hablarte de ese modo.

—Es su forma de ser —dijo James—. Dios lo hizo bajito, y ahora está furioso conmigo. En fin, esto es trabajo. No se supone que tenga que ser fácil ni divertido.

A medida que James hacía girar el tornillo del carburador, el motor comenzó a rugir.

—Te has pasado —dijo Raymond.

—Exacto —contestó James. Reajustó el tornillo, y el motor empezó a ronronear suavemente. Lo tocó otro poco, y el ronroneo se hizo aún más suave—. Ahora está cantando.

—Yo no oigo nada —dijo Raymond.

—Exacto —repuso James.

James bebió un largo trago de cerveza. Luego dejó la lata, retiró el medidor de vacío de la boquilla de entrada y cogió el filtro del aire, que empezó a montar de nuevo encima del carburador.

—¿Te has enterado de que ha muerto Luther Ingram?

—*If loving you is wrong* era una gran canción —dijo Raymond, y empezó a tararearla-.Una canción sincera y preciosa —añadió—. Del setenta y tres.

—Era del setenta y dos —dijo James.

—¿Por qué siempre tienes que corregirme?

—Te lo estoy diciendo, sencillamente.

—Es una de esas canciones que estaban de moda en esa época, que decían que engañar estaba bien. ¿Te acuerdas?

—*Me and Mrs. Jones* —dijo James.

—Billy Paul —terció Alex—. Ésa tambien es del setenta y dos.

James estaba volviendo a poner la palomilla del filtro del aire. Paró un momento, volvió ligeramente la cabeza y miró a Alex por el rabillo del ojo.

—Cuando yo era pequeño, mi padre tenía una radio en la cafetería —explicó Alex—. Siempre tenía sintonizada la WOL. Para el personal.

James apretó la palomilla.

—Si hoy en día hubiera una emisora O-L o una W-O-O-K, yo tendría aquí una radio para que me hiciera compañía. Pero no hay emisoras que pongan la música que yo quiero oír.

—Tienes que actualizar tus gustos —dijo Raymond.

—Me parece que ya es muy tarde para eso —replicó James. Se incorporó y empezó a limpiar las manchas de la aleta del coche con el trapo—. Va a ser mejor que termine antes de que llegue el dueño.

—Nosotros nos vamos —dijo Raymond.

Alex se acabó la cerveza y arrojó la lata vacía en un cubo de basura lleno de más latas. Se acercó a James y, una vez más, le tendió la mano. James se la estrechó.

—Me alegro de que nos hayamos visto —dijo Alex.

James asintió, con una expresión indescifrable en los ojos. Intercambió una larga mirada con Raymond y acto seguido volvió a centrarse en el Monte Carlo. Bajó el capó y lo empujó poco a poco hasta que oyó el chasquido.

—Llama a mamá —dijo Raymond al tiempo que se encaminaba hacia el portón abierto.

—Siempre la llamo —repuso James.

Alex y Raymond echaron a andar por el callejón, fuera del resplandor de la bombilla de emergencia, y se internaron en la zona oscura.

—Su jefe es un gilipollas —comentó Alex.

—George Jefferson y Napoleón Bonaparte tuvieron un hijo y lo llamaron Gavin.

—¿Por qué lo soporta?

—James piensa que debe aguantarlo. Está contento de tener ese empleo.

—Tiene que haber un sitio mejor para él. Es bueno en lo suyo.

—No sabe trabajar con los coches modernos. Y no hay muchos jefes que deseen dar trabajo a ex reclusos. Yo lo ayudaría si pudiera.

Salieron del callejón y se dirigieron hacia el Pontiac.

—En realidad no hemos hablado de nada —dijo Alex.

—No pasa nada.

—Quiero decir que ni siquiera hemos mencionado el incidente.

—Ya habrá tiempo para eso.

—Entonces, ¿qué pintaba yo ahí?

—En mi opinión, todos estamos buscando un poco de paz al respecto. El primer paso consistía en que yo quería que entraras en contacto con mi hermano. La jodió a base de bien ayudando a Charles a redactar esa nota. Pero, como ves, un hombre como James no se merece que lo enchironen.

Alex coincidía con él, pero no hizo ningún comentario. Estaba pensando en lo que iba a hacer cuando Baker proyectara su sombra sobre la puerta de la casa de su familia.

19

—Me parece que ya viene —dijo Charles Baker hablando por su móvil desechable—. Si ése es su 300, es él.

—Recibido —respondió Cody Kruger con el móvil pegado a la oreja y empleando el código abreviado, como hacían los agentes especiales que salían en la televisión.

Baker, sentado en el lado del pasajero del Honda de Kruger, observó fijamente, a través del parabrisas, el enorme Chrysler, igualito que el coche del Avispón Verde, que atravesaba lentamente el aparcamiento del apartamento con jardín en el que vivía Dominique Dixon. Kruger había estacionado en Blair Road, en la acera de enfrente.

El Chrysler aparcó en un espacio que estaba vacío, junto a un Econoline blanco y sin ventanillas que se hallaba situado al lado de un Dumpster de color marrón. A continuación se bajó del coche Dominique Dixon. Vestía pantalón beis y camisa verde Miles Davis. Encima llevaba una americana de cuero negro para protegerse del frío que se le ahuecaba a la altura de las paletillas, una señal que delataba la menudez de su complexión.

—Es él —dijo Baker.

—Recibido —dijo Kruger.

—¿Preparado?

—Sabes de sobra que sí.

Dixon cerró el coche con llave y se encaminó hacia la escalera descubierta que llevaba a su apartamento. Allí arriba se encontraba Kruger, un piso por encima del de Dixon, con la espalda pegada a una pared de ladrillo y hecho un manojo de nervios porque aquello era nuevo para él. Con una mano sudorosa empuñaba la pistola.

Baker observó a Dixon y la actitud de seguridad que denotaba su manera de andar. Baker sabía quién era Dixon, aunque éste no.

Iba a disfrutar con aquello. Siempre disfrutaba cuando el otro era alguien más débil que él, tenía más que él, pensaba que aquello no podía suceder nunca.

Se apeó del Honda y lo cerró con el artilugio eléctrico que le había dejado el chico blanco. A su espalda, más allá de un parque y de una cancha de baloncesto ya oscura a aquellas horas, pasó un tren del metro en dirección sur, produciendo un suave golpeteo contra las vías. Al pasar junto al Chrysler 300, Baker clavó la llave en la aleta delantera y fue arrancando una larga raya de esmalte hasta el maletero sin perder el paso. Era una cosa propia de un crío, y lo sabía, pero aun así le proporcionó placer, y sonrió.

Cuando llegó a la escalera, encontró en ella a Kruger apuntando con la pistola a Dixon, que estaba de pie junto a la puerta de su apartamento con las manos en alto. Kruger tenía el rostro congestionado por la emoción, el acné se le había vuelto amarillo claro y resaltaba en contraste con el sonrosado de la piel. Dixon tenía la boca abierta y temblaba visiblemente. Baker subió hasta el rellano.

—Baja las manos, chico —dijo Baker—. Vamos adentro, rápido.

—¿Para qué? —preguntó Dixon.

—No te he dicho que hables —replicó Baker—. Tú mete la llave.

Una vez que hubieron entrado, Baker cerró la puerta y se ocupó de echar el cerrojo. El apartamento era tal como él suponía y esperaba que fuera. Mobiliario un poco superior a lo que se compra en las grandes superficies, un televisor de gran tamaño montado igual que un cuadro en la pared, un bar portátil abastecido de toda clase de bebidas alcohólicas, un agitador de martinis, exprimidores y cortadores de fruta colocados sobre una encimera de cristal. Aquel complejo de viviendas ajardinadas mostraba una apariencia exterior corriente y casi ruinosa. En cambio Dixon había decorado su cueva con gran lujo.

Un traficante de marihuana que estuviera triunfando no hacía exhibición de nada. El Chrysler estaba bien pero no era de relumbrón, lo bastante chulo para atraer la atención de las hembras, pero no de la policía. Baker no le había visto a Dixon joyería cara en los dedos ni en las muñecas, ni tampoco en el cuello. Sí, Dominique Dixon era listo, y ello, más que impresionarlo, lo irritaba. ¿Por qué había tanta gente que supiera mucho mejor que él cómo hacer para triunfar? Podría haber preguntado cosas a aquellos tipos tan listos, haber aprendido algo, a lo mejor. Pero en vez de eso, sólo sentía el impulso irreprimible de joderlos.

—Sienta el puto culo ahí —dijo Baker señalando el sofá tapizado de rojo. Y a continuación le ordenó a Kruger—: Que no se mueva de ahí. Quiero echar un vistazo a la casa.

Baker le pasó a Kruger la llave del Honda y después tomó el pasillo para dirigirse a un dormitorio. En él había una cama muy grande con un sencillo cabecero rectangular detrás, y dos mesillas de noche a juego, todo tocando la moqueta y de diseño liso. También había una cómoda del mismo diseño que las mesillas y cuya madera era del mismo tono oscuro. Baker vio un ejemplar de *Maxim* en el suelo y otra revista claramente porno junto a la cama. De modo que al muchacho sí que le gustaban las mujeres. Pero ¿por qué se vestía y actuaba como una de ellas? Baker había pasado demasiado tiempo entre rejas, no entendía este mundo nuevo.

Hurgó en la cómoda de Dixon, introdujo la mano por debajo de los vaqueros y deshizo las bolas de calcetines. Encontró doscientos dólares en billetes de veinte entre los pliegues de los calzoncillos de Dixon y se los guardó. En una caja acolchada halló un reloj Omega de esfera azul y un anillo de óni-ce, y se metió ambas cosas en el otro bolsillo del pantalón. Después entró en el cuarto de baño, olfateó la colonia de Dixon, que olía a árboles, y se echó un poco por la cara. El envase tenía un bonito color verde, varonil, y examinó el tapón para ver si era hermético. Acto seguido se lo guardó en el bolsillo interior de su vieja cazadora de cuero color caramelo.

Por fin regresó por el pasillo, pensando: «Esto es lo que se siente cuando se tiene dinero.» Pero aún no estaba satisfecho ni había terminado.

Kruger seguía en el cuarto de estar, con el arma apuntada obedientemente a Dixon, que todavía estaba sentado en el sofá. A Baker le entraron ganas de echarse a reír al ver a Kruger sosteniendo la Glock de lado, como en aquellas peliculillas de poca monta, pero se contuvo, porque el chico era tan obediente que hasta llegaba a conmoverlo. Hacía mucho que nadie le hacía tanto caso como Kruger.

—¿Había algo? —preguntó Kruger.

—No —repuso Baker—. Nada. No he encontrado ni un dólar.

Baker se acercó al bar sobre ruedas y examinó las botellas. No era muy dado a beber alcohol del fuerte, porque prefería el control que le proporcionaban los previsibles efectos de la cerveza. Pero la ocasión requería tomar alguna cosilla. Dejó a un lado una botella de vodka que tenía unos pajaritos blancos en la etiqueta y escogió un whisky escocés, Glen-no-sé-qué, de quince años. Con manos torpes, vertió unos cuantos dedos en un vaso y lo probó; sabía a humo y picaba un poco. Después se fue con él hasta un sillón colocado enfrente del sofá. Hacía juego con éste, tenía la misma tapicería roja, y se fijó en lo alto que era, y en que sería un buen sitio en el que situar al muchacho cuando hubiera que hablar de otra cosa.

—Bueno —empezó Baker, haciendo girar el whisky en el vaso—. Vamos a lo que nos ha traído aquí.

—No es justo —se quejó Dixon con rencor—. Me habéis obligado a entrar en mi propia casa a punta de pistola.

—Tú y yo nos llevaríamos mejor si no te las dieras tanto de importante y chuleta. Porque los dos sabemos que no eres de ésos. —Baker miró a Kruger—. Baja el arma, Cody. No la necesitamos. Eso creo, al menos. ¿Me equivoco, Dominique?

—¿Qué queréis? —dijo Dixon, al que se le habían bajado todos los humos.

—Ahora voy a eso. Antes quiero contarte una historia. —Baker dio un buen trago al whisky y depositó el vaso sobre el cristal de la mesa que tenía delante—. Cuando estaba en Jessup, conocí a un montón de tíos de Baltimore. Lo que tienen allí es una clase de criminales distinta. No estoy diciendo que sean más violentos que los de D.C., sino simplemente diferentes. Porque hacen cosas de lo más antinatural con tal de conseguir lo que quieren. Conocí a un tipo que disparaba a sus víctimas con una pistolita del calibre veintidós. Les disparaba todas las veces en el mismo sitio, al lado de un hueso especial que tenemos en el cuello. Decía que así la oscuridad estaba garantizada. Había otro tío, un tal Nathan Williams, conocido como Nate *el Negro*, que se cargaba a los camellos haciendo restallar un látigo contra la acera. Estoy diciendo que aquel tío no llevaba ninguna arma de fuego, sólo un látigo. Lo llevaba arrollado en la cadera, igual que un pistolero la funda de la pistola. Los chavales que vendían en las esquinas abandonaban inmediatamente, dejaban los paquetes a sus pies. Así era Nate *el Negro*.

»Pero había uno que los barría a todos. Voy a llamarlo Junior. Cuando Junior era un adolescente se juntaba con raterillos, genios en el arte de mangar y salir corriendo que robaban a camellos de la droga. Con el tiempo, el resto de su equipo acabó mal o terminó yendo a la cárcel, de modo que decidió formar un equipo propio. Junior sólo se dirigía a los grandes, nunca a los que trabajaban en la calle. Lo que quería era descubrir dónde estaba el dinero, y estaba dispuesto a hacer lo que fuera por conseguir dicha información. Amenazar a un colega con matarlo no siempre salía bien, porque ellos saben que de todas maneras están muertos si delatan al banco o a su contacto. Y torturarlos es un asco y llama mucho la atención.

Así que Junior se puso a sodomizar a hijoputas para hacerlos hablar. Sabes lo que significa esa palabra, ¿no, Dominique?

—Lo sé —respondió Dixon con un ligero temblor en la comisura del labio.

—Sí. A eso sí que reacciona un colega. Uno le dice que le va a robar la virilidad, y te contesta a cualquier pregunta que le hagas, puede pasarse así un día entero.

—¿Qué es lo que quieres?

—Quiero tu inventario, tío. Quiero tu lista de clientes. Quiero tener todos estos lujos que tienes tú. No mereces seguir teniéndolos, porque yo soy más fuerte que tú. La ley de la selva, ¿no? Sé que conoces a Darvon.

Dixon afirmó con la cabeza. Conocía el nombre al que pretendía llegar Baker, pero no lo corrigió.

—Los dos sabemos que está moviendo mercancía de peso. Así que, ¿por qué no me dices dónde la guardas?

—No la tengo aquí. —Dixon extendió las manos—. En estos momentos no la tengo en ninguna parte. Ya se la he pasado a mis camellos.

—Toda no, amigo. No me hables como si fuera idiota, porque no lo soy.

—No la tengo.

—Ya. Acabas de vender un kilito a Cody y a Deon, ¿cuándo ha sido? ¿Hace un par de noches? ¿Tú, que suministras a media ciudad de camellos? No, no creo que ya no te quede nada. Te queda de sobra, calculo yo. De modo que me estás mintiendo, y eso no me gusta, Dominique.

—Oye, tío...

—Me parece que te dije que me llamaras señor Charles.

—Señor Charles. Vamos a llamar a Deon, que sabe cómo funciona lo mío. Él le dirá que muevo la mercancía muy deprisa.

—Deon no tiene nada que decir en esto.

—¿Dónde está?

—No está aquí.

—Eso ya lo veo, pero...

—Lo que quiero decir es que no puede ayudarte.

Baker se acabó el whisky de un trago y dejó el vaso en la mesa de cristal con un sonoro golpe. A continuación se levantó del sillón de un salto y se situó detrás del mismo.

—Venga, levántate y ven aquí.

Dixon se incorporó muy despacio y fue con paso inseguro hasta donde estaba Baker. Éste se echó hacia atrás para hacerle sitio.

—Ahora vuélvete y ponte de cara al respaldo del sillón. Con las manos en los lados.

—¿Para qué?

—Vamos.

Dixon obedeció. Asió el respaldo del sillón con las manos. Para ello tuvo que inclinarse hacia delante, y en aquel momento comprendió lo que estaba pasando, y dijo:

—No.

Baker extrajo una navaja del bolsillo derecho de su cazadora. Tenía un botón en el mango de imitación de nácar, y lo apretó. Al instante, de la empuñadura surgió una hoja. Dixon, al oír aquel sonido inconfundible, cerró los ojos. Baker, situado justo detrás de él, puso la hoja en el cuello de Dixon y la fue pasando delicadamente por aquella zona hasta que encontró el pulso de la arteria carótida. Entonces presionó un poco más, pero no rompió la piel.

—¿Dónde está la marihuana? —dijo Baker.

Dixon no tenía ni saliva para hablar.

—Voy a ayudarte a que te encuentres la lengua, chico.

Con la mano que tenía libre, Baker abrió la hebilla del cinturón de Dixon y acto seguido le soltó el botón del pantalón. Después empujó el pantalón con brusquedad hasta que éste cayó al suelo, a la altura de los tobillos de Dixon. Éste se había quedado en calzoncillos, con las piernas al aire, flacas y temblorosas. Se le habían llenado los ojos de lágrimas.

Cody Kruger, que estaba al lado con la pistola colgando al costado, se puso pálido. Daba la impresión de haber perdido toda su bravuconería. Parecía muy joven.

Baker, sin apartar la navaja del cuello de Dixon, se acercó a éste y se apretó contra sus posaderas.

—Ahora estás un poco afectado, ¿verdad? —dijo Baker—. Pues verás, desde donde estoy yo, esto no es nada. Todo ese tiempo que he pasado en la cárcel fue una mierda. Para mí, tu culo es otro agujero más. Y lo mismo te digo de tu boca.

—Por favor —rogó Dixon. Empezó a caerle un colgajo de mocos de la nariz.

—Por favor, ¿qué? ¿Quieres que siga?

—Le diré dónde está.

Baker soltó una risita.

—¿En serio?

—Está en una camioneta de color blanco que está aparcada al lado de mi coche. Las llaves las tengo en el bolsillo del pantalón, el izquierdo.

—Coge las llaves, Cody —ordenó Baker.

Kruger cogió las llaves, con cautela, del bolsillo de los pantalones arrugados alrededor de los tobillos de Dixon.

—Ya me encargo yo de esto, señor Charles —dijo. Parecía deseoso de salir del apartamento.

—Vete, pues —dijo Baker—. Coges tu coche y lo pones detrás de la camioneta. Todo lo que haya dentro lo cargas en el Honda. Y procura que no te vea nadie, ¿estamos?

—Sí.

—Cuando hayas acabado, me das un toque al móvil.

Una vez que Kruger se hubo marchado, Baker se quedó detrás de Dixon, apretado con fuerza contra él. Notaba cómo le temblaban los hombros.

—Llora, si lo necesitas —le dijo—. Es difícil descubrir quién es uno.

—Quiero sentarme.

—Muy bien —dijo Baker—. Pero todavía no hemos terminado.

Alex hizo el amor con Vicki al volver de la visita que hizo a los hermanos Monroe. Fue algo inesperado para los dos, ocurrió de pronto cuando Alex se metió en la cama matrimonial de ambos. Había contado con encontrar a su mujer dormida, como sucedía casi siempre cuando se acostaba; en cambio, estaba despierta y se volvió hacia él y acopló su cuerpo al de él como hacen marido y mujer, de manera cómoda y natural, al cabo de tantos años. Pasaron largo rato besándose y acariciándose, porque aquélla era la mejor parte para los dos, y finalizaron el acto cuando Vicki enroscó sus fuertes muslos alrededor de él, con los labios fríos, y uno y otro se corrieron en silencio en la oscuridad de la habitación.

Después hablaron de lo que había hecho Alex aquella tarde, ella con la cabeza apoyada en su pecho, él rodeándola con un brazo.

—¿Estaba enfadado contigo?

—¿El hermano mayor? No. Se mostró más bien indiferente. Ha pagado la deuda que contrajo y supongo que ya ha dejado de odiar. Dio la impresión de que mi presencia le daba igual, le parecía lo mismo. Está intentando superar todo lo que le ha ocurrido. No ha debido de resultarle fácil.

Aquello dio pie a un debate sobre Charles Baker y sobre el error que había cometido James al corregirle la carta.

—¿Te preocupa ese tal Baker? —preguntó Vicki.

—No —contestó Alex. Era mentira.

—Pero ¿y si viene por aquí? Prometiste al hermano pequeño que no ibas a meter en esto a la policía.

—Yo no le he prometido nada —replicó Alex—. Además, no tiene sentido preocuparse de eso ahora.

Se estaba bien con Vicki, desnudos en la cama, conversando como hacía una temporada que no conversaban. Le habló de su tímido plan de entregar las riendas del negocio a Johnny, y ella se alegró y se abrazó a él con fuerza, y reconoció que ella también estaba asustada. Le preguntó qué iba a suceder después de que él dejase a su hijo el control de la cafetería.

—Aún soy joven —dijo Alex—. De verdad. Me quedan

todavía otros veinte años de trabajo, puede que más. Esta vez no voy a hacer nada por obligación, sino por pasión.

—Pero ¿qué vas a hacer?

A oscuras, Alex fijó la vista en el techo, que tenía una tonalidad blanquecina a causa del resplandor de la luna que se filtraba por las persianas.

Una vez que Vicki se hubo dormido, Alex se levantó de la cama y se fue a la cocina, donde se sirvió una copa de vino tinto. Se lo llevó al cuarto de estar y se sentó en su sillón preferido. Su intención era quedarse allí sentado, con la copa de vino en las manos, y esperar a que llegara Johnny a casa. Volver al piso de arriba nada más oír el coche de Johnny en la entrada, para no avergonzarlo. Un joven de la edad de Johnny no necesitaba saber que su padre todavía se quedaba despierto por la noche, preocupado por su hijo.

Habiendo perdido ya un hijo, costaba trabajo permitir que el otro fuera autónomo. Pero sabía que tendría que permitirlo para que Vicki y él pudieran seguir adelante. La ventana se estaba cerrando. Conforme iban pasando los años, Alex tenía la sensación de que el tiempo avanzaba más deprisa. Deseaba librarse de aquello, del pellizco en el hombro que llevaba treinta y cinco años molestándolo. Y ahora parecía posible. Ahora quería librarse de ello y echar a correr hacia lo que viniera a continuación.

Se alegraba de que Ray Monroe hubiera acudido a su cafetería. Se alegraba de haber visto a James. En cierto modo, era como si las nubes se hubieran disipado, aunque sólo fuera un poco.

Pensó en los Monroe, en la conversación que habían tenido unas horas antes en el taller. Los temas típicos de que hablan los hombres, las canciones tarareadas, el ligero pique que se da siempre entre hermanos. Una expresión que había cruzado por el semblante de Ray Monroe.

Y pensó: «Hay algo que no cuadra.»

20

Pete Whitten entró en Pappas e Hijos a eso de las dos y media, pasada la hora punta del almuerzo, cuando la mayoría de los clientes ya se habían marchado. Se sentó en la banqueta situada más cerca de la caja registradora, donde estaba Alex contando dinero. Éste alargó el brazo por encima del mostrador y estrechó la mano de Whitten.

—Pete.

—Alex. Cuánto tiempo.

—Demasiado.

Habían pasado más de veinte años. La última vez que vio a Pete, sin contar las veces que había visto su foto en los periódicos, fue en el funeral del padre de Billy Cachoris, Lou Cachoris. Había fallecido en los ochenta, una docena de años después del incidente de Heathrow Heights. Había quien decía que se había matado a propósito él mismo con el alcohol tras el asesinato de su hijo, pero eran griegos diciendo cosas de griegos sobre la muerte; el periódico dijo que la causa de su fallecimiento había sido un tumor cerebral.

Fue en el velatorio de Lou Cachoris, en la funeraria Collins que había en University Boulevard, donde Alex tropezó con Pete, recientemente casado y luciendo un traje de hombros y solapas anchos con una corbata roja. Llevaba el pelo engominado y peinado con las puntas para fuera, la imagen del ejecutivo *punk* que era de rigor en aquella época. Si hubiera estado en la calle, llevaría puestas unas gafas de sol Vuarnet.

—Te presento a mi mujer Anne —dijo Pete.

Alex la saludó, una rubia atractiva, cintura estrecha, tobillos finos, ropa cara, y acto seguido les presentó a Vicki, que iba vestida con prendas de las firmas comunes de los grandes almacenes. Todos parecieron ser conscientes de su estatus y del rumbo que habían tomado o dejado de tomar sus vidas, y eso que sólo tenían veintitantos años, pero aun así Alex se sintió orgulloso de estar con Vicki y de exhibirla. Vicki era, en fin, *mejor* que Anne.

Alex había contemplado la posibilidad de no acudir al servicio religioso, sabiendo que iba a ser el objetivo de los *mutra*, los cuchicheos, las caras largas y las miradas de los familiares de Cachoris. Todos sabían que en el día en cuestión él estaba dentro del coche y que no hizo nada por ayudar a su amigo. Pero pensó que lo correcto, dada la relación que había tenido con Billy, era presentar sus respetos al padre.

Después de charlar con Pete y Anne, se aproximó al féretro abierto. Besó la *ikona*, hizo la *stavro* y contempló el cadáver de Lou Cachoris. Daba la impresión de que le hubieran aplanado la cara con un mazo. Alguien había metido una fotografía de Billy cuando era adolescente debajo de la manga del traje de enterramiento, y Alex, obedeciendo un impulso, se inclinó y besó al señor Cachoris en la frente. Fue como si hubiera besado las manzanas artificiales que siempre tenía su madre sobre la mesa del comedor. Elevó en silencio una plegaria por Billy y por la manera en que habían sido las cosas para padre e hijo. Cuando abrió los ojos, tenía al lado a un tío o un primo que le decía en voz baja y tono firme que la familia no quería que estuviera allí y que era momento de que se marchara.

Miró a su alrededor, pero no vio ni a Pete ni a su mujer, que ya habían salido del edificio, y captó la atención de Vicki. Salieron los dos juntos precisamente cuando llegaba el sacerdote de St. Connie. Al bajar por el pasillo central de la sala del velatorio, Alex sintió que se posaban muchas miradas en él, el chico que no se puso al lado de su amigo para plantar cara a los *mavres*, y que ahora llevaba la marca, aquel horrible ojo. En el vestíbulo oyó que los asistentes empezaban a cantar el *Everlasting Be Thy Memory*, un cántico con el que supuestamente todo el mundo debía sentirse mejor, pero que en cambio los puso tremendamente tristes. Por lo menos, así era como se sentía Alex cada vez que oía dicho cántico, a partir de entonces. Sentía tristeza, y también algo que se parecía mucho a la vergüenza.

Y ahora tenía en su cafetería a Pete Whitten, guapo, triunfador y relativamente bien tratado por el paso del tiempo. El traje que llevaba era seguramente un Canali, la corbata una Hermès, las gafas de sol del bolsillo de la chaqueta unas Revos. Llevaba el cabello perfectamente desaliñado y la chaqueta le sentaba de forma impecable. Estaba muy atractivo.

—Tengo que pedirte disculpas —dijo Pete.

—¿Por qué?

—Porque llevo la mayor parte de mi vida profesional trabajando a pocas calles de este local y nunca he entrado a saludarte ni a hacer una consumición.

—No pasa nada.

—En general, mis almuerzos son comidas de trabajo. Todas pagadas por la empresa. Así que normalmente como en restaurantes.

—Esto es un restaurante —replicó Alex.

—Ya sabes lo que quiero decir.

—Claro.

Pete retiró el brazo del mostrador y se quitó una mota inexistente de la manga de la chaqueta. Luego miró en derredor y asintió con un gesto de aprobación.

—Tiene buena pinta —dijo—. Tienes un local muy agradable.

—Lo mantenemos limpio. —Alex señaló la zona de la cocina, donde estaban Johnny y Darlene mirando un libro abierto sobre la mesa—. Ése es mi hijo, Johnny.

—Un chico muy guapo. ¿Lo llamaste así por tu padre?

—Sí. Hoy, Johnny ha hecho una estupenda ensalada de atún. Con curry. Es una mezcla que a mí jamás se me habría ocurrido probar, pero a los clientes les ha encantado. ¿Te gustaría que les dijera que te preparasen un sándwich?

—Ya he comido, gracias.

—En fin, ¿qué puedo hacer por ti, Pete?

—Alex, tenemos mucho de que ponernos al día. Deberíamos intentar reunirnos. Tú y yo, con las mujeres. A cenar o lo que sea.

—Muy bien.

—Pero no es por eso por lo que he entrado a hablar contigo. Tengo una noticia más bien inquietante.

A continuación le habló de la carta y de la entrevista que había tenido con Charles Baker. Describió la conversación concienzudamente, exponiendo los detalles, tal como Alex esperaba de un abogado. Alex fingió sorpresa. Por lo visto, dicho encuentro había transcurrido tal como Alex pensó que podría discurrir, dada la personalidad y la experiencia profesional de Pete. En efecto, Pete le había enseñado a Baker la puerta y lo había amenazado con iniciar acciones legales si no dejaba de intentar extorsionarlo.

—¿Y cuál fue tu impresión? —preguntó Alex—. ¿Opinas que esto se ha acabado?

—No tengo modo de estar seguro, y por eso estoy aquí. Quería advertirte de que ese tal Baker anda por ahí suelto. Si no recuerdo mal, fue uno de los que te agredieron.

—Sí.

—Pues podría ser que a continuación viniera a por ti. Digo que es posible. Naturalmente, en la entrevista que tuve con él le expuse con toda claridad las ramificaciones que podía acarrear cualquier intento de volver a establecer contacto. Pero la impresión que me dio fue que no es muy avispado. Además, podría ser violento. Al fin y al cabo, tiene un historial de violencia.

—Entiendo.

—Y podría haber más gente implicada. Estoy hablando del chico que disparó a Billy. ¿Y no estaba también presente su hermano?

Alex hizo una pausa para dar la impresión de que estaba reflexionando sobre el tema, y después afirmó con la cabeza.

—Podría ser que estuvieran los tres juntos en esto —dijo Pete—. Ya sabes cómo es esa gente.

—¿Esa gente?

—Los delincuentes, Alex. Ahora no te pongas sensiblero conmigo, ¿quieres? Porque estamos hablando de datos y de estadísticas. Los delincuentes, en términos generales, no cambian de pelaje. Yo vivo en el mundo real, y quiero creer que tú también. Lo único que pretendo es que sepas lo que está pasando.

—Está bien —dijo Alex—. La cuestión es: ¿qué debo hacer si Baker se pone en contacto conmigo?

—Yo le he dado un ultimátum. Si se pone en contacto contigo, llama a la policía inmediatamente. —Pete introdujo la mano en el bolsillo interior de la chaqueta y extrajo una tarjeta de visita que puso encima del mostrador—. Y desde luego te convendrá contar conmigo. Yo poseo, en fin, recursos que probablemente tú no tienes. Detectives privados, policías... conozco gente en la oficina del delegado del Fiscal Federal. Si Baker vuelve a asomar la cabeza, podemos ocuparnos de esto rápidamente.

—Te lo agradezco, Pete —respondió Alex tomando la tarjeta y colocándola encima de la caja registradora—. De verdad.

—Me pareció que era lo bastante grave para ponerme en contacto contigo. Baker vino a mi casa, en Heights, y entregó la carta él mismo, al parecer.

—¿En Heights? —Alex no pudo resistirse.

—En Friendship Heights —contestó Pete.

—Y la carta...

—Había sido escrita e imprimida por ordenador. Baker se creía que había sido muy astuto, pero tambien se puede localizar la impresora. Y las huellas dactilares.

—Bien.

—No va a suponer ningún problema. Pero era necesario que estuvieras al corriente.

—Desde luego.

—Resulta curioso —dijo Pete—. El hecho de haber visto a Baker me ha traído aquel día a la memoria. No había pensado mucho en el incidente durante todos estos años porque, en fin, imagino que ha sido porque he cambiado mucho. No me parezco en nada a la misma persona que era cuando tenía diecisiete años. ¿A ti no te ocurre lo mismo?

—Sí —dijo Alex, que no deseaba prolongar más la conversación.

Pete se bajó de la banqueta y le estrechó la mano a Alex.

—Tengo que volver al despacho. Acuérdate de lo de la cena y de ponernos al día.

—Me parece genial.

—Cuídate, Alex.

—Hasta luego.

Alex lo observó mientras se iba. No iba a haber cena alguna. No la deseaba ninguno de los dos. Pete seguía siendo el chaval que era a los diecisiete, pero nunca lo había sabido. Aquel día, huyó y se liberó. Después fue a la universidad y estudió Derecho, tenía una carrera profesional sólida y lucrativa, una casa en Heights. Todavía huía, en cierto modo. Billy, por el contrario, se había mantenido en el sitio. Lo último que hizo Billy, antes de que le disparasen, fue señalarlo a él, a Alex, y decirle que se largara. Entre las muchas cosas que había sido Billy, algunas impuestas desde fuera, había sido un buen amigo. En cuanto a Alex, no había actuado. Era simplemente el chico que iba en el asiento trasero del coche.

—Papá.

Alex se volvió.

—¿Sí?

—¿Qué opinas del especial? —dijo John Pappas.

—Que ha funcionado. El curry ha sido un, cómo lo llamas tú, un agradable «complemento» para el atún. Sólo que...

—¿Qué?

—¿Vas a transformar este local en un garito hindú?

—Sí, papá, eso es exactamente lo que voy a hacer.

—Lo siguiente que harás será tirar los cubiertos a la basura y obligar a los clientes a que coman con las manos.

—Eso sería al estilo etíope.

—No me digas.

—No creo que tengas que preocuparte.

—A ver, hoy has vendido el doble de hamburguesas y pollo con queso que sándwiches de atún, ¿no es cierto? No te olvides de lo básico. Eso es lo único que digo.

—No tengo la intención.

—Bien. Toma. —Alex metió la mano en el bolsillo y sacó un juego de llaves que abrían la puerta principal y la trasera, así como el congelador. Se las entregó a Johnny—. Te he hecho éstas para ti.

—Gracias.

—Lo estás haciendo muy bien.

—Te lo agradezco.

—Así que hoy voy a dejar que cierres tú. Yo tengo que ir a un sitio. Estaba pensando en tomarme el resto de la tarde libre.

—¿En serio?

—Cerrar no tiene ninguna complicación. Los empleados saben qué tareas adicionales deben llevar a cabo, incluidas las de limpiar. Darlene te ayudará a ordenar las cosas. Dentro de media hora cortas la cinta de la caja. Y en lo referente al dinero, mañana no es día de facturas, y tampoco de paga de salarios, así que deja unos cincuenta pavos en billetes y monedas, guárdalos en la caja metálica, mete la caja en el congelador, y el resto te lo llevas a casa y se lo entregas a mamá.

—Eso sí sé hacerlo.

—No te preocupes por si cometes algún error. Tú asegúrate de que las puertas queden cerradas con llave. De todo lo demás ya me ocuparé yo mañana.

—¿Te fías de mí?

—Pues claro, ¿por qué no?

—No lo sé. Cuando te hayas ido, nosotros podríamos ponernos a hacer cualquier cosa, como repartir pastillas de éxtasis o algo así.

—Pesado —dijo Alex, zanjando el asunto con un gesto de la mano—. Lárgate de aquí. Me molestas. Te quiero.

John Pappas sonrió a su padre y se alejó por detrás del mostrador. Darlene estaba de espaldas a la parrilla, observando a Alex, haciendo girar una espátula en la mano.

—Me tomo el día libre, Darlene.

—Es la primera vez.

—Pues ve acostumbrándote.

Cuando se acercó a Tito, que estaba lavando una cazuela con la manguera a presión, éste le dijo:

—¿Te vas, jefe?

—Sí. ¿Qué tal te fue la cita con aquella chica?

Tito sonrió y guiñó un ojo.

—Bien hecho —dijo Alex, y a continuación salió por la puerta de atrás.

Raymond Monroe estaba sentado junto a Kendall Robinson en el despacho de ella, ambos cogidos de la mano y charlando en voz baja a media tarde. Kendall había bajado los estores. Había estado llorando un poco, pero ya se había calmado y sostenía un pañuelo de papel arrugado en la mano que le quedaba libre.

—Lo siento —dijo.

—No lo sientas. Todo el que trabaja aquí se merece una buena llantina de vez en cuando. No sólo los pacientes.

—Ellos son más fuertes que yo, la mayoría de las veces.

—¿Que ha sido hoy?

—Ah, no lo sé. Estaba otra vez con el soldado Collins, ya sabes, al que llaman el Poste.

—El chico joven que estaba pensando en la amputación voluntaria.

—Ya no está en ese dilema. Ayer presenté yo su solicitud. Simplemente había ido a hacerle una visita, a ver qué tal lo llevaba.

—¿Y?

—Se encuentra bien. La que se puso furiosa fui yo, cuando salí de su habitación. Y esa furia se transformó después en emoción. —Kendall arrojó el pañuelo a la papelera que tenía junto a la mesa—. El otro día estaba en Wisconsin Avenue, en Maryland, y pasé por delante de un cine. Era el que tiene una chica con una ametralladora implantada en la pierna amputada. Ya se sabe que a ese cine van a ir muchos jóvenes a ver esa película, a aplaudir y partirse de risa con ella, mientras hay chicos y chicas que están muriendo, perdiendo brazos y piernas, ¿y para qué? ¿Para que esos niños ricos puedan echar gasolina a los coches que les compran sus papás? ¿Para que puedan comprarse un vaquero de doscientos dólares?

—Les han enseñado a hacer eso —dijo Monroe—. A pagar los impuestos que les correspondan y el resto gastárselo en comprar.

—Se supone que han de olvidarse de que hay una guerra. Si no hay féretro, no hay muerto. Ni tú ni yo habíamos nacido cuando la Segunda Guerra Mundial, pero ¿no es verdad que todo este país contribuyó mucho e hizo muchos sacrificios?

—Mi padre hablaba de eso todo el tiempo.

—Antes era: «Pregunta qué puedes hacer tú por tu país.» Y ahora es: «Vamos a ver el culebrón, vámonos al centro comercial.»

—Y si abandonas —dijo Raymond—, ¿en qué vas a beneficiar a estos soldados?

—Por favor. No pienso irme a ninguna parte.

—Tú posees pasión, Kendall.

—Necesito quemar un poco de esta energía negativa. —Trazó un círculo con el dedo en la palma de Raymond—. ¿Vas a venir a casa esta noche? A Marcus también le gustaría verte.

—Ya sabes que lo estoy deseando. Pero tengo problemas con mi hermano a los que tengo que echar un ojo. Y también quiero ir a ver si mi madre está bien.

—Un hombre de cincuenta añazos...

—Tengo cuarenta y nueve.

—Y todavía viviendo con su madre. Yo diría que ya es hora de que ese hombre se pare a reevaluar la situación.

—Comprendo adónde quieres llegar, pero mira, precisamente tú... tú acabas de hablar de que hay que asumir responsabilidades, de que todos debemos arrimar el hombro. Cuando una persona se sacrifica, los demás, en fin, tienen que ofrecer su apoyo.

—Ya sé, Raymond. Tú tienes esa carga que vas arrastrando, pero mira, no te estoy pidiendo ni un compromiso ni un anillo. Simplemente estoy cansada de ver tu bolsa de fin de semana en el suelo. Podrías tener un armario para ti, eso sería un comienzo.

—Cierto.

—Y Marcus necesita que haya un hombre presente, a jornada completa.

—¿Y tú crees que yo reúno las condiciones?

—Deja de jugar. Marcus te quiere, Ray.

—Yo siento lo mismo. Precisamente estaba pensando en llevarlo a un partido de los Wizards. Están a punto de jugar varios partidos seguidos en casa. Las entradas tendrán que ser del gallinero, pero da igual.

—Sólo con que se acerque a ese Verizon Center, ya sonreirá.

—También podrías venir tú.

—Hace falta algo más que una entrada de diez dólares y un perrito caliente para convencerme.

Monroe le apretó la mano.

—Tú dame un poco de tiempo.

21

El presidente de la Sociedad Histórica tenía un despacho en un edificio municipal situado cerca de las tiendas de antigüedades. El edificio se encontraba en un área repleta de construcciones victorianas rodeadas de jardines frondosos y cuidadosamente diseñados. A la vista del edificio municipal se levantaba una casa de seis dormitorios que en otro tiempo había pertenecido a un tal señor Nicholson. Treinta y cinco años atrás, Raymond Monroe, un chaval del cercano vecindario habitado en su totalidad por negros, había lanzado una piedra contra la ventana de uno de los dormitorios porque el señor Nicholson no le había pagado lo acordado por cortar el césped. El policía que fue a casa de Monroe le impuso lo que se conocía como una Investigación sobre el Terreno y una severa advertencia, y al padre del chico, Ernest Monroe, le dijo que su hijo era un «exaltado» al que sólo iban a conceder una oportunidad más.

Alex Pappas, sentado en el pequeño despacho de Harry McCoy, que se había adjudicado a sí mismo el cargo de archivero de la Sociedad, no sabía nada de todo aquello. McCoy era un hombre corpulento, con los antebrazos tatuados, barriga y unas gafas de montura metálica que atenuaban un poco la pinta de estibador que tenía. Había invitado a Alex a entrar en su despacho con gran entusiasmo, feliz por tener aquella oportunidad para hablar de la historia local. Por todo el despacho había fotografías enmarcadas de tiendas, calles, viviendas y residentes que se remontaban a los comienzos del siglo anterior. Todas las personas que aparecían en las fotos eran blancas. Ninguna de las instantáneas, supuso Alex, representaba la vida de Heathrow Heights.

—Usted se refiere a Nunzio's —dijo McCoy una vez que Alex le hubo descrito el comercio del porche de madera.

—Sí, en efecto.

—Ya cerró, como es natural. En el lugar que ocupaba se construyeron casas. El hombre que lo regentaba se jubiló y vendió la propiedad, pero de todos modos, con el tiempo se habría quedado sin negocio. No podía competir con el Safeway que había calle arriba.

—¿Tiene su nombre?

McCoy había extraído un archivo y estaba inspeccionando el contenido.

—Eso es lo que estoy buscando. Aquí está. —Miró por encima del borde de las gafas—. Salvatore Antonelli. Su padre, el que fundó el establecimiento, se llamaba Nunzio.

—¿Aún vive Salvatore?

—No lo sé, pero eso es bastante fácil de averiguar. Estoy convencido de que vivían aquí. A no ser que haya fallecido o se haya mudado a otra parte, es un apellido que debería figurar en la guía telefónica. Puede echar un vistazo al archivo, si lo desea.

Alex examinó las blancas páginas y anotó algunos datos en una libreta.

—Si necesita más —dijo McCoy—, en Heathrow Heights vive un tipo que es una especie de custodio histórico.

—No veo que aquí haya ninguna fotografía del barrio.

—Bueno, los residentes prefieren que esas cosas no salgan de Heathrow. Tienen una antigua escuela que se transformó en centro recreativo tras la resolución Brown *versus* Consejo de Educación. Allí dentro están expuestas sus fotografías.

—¿Tiene el nombre de ese tipo?

—Sí. Y también voy a darle su teléfono. No tiene inconveniente en hablar de su comunidad. Se siente orgulloso de ella, como debe ser. Un tipo simpático, este Draper.

Alex se puso de pie al tiempo que McCoy le entregaba la información de contacto de Rodney Draper, sacada del fichero de tarjetas que tenía sobre la mesa.

—¿Y dice que esto lo hace por afición? —preguntó McCoy.

—Tengo un negocio que anteriormente fue propiedad de mi padre. Me gusta hablar con personas, inmigrantes y sus antepasados, que hayan tenido negocios familiares parecidos al mío. Están desapareciendo, ¿sabe?

—Como la mayoría de las cosas que recordamos con afecto —repuso McCoy—. Debe de ser usted un apasionado de la historia.

—La verdad es que no —contestó Alex—. Digamos que me interesa el pasado.

Deon Brown cerró el maletero de su Mercury, aparcado en el callejón que había detrás de Peabody Street, muy arrimado a la valla que bordeaba el adosado de su madre. Había cogido la ropa que necesitaba, los útiles de afeitarse y unos cuantos artículos de tocador, la receta de Paxil, una bolsita de hierba, el dinero, la documentación del coche y los escasos objetos especiales de su infancia que pudo embutir en el petate que había comprado en la tienda de excedentes de Wheaton. Había dejado el empleo que tenía en la zapatería del centro comercial Westfield. Había cargado sus cosas en el maletero del coche y ya estaba listo para irse. Pero antes necesitaba hablar con su madre.

El móvil llevaba el día entero sonando, pero no lo había cogido. Había dejado que las llamadas, de Cody y de Dominique Dixon, pasaran al buzón de voz. Escuchando el contenido de los mensajes había logrado hacerse una idea de lo inquietante de la situación. Cody Kruger y Charles Baker habían robado el material a Dominique y estaban intentando torpemente apoderarse de su negocio. Aunque Cody no lo había dicho, dio a entender que tenía una buena noticia para él, Deon, y que debía llamarlo o pasarse por su apartamento lo antes posible para recibir la noticia en persona. «Necesito que estés aquí, colega», dijo Cody. Deon tenía la impresión de que Cody quería que fuera porque no deseaba estar a solas con Baker, que con toda seguridad era quien había puesto aquel plan en marcha. En la voz de Cody había un tono de desesperación que Deon no había percibido nunca. Cody había hecho algo audaz y estaba muy envalentonado por ello, pero al parecer también sabía que la había cagado. Los mensajes de Dominique así lo confirmaban. Dominique decía que Baker y Kruger lo habían amenazado a punta de pistola y también con una navaja. Dominique, con una rabia controlada a duras penas, decía que su hermano y él querían verlo enseguida. Que tenía que cogerles el teléfono. Que si no contestaba, su hermano y él tendrían que suponer que formaba parte del plan.

Hacia el final del día, Deon apagó el móvil y lo tiró a una alcantarilla de Quackenbos Street. Por el camino se compró otro móvil desechable.

En la cocina de su madre se encendió una luz. Acababa de volver del trabajo. Le gustaba prepararse un tentempié al llegar a casa, algo que le permitiera aguantar hasta la cena.

Deon se había alistado el día anterior. Había regresado al Centro de Reclutamiento de las Fuerzas Armadas que había en Georgia Avenue, había pasado un par de horas hablando con un tal sargento Walters y se había enrolado. El sargento le habló de aventura y de crecimiento personal, pero la decisión de Deon era más práctica que espiritual. El servicio militar era el único modo limpio que veía para salir de su vida actual. Disponía de un poco de tiempo antes de presentarse en Fort Benning, Georgia, para el entrenamiento básico, y pensaba emplearlo en llegar hasta allí, recorriendo el sur en coche, gastando el dinero en efectivo que tenía en hoteles y comidas decentes. Había oído decir que Myrtle era el auténtico paraíso de la juerga. Quería ir a Daytona y conducir por la playa. El Marauder lo vendería en Georgia, antes de entrar en el cuartel de entrenamiento.

Su madre iba a enfadarse, y también a preocuparse. Le diría que no iba a entrar en combate necesariamente. Que el ejército decidiría qué era lo más adecuado para él una vez superase la formación básica. Un joven de uniforme podía servir de muchas maneras distintas, dijo el sargento, aunque sí que mencionó que una de ellas podía ser la de soldado en una situación de guerra. «La libertad tiene un precio —dijo el sargento—. No es gratis.» Su madre le preguntaría por su depresión y su medicación. Se maravillaría de que los militares quisieran aceptar a un muchacho que tenía aquellos problemas. El sargento Walters había dicho que ello «no era una dificultad». El sargento le había asegurado que todo iba a salir bien.

Lo que tenía que hacer Deon era sacar a su madre de aquella casa, convencerla de que cogiera lo que necesitara y se mudara a la casa de La Juanda, en Capitol Heights. La hermana de él tenía una familia, pero acogería a su madre. No sería algo permanente, sólo hasta que se acabase aquel mal rollo con los Dixon. Y en cuanto a Charles Baker, no llegó a darle llave de la casa; si acudía a Peabody, se encontraría con la puerta cerrada a cal y canto.

De todo aquello había que ocuparse ya mismo.

Su madre, La Trice, había salido de la cocina y estaba de pie en los escalones de atrás de la casa. Deon se acercó hasta la puerta de malla metálica y entró en el jardín. Ella lo miró fijamente, y como era su madre, con sólo verle la cara supo, a pesar de la calma que él aparentaba, que pasaba algo malo.

—¿Qué sucede, Deon? —le preguntó.

—Mamá, tenemos que hablar.

—Entra. Voy a preparar algo de comer para los dos.

Deon la acompañó adentro sin protestar. Quería hacer aquella comida con su madre. Había tiempo suficiente para ello.

La dirección de Salvatore Antonelli que Alex Pappas había obtenido de la guía telefónica parecía hacer juego con él a primera vista. Se hallaba ubicada en una calle que salía de Nimitz

Drive, en una comunidad de viviendas de soldados que había en Wheaton, no muy lejos de Heathrow Heights, facilitadas por la G.I. Bill en la posguerra.

La vivienda era una casita hecha con listones de madera, provista de una rampa para sillas de ruedas que llevaba hasta la entrada principal. Antonelli pertenecería a dicha época, lo más seguro era que fuese un veterano y que contara ochenta y tantos años. Era de suponer que la rampa la habían construido para él.

Cuando Alex se acercó a la puerta, vio por el ventanal una cuadrilla de pintores que estaban trabajando en el salón, ahora vacío y con el suelo protegido por una tela. Llamó a la puerta y esperó a que ésta se abriera. No tardó en aparecer un joven fornido y muy moreno de piel.

—Sí.

—Estoy buscando al señor Antonelli —dijo Alex—. Salvatore, un hombre mayor.

—El viejo, muerto.

—Vaya, lo siento.

—Pintamos. La familia vende la casa. —El resuelto joven entregó a Alex una tarjeta de visita—. ¿Necesita pintar? Trabajamos bien, barato.

El nombre que figuraba en la tarjeta era Michael Sobalvarro. Debajo decía: «Pintamos.»

—Gracias, Michael. Lo tendré en cuenta.

Al regresar a su Cherokee, Alex marcó el número de teléfono de Rodney Draper. Respondió una mujer, y cuando Alex le dijo que deseaba hacerle una consulta relacionada con la historia de Heathrow Heights, ella le dio el teléfono del trabajo de Draper. Alex le dio las gracias, llamó a dicho teléfono y le contestó la recepcionista de las oficinas centrales de una importante firma de electrodomésticos denominada Nutty Nathans. Alex conocía dicha empresa: era una que ofrecía falsas gangas, pero que de todos modos poseía una personalidad de la que carecían las cadenas comerciales. Muchos años atrás le había comprado un televisor a un tal McGinnes, en la tienda de Connecticut Avenue. Se acordaba de él porque, aunque era un tipo sumamente atractivo e informado, resultaba bastante obvio que llevaba encima un buen colocón.

—Draper —dijo una voz al otro extremo de la línea cuando le pasaron la llamada.

—Sí, me llamo Alex Pappas, y quisiera saber si puedo hacerle una consulta histórica rápida que tiene que ver con Heathrow Heights. Me ha dado su nombre el señor McCoy de la Sociedad Histórica.

—¿Para qué empresa trabaja usted?

—No represento a nadie. Se trata de un incidente con arma de fuego que tuvo lugar frente al antiguo establecimiento de Nunzio's, en el año setenta y dos. Estoy intentando dar con una mujer... la mujer que se encontraba en Nunzio's el día de dicho incidente. Testificó en el juicio. Fue un caso muy sonado.

Alex no oyó respuesta alguna. Creyó que se había cortado la comunicación.

—¿Oiga?

—Lo recuerdo —dijo Draper.

—Me gustaría contactar con ella, si fuera posible.

—Escuche, señor...

—Pappas.

—Voy a tener que hablar con usted en otro momento. Estoy a punto de hacer una maqueta publicitaria y tengo esperando en la puerta al representante de ventas del *Post*.

—¿Le importa que le dé mi móvil?

—Ya tengo bolígrafo.

Alex le dio su número.

—Llámeme, por favor.

La línea se cortó. Ya no quedaba otra cosa que hacer que volverse a casa. Pero no se hacía muchas ilusiones; tenía el presentimiento de que no iba a volver a hablar más con Rodney Draper.

Cody Kruger estaba sentado a la mesa de la cocina, cortando y empaquetando hierba por onzas. Tenía ante sí una montañita de hidropónica pegajosa. Kruger ponía mucho cuidado, Deon lo había convencido de que debía hacer eso, al pesar y compartimentalizar la marihuana. Le gustaba pensar que trabajaba más deprisa y de manera más eficiente cuando estaba colocado, pero en realidad el THC lo ralentizaba y lo hacía más susceptible de cometer errores. En el cenicero que tenía al lado se quemaba un porro liado con papel de fumar. En la habitación sonaba a todo volumen *Kryptonite*, un tema de TCB grabado en directo en el Club Neon, que salía de su iPod conectado al equipo. Kruger estaba borracho, y cantaba desafinando el estribillo de la canción.

Charles Baker, irritado e impaciente, se acercó al equipo y bajó el volumen.

—¿Todavía no has terminado?

—Quiero hacerlo bien —dijo Kruger—. Si no se corta la mierda como es debido, luego se quejan.

—Oye, tío, ¿cuánto calculas que vamos a sacar de todo esto?

—Tres mil o cuatro mil. En la camioneta no había más que un kilo.

—Puta calderilla —dijo Baker.

—No se puede conseguir todo en un solo día.

—Es verdad. Pero cuando nos enganchemos a ese contacto, todo aumentará.

—Creía que habías dicho que Dominique no lo había revelado.

—Dijo que no sabía quién era el contacto. Que el único que lo sabía era su hermano. Que iba a hablar con él y después llamarte a ti al móvil para concertar una cita.

Kruger asintió pero no hizo ningún comentario. La mención del hermano de Dominique lo había puesto nervioso. Según lo que Deon decía de él, Calvin Dixon no iba a tomarse con una sonrisa lo que le habían hecho a Dominique. De ninguna forma iba a delatar a su contacto. Un traficante prefería que le pegaran un tiro antes que revelar su fuente, aquello lo sabía hasta Kruger. Pero el señor Charles no parecía entenderlo. El señor Charles creía que iba a poder continuar cogiendo droga sin pagarla.

—¿Me has oído, chico?

—Sí.

—Estás tan cocido que no puedes ni hablar.

—Qué va, estoy bien.

—¿No tienes miedo de todos estos pasos que estamos dando?

—No.

—Si tienes miedo, dilo.

—No lo tengo.

—Bien —dijo Baker—. Porque estoy pensando en que esta noche me ayudes con una cosa.

—¿Cuál?

—Necesito ir a Maryland. Hay un tipo que me debe dinero.

—Ya tenemos dinero, en esta misma mesa.

—Esto es de un nivel totalmente distinto. Ese tipo me lo debe desde hace más de treinta años. Y se le han ido acumulando los intereses. El día de cobro va a ser brutal.

—Tengo que terminar esto. Puedes llevarte mi coche.

—¿Cómo voy a conducir sin carné? Como me pare la pasma, me vuelve a meter en la cárcel.

Kruger humedeció el extremo de una bolsita con la lengua y selló una onza. Si continuaba trabajando, a lo mejor el señor Charles se olvidaba del plan.

—Le he pedido a un antiguo amigo mío que me llevara él, pero se ha negado con buenas palabras. Estoy seguro de que tú no vas a darme la espalda igual que él.

—Estoy ocupado.

—Pensaba que tenías huevos, tío.

—Tengo unos clientes a los que he prometido producto para mañana por la mañana. Necesito terminar esto antes de ponerme a pensar en otra cosa.

—Vale, pues voy a irme andando hasta la Avenue, buscaré

un bar y me tomaré una cerveza. Eso no te llevará más de un par de horas. —Baker se puso la cazadora de cuero—. ¿Cuál es el código de la puerta, para cuando vuelva?

—Ya me lo sé.

—Dilo.

—Golpe, golpe, pausa, golpe.

—Exacto. Hasta dentro de un rato, tío.

Una vez que Baker hubo desaparecido por la puerta, Kruger se dedicó diligentemente a cortar y embolsar. Con gusto se habría quedado allí sentado la noche entera, trabajando, colocándose, oyendo música, pensando en las cosas que iba a poder comprarse con la pasta que le iba a hacer ganar aquella hierba. Las zapatillas nuevas Van y Dunk, las camisetas estilo estrella del rock, las sudaderas Authentic con gorras a juego.

Si Deon estuviera con él, hablarían, bromearían y soñarían con las cosas que iban a poder comprar. Le gustaría saber dónde estaba y por qué no contestaba al móvil. Deon había sido su chico, y ahora parecía ser que se había levantado y se había largado. Lo único que le quedaba era Charles Baker.

Kruger había tirado su pistola a una alcantarilla del aparcamiento de la casa donde vivía Dominique después de trasladar la hierba de la camioneta blanca a su Honda. Le puso enfermo encañonar con un arma a un chaval de su edad mientras el señor Charles hacía lo que hacía. No quería volver a tener una pistola. No quería volver a hacer nada semejante.

Se le empezó a pasar el colocón. Sabía que el señor Charles no iba a olvidarse de que él tenía que llevarlo a Maryland. No tardaría en volver, golpe, golpe, pausa, golpe. Cuando al señor Charles se le metía algo en la cabeza, no había manera de negárselo. Lo llevaría a ver a aquel tipo que le debía dinero porque, con Deon desaparecido, el señor Charles era el único amigo que tenía. Kruger estaba atontado y cocido, y no veía ninguna otra cosa que pudiera hacer.

22

Raymond Monroe, en el interior del taller de Gavin, cerró la tapa de su móvil y se guardó éste en el pantalón del vaquero. James Monroe se encontraba bajo el capó de un Caprice Classic del 89, aflojando una bomba de agua averiada que pretendía sustituir. Al borde de la aleta se sostenía en equilibrio una lata de Pabst Blue Ribbon. James se incorporó, cogió la lata y bebió un largo trago de cerveza.

—Acaba de llamar Rodney Draper —dijo Raymond.

—Rod *el Gallito* —dijo James sonriente, recordando el apodo que le habían puesto de pequeño, por culpa de la curiosa nariz que tenía—. ¿Quién iba a pensar que un día aquel chaval iba a dirigir una empresa?

—Rodney siempre trabajó mucho. No me sorprende.

—¿Qué quería?

—Hoy ha recibido una llamada de Alex Pappas. Le dijo que deseaba hacerle una consulta histórica. Rodney no le dio una respuesta directa, antes quería hablar conmigo.

James miró dentro de su lata de cerveza, la agitó y luego bebió otro trago.

—Alex está intentando dar con la señorita Elaine —dijo Raymond.

—¿Para qué?

—Para hablar con ella, supongo. Imagino que está intentando acabar de una vez con todo esto.

—¿Qué le has dicho a Rod?

—Que espere.

—Ray...

—¿Qué?

—Hoy se ha puesto en contacto conmigo Charles Baker. Buscaba alguien que lo llevara a la casa de Pappas. Quería que yo lo acompañase, me dijo. Pero no dijo por qué.

—¿Te ha contado qué tal le fue con Whitten?

—No.

—Eso quiere decir que le fue mal. Así que ahora va a intentar sacarle algo a Pappas. Esta vez no será comiendo en ningún restaurante elegante; esta vez Charles va a hacerlo a su manera.

—Pues yo le he dicho que no estaba dispuesto —dijo James—. Le he dicho que no es asunto mío.

—Sí que lo es si Charles le hace algo a ese hombre o a su familia. Y es asunto mío si continúa intentando meter a mi hermano en algo sucio.

—Charles no puede evitar ser lo que es.

—Hay mucha gente que ha tenido una infancia difícil, y ha encontrado la forma de superarlo.

—Charles nunca ha matado a nadie —apuntó James.

—No —respondió Raymond sosteniendo la mirada de su hermano—. Nunca.

—Voy a seguir con esta bomba.

—Muy bien —dijo Raymond Monroe.

Calvin Dixon y su amigo Markos estaban sentados en sendos sillones del salón del lujoso piso de Calvin, ubicado en la calle V, detrás del Lincoln Theater, en el corazón de Shaw. Estaban fumando puros y bebiendo bourbon del bueno, con agua, con la botella entre ambos, apoyada en una mesa de acero y cristal. Tenían todo lo que pueden desear los jóvenes: mujeres, dinero, buena presencia, vehículos que corrían mucho. Pero esta noche no parecían muy felices.

—¿Has hecho la llamada? —preguntó Markos, un joven atractivo que había heredado la piel etíope de su padre y las facciones leoninas de su madre.

—Estaba esperando a hablar contigo —contestó Calvin, una versión de Dominique más grande y más ruda.

—¿Quieres un poco más de agua? Voy a buscar más.

—Claro.

Markos se levantó y fue a la cocina, que estaba incorporada al salón y equipada con quemadores y horno Wolf, un lavavajillas Asko y un frigorífico Sub Zero de dos puertas. Vertió agua filtrada en dos vasos de un dispensador empotrado en una encimera de mármol y regresó al sillón con ellos. Con la mano, cogió hielo de un cubo y lo echó al agua.

Calvin sirvió más bourbon de una botella numerada de Blanton's. Chocaron los vasos y bebieron.

—¿Qué te parece ese tronquito? —dijo Markos, refiriéndose al puro Padron que estaba fumando Calvin.

—Bueno —contestó Calvin—. El sesenta y cuatro tiene la fuerza del veintitrés, si quieres saber mi opinión.

En aquel momento se abrió la puerta del dormitorio y apareció una mujer en el umbral. Era muy joven, morena y sobrealimentada, una mezcla de Bolivia y África. Los pechos tensaban la tela de la camisa y tenía ese culito en forma de corazón al revés que tantas veces se invoca pero raramente se encuentra. Se llamaba Rita. Calvin la había retirado de una peluquería de Wheaton después de que ella le hubiera lavado la cabeza con champú y le hubiera dado un masaje en el cuero cabelludo.

—¿Me llamabas? —dijo Rita a Calvin.

—No, nena. Déjanos un poco de intimidad un ratito más, ¿quieres?

Ella hizo un gesto mohíno, y acto seguido volvió a meterse en el dormitorio y cerró la puerta.

—Esa chica debe de haber creído que estábamos pronunciando su nombre —comentó Calvin.

—Yo te he preguntado qué te parecía ese tronquito —dijo Markos—. No he dicho «chochito».

Calvin sonrió apenas, sin ofenderse. Rita era despampanante, y también una furcia. Los dos tenían la misma opinión respecto de las mujeres, incluso de las novias ocasionales que tuviera el uno o el otro.

—¿Qué tal está Dominique? —dijo Markos.

—Actualmente vive en casa de mis padres. No quiere estar en su apartamento. Y puede que no vuelva nunca. No lo sé.

—Podemos encontrar a otra persona que nos mueva la mercancía.

—Estoy de acuerdo.

—La cuestión es qué vamos a hacer con nuestro problema.

—Ese viejo ha estado a punto de violar por el culo a mi hermano pequeño. Y el blanco lo tenía encañonado y miraba.

—Estar a punto no es violar.

—La diferencia es tan pequeña que casi no se ve. Dile esa gilipollez a Dominique.

—¿Y qué pasa con el otro que los acompañaba en el negocio?

—¿Deon? Dominique dice que no participó. Hemos intentado dar con él para confirmarlo, pero no coge las llamadas. Lo más probable es que a estas alturas su móvil esté sonando en el fondo del río Anacostia. Si es inteligente, lo habrá tirado al marcharse de la ciudad. Pero él no me preocupa. Son los otros dos.

—Lo cual nos lleva a la pregunta del principio: ¿qué vamos a hacer?

Markos dio una calada al puro y miró a su amigo. Los dos eran luchadores duros y diestros que en su juventud habían llevado a casa con cierta regularidad trofeos de The Capitol Classic, el torneo anual de artes marciales que se celebraba en el Centro de Convenciones. Nunca se habían arredrado ante ningún tipo de confrontación o reto físico, pero esto era diferente, un paso que aún no habían dado. Ninguno de los dos lo consideraba una decisión moral. Simplemente adoraban su estilo de vida y no deseaban ponerlo en peligro con la posibilidad de ir a prisión.

—He hablado con Alvin —dijo Calvin. Alvin trabajaba en la gerencia de seguridad de un local que ellos frecuentaban. Tenía un historial personal que lo relacionaba con el inframundo de la ciudad al norte.

—¿Y qué ha dicho?

—Que estos chicos preferirían una inyección letal antes que traicionarnos. Esa promesa y la forma en que la cumplen, así es como cultivan el negocio.

—¿Eso es lo que quieres hacer?

—No me lo cargues todo a mí —protestó Calvin—. Necesito que tú también estés de acuerdo en esto.

Markos indicó con un gesto de cabeza el Razor que descansaba sobre la mesa.

—Haz la llamada.

Calvin abrió la tapa de su móvil.

—¿Cuánto tiempo vamos a seguir aquí sentados? —preguntó Cody Kruger.

—No mucho, espero —respondió Charles Baker.

—¿Sabes con seguridad que ésta es su casa?

—La página buscapersonas me indicó esta dirección. En esta zona había tres Alexander Pappas, pero sólo uno de la edad apropiada. Y esto está cerca de donde se crio. Tiene que ser él.

—Vale, pero ¿por qué piensas que va a salir?

—Porque soy muy listo —respondió Baker—. Mañana es el día que recogen basuras en Montgomery County. ¿Ves todas esas latas y cubos de reciclaje que hay en la acera?

Kruger contestó:

—Ajá.

—Pues el señor Alexander Pappas todavía no ha sacado el suyo. Pero lo sacará. Todos estos urbanitas del extrarradio lo hacen la noche anterior para no tener que molestarse por la mañana.

Llevaban aproximadamente una hora en la calle. Dado que

no había nadie caminando por aquel vecindario, limpio y de clase media, y que muchas de las casas ya estaban a oscuras, parecía muy tarde. Había llovido, y a consecuencia de ello las farolas presentaban un halo de neblina irisada.

—¿Por qué, simplemente, no vas y llamas a la puerta?

—Porque podría caerme una acusación de allanamiento —contestó Baker en tono paciente—. Quiero que salga a la calle, que es una propiedad pública.

Por detrás de ellos pasó un coche cuyos faros barrieron el interior del Honda. Baker y Kruger observaron cómo pasaba junto a ellos, luego aminoraba la marcha y por fin se detenía delante de la residencia de Pappas. Era un Acura coupé de color azul claro, bien cuidado, un coche de mujer, pensó Baker, hasta que vio que del asiento del conductor se apeaba un muchacho elegantemente vestido.

—Quédate aquí —ordenó Baker. Había captado la situación de golpe y decidió moverse deprisa porque era lo que debía hacer un hombre con decisión. Aquél tenía que ser el hijo del tipo en cuestión, y era buena cosa. Entregando un mensaje al chico, se enviaría un mensaje bien claro al padre. «Haz lo que te digo, porque puedo acceder a tu familia. Puedo acceder y accederé.»

Baker recorrió unos metros de calle mientras el joven, que debía de tener treinta y tantos, cerraba el coche con uno de aquellos artilugios que tenía en la mano. Vio a Baker, que venía hacia él, y procuró no parecer asustado, en vez de eso miró a Baker a los ojos y lo saludó con la cabeza, pero no se detuvo y rodeó el coche con la intención de llegar a la acera y meterse en casa.

—Espera un minuto, amigo —dijo Baker bloqueándole el paso, teniendo cuidado de no tocarlo ni acercarse demasiado.

—¿Sí? —dijo John Pappas en tono amistoso pero cauto.

—¿Éste es el domicilio de la familia Pappas?

—Sí. Yo vivo aquí. ¿Qué puedo hacer por usted?

¿Qué puedo hacer por usted? Baker estuvo a punto de soltar una carcajada. Ahora el muchacho adoptaba un tono de lo más firme, como si fuera a defender el castillo y esas gilipolleces. Intentando ser lo que no era. Baker lo estudió: limpio y acicalado con ropa buena, camisa negra con los faldones por fuera, tal como les gustaba a todos aquellos jóvenes tan estilosos. Al mirar a John Pappas, en su mente vio la palabra, brillando igual que un letrero luminoso a la puerta de un bar que se llamara Presa.

—Sólo quisiera robarte un minuto de tu tiempo —dijo Baker—. ¿De acuerdo?

Alex Pappas estaba acostado en la cama al lado de su mujer ya dormida, esperando que volviera a casa Johnny, cuando de pronto oyó detenerse el motor del Acura. A continuación oyó las portezuelas de dos coches que se cerraban, la una detrás de la otra. Y poco después de eso, voces. Se levantó de la cama. Johnny nunca traía a nadie a casa a aquellas horas de la noche, ni amigos ni chicas. En aquel sentido era respetuoso.

Por la ventana del dormitorio que daba a la fachada de la casa, vio a Johnny de pie en la calle, al lado de un hombre negro y mayor que él. Estaban hablando. El negro sonreía, pero Johnny no. Dos casas más adelante había un Honda viejo con el motor al ralentí, echando humo por el tubo de escape. Parecía haber un joven blanco sentado al volante.

Alex se puso rápidamente unos vaqueros y unas zapatillas New Balance. Como no tenía en casa pistolas ni armas de ninguna clase, agarró la linterna, pesada y de mango alargado, que tenía junto a la cama, sin hacer caso de Vicki, que se había despertado y le preguntaba:

—¿Qué pasa? Alex, ¿qué es lo que pasa?

Pasó junto a la habitación de Gus y corrió escaleras abajo.

—¿Y dice que es amigo suyo?

—Bueno, no estoy diciendo que seamos amigos, exactamente —respondió Baker—. Conocidos, más bien.

—Disculpe —dijo John—. La verdad es que tengo que entrar.

Intentó rodear a Baker, pero éste volvió a colocarse delante de él.

—No he terminado —dijo Baker. Se llevó el dedo índice al rabillo del ojo y tiró hacia abajo hasta que el párpado descendió de manera pronunciada—. El que le hizo eso a tu papá fui yo. Como lo oyes. Yo.

John entrecerró los ojos y sintió un calor que le subía a la cara.

—Vaya al grano.

—Uf, pero mírate —dijo Baker con una risita—. Tienes los puños cerrados y la cara toda congestionada, igual que un animalito furioso. No irás a pegarme, ¿verdad?

—Márchese de aquí.

—Muy bien. —Baker lanzó una carcajada—. Me marcho. Pero no porque me lo diga un tío como tú. Di a tu viejo que he venido a verlo. Dile que cincuenta mil dólares. Eso es todo lo que tiene que saber. Dentro de poco me pondré en contacto con él para organizarlo. Y si llama a las autoridades, el que sufrirá serás tú. ¿Me has entendido, chulito? Pues díselo a él.

Baker emprendió el regreso hacia el Honda. Oyó que se abría la puerta de la casa, luego una voz autoritaria y unas pisadas rápidas sobre el hormigón, pero no alteró el paso y se dirigió al asiento del pasajero del Honda, se volvió y sonrió al tipo descamisado y de mediana edad que venía corriendo hacia él enfurecido y portando en la mano algo que parecía una porra de hierro. Abrió la portezuela y se dejó caer en el asiento.

—Vámonos —ordenó. Kruger aceleró y se alejó del bordillo.

Alex Pappas salió disparado detrás. Corrió unos metros junto al Honda y cuando éste lo adelantó continuó persiguiéndolo, sabiendo que ya no iba a poder alcanzarlo.

—¡No te acerques a mi familia! —chilló.

El Honda dobló la esquina y se perdió de vista. Alex aflojó la zancada y por fin se detuvo en mitad de la calle. Se inclinó hacia delante y procuró recuperar el aliento. El corazón le latía con dificultad en el pecho.

—Papá —dijo John a su espalda—. Papá, no pasa nada.

Alex se incorporó y dio media vuelta. John había sacado el móvil y estaba haciendo una llamada. Pero Alex se lo quitó de la mano.

—No —le dijo—. Nada de policía.

—¿Estás de broma?

—Ya te lo explicaré. Venga, vamos a entrar en casa.

Se movieron en dirección a la casa, Alex rodeando a su hijo con el brazo.

—¿Estás bien, papá?

—Sí. ¿Te ha dicho cómo se llamaba?

—Me ha dicho que era el hombre que te hizo lo del ojo.

—No te ha hecho daño, ¿verdad?

—No. —John se fijó en la linterna y dirigió a su padre una sonrisa afectuosa—. ¿Qué ibas a hacer con eso?

—Y yo qué sé. No tenía ningún plan. Nada más ver a ese tipo aquí fuera contigo, la he agarrado y he echado a correr.

Vicki los estaba aguardando a los dos en la puerta de la casa.

Era muy tarde cuando Raymond recibió la llamada en su móvil. Se encontraba en casa de su madre, sentado en el antiguo sillón reclinable de su padre, viendo la televisión sin verla, como les ocurre a las personas cuando están pensando con intensidad. El teléfono le sonó dentro del bolsillo, y al contestar oyó la voz de Alex Pappas. Había desaparecido aquel tono afable que había llegado a resultarle tan agradable y tan cómodo en los dos días anteriores.

Alex describió la visita de Charles Baker, el intento de extorsión y la conversación que había tenido con John.

—Ha estado hablando con mi hijo, delante mismo de mi casa —dijo—. Donde duerme mi mujer. ¿Entiendes, Ray? Ha venido a mi casa y ha amenazado a mi hijo.

—Entiendo —respondió Raymond—. ¿Has...?

—No. No he llamado a la policía. Pero la próxima vez la llamaré. Te lo digo para que quede bien claro.

—Me queda claro —dijo Raymond—. Gracias, Alex. Gracias por pensar en mi hermano.

—Tienes que hacer algo —dijo Alex, ya sin la furia de antes.

—Y voy a hacerlo —aseguró Raymond.

A continuación llamó a James, esta vez al apartamento de Fairmont.

—¿Dónde para Charles Baker? —le preguntó.

—¿Por qué?

—Tú dímelo.

—No lo sé exactamente. Duerme en una casa compartida situada en Delafield. Una de esas viviendas para gente que está con la condicional. Dijo que estaba ubicada en el bloque 1300, en el distrito Noroeste.

Raymond cortó la llamada con brusquedad. Se levantó del sillón y fue al sótano, sin hacer ruido para no despertar a su madre. Allí, sobre un banco de trabajo, encontró las herramientas de su padre guardadas en una caja de acero. Ernest Monroe, el mecánico de autobuses, las conservaba ordenadas y limpias. Desde que falleció, Raymond las había utilizado muy pocas veces y las había dejado cada una en su sitio, tal como hubiera querido su padre.

Ernest nunca había tenido una pistola en casa. Decía que era peligroso e innecesario, que habiendo críos no sería más que una tentación que daría lugar a una tragedia. Pero en cambio había modificado algunas herramientas y se las había señalado a sus hijos, por si acaso la familia tuviera necesidad de protegerse. Una de ellas era un destornillador de mango fuerte y cabeza plana cuyo extremo Ernest había fresado en el banco de trabajo hasta darle una forma en punta.

Raymond sacó el destornillador de la caja.

23

De camino al trabajo, muchas veces Alex Pappas se detenía a llenar el depósito de gasolina de su Cherokee en la estación autoservicio de Piney Branch Road. Y tenía dos razones para ello: en aquella estación en particular la gasolina era relativamente barata, y, si quería, mientras estaba allí podía echar un vistazo a su inversión inmobiliaria, que se hallaba situada justo detrás.

No era inteligente tener una propiedad sin alquilar, ya que la ausencia de inquilinos dejaba al dueño a merced de los vándalos y posiblemente hasta de los okupas. Pero Alex no tenía muchos motivos para preocuparse, puesto que su propiedad se encontraba en un vecindario decente y era visible desde una calle muy transitada. Además, estaba bien fortificada por su diseño de ladrillo liso y sin ventanas. La compañía eléctrica había construido la subestación con la intención de confundirla, en la medida de lo posible, con las demás viviendas de aquel barrio.

Así y todo, por más seguro que fuera el edificio, necesitaba encontrar una persona que lo alquilase, aunque sólo fuera para que Vicki dejara de darle la lata. Vicki llevaba razón, por supuesto; casi siempre llevaba razón cuando se trataba de dinero.

Alex estaba sopesando estas cosas, contemplando su edificio, mientras tenía la boquilla del surtidor dentro de la toma de gasolina de su vehículo. Veía el portón ancho y de chapa corrugada que tenía el edificio en la fachada y el pequeño aparcamiento que se extendía delante, el cual el iraní, el último inquilino, había ampliado pagando él el gasto, a fin de alojar a los clientes a quienes vendía alfombras y moquetas.

Cuando el depósito ya estuvo lleno, Alex fue con el coche hasta la fachada del edificio y aparcó. Sacó de la guantera su cinta métrica Craftsman y un juego de llaves que incluía una que abría el portón.

Un poco más tarde bajaba conduciendo por Piney Branch Road, tamborileando con los dedos sobre el volante. Piney Branch Road se convirtió en la calle Trece, y un poco más adelante giró para tomar New Hampshire Avenue y dirigirse hacia Dupont Circle. Era la misma ruta que llevaba tomando desde hacía más de treinta y cinco años. La mayoría de los días, llevaba el pensamiento puesto en las minucias cotidianas y en cosas sin importancia. Pero hoy, no.

Raymond Monroe encontró a su madre en el cuarto de estar, viendo un telediario matutino en la televisión. Llevaba en la mano la bolsa de fin de semana.

—Me voy, mamá.

—¿A trabajar?

—Sí.

—Te he oído hablar por teléfono con esas personas del hospital. Decías no sé qué de un compromiso.

—Sí, tengo que ocuparme de un asunto. Estaba diciéndoles que iba a llegar un poco más tarde.

—Y, por lo que veo, esta noche no piensas venir a casa.

—Voy a quedarme con Kendall y su hijo.

—No me pasará nada.

—Ya lo sé. Eres como el conejito de Duracell.

—A ése también se le agotarán las pilas alguna vez . —Almeda Monroe miró a su hijo de arriba abajo con sus hermosos ojos hundidos en un rostro que el tiempo había surcado de arrugas—. ¿Le va bien a tu hermano?

—Está bien. Bebe demasiada cerveza, pero bueno.

—Tu padre también. Si eso es lo peor que se puede decir de un hombre...

—Exacto.

—Yo me casé con un hombre bueno. Y crie a dos buenos hijos. Yo diría que mi vida ha sido un éxito, ¿tú no?

—Sí, señora —respondió Raymond. Se inclinó y la besó—. Te llamo esta noche, ¿vale?

—Que tengas un día lleno de bendiciones, Raymond.

Yendo calle abajo en su Pontiac, pasó por delante de la casa de Rodney Draper. Se acordó de que tenía que hacerle una llamada, y la hizo mientras conducía en dirección noroeste, a una calle que se llamaba Delafield.

—Pappas e Hijos.

—Quisiera hablar con Alex Pappas, por favor.

Alex, de pie ante la caja registradora, se volvió para mirar a su espalda. John, Darlene, Blanca, Juana y Tito estaban empezando a movilizarse para la hora punta del almuerzo, sin que hiciera falta decirle a ninguno que lo hiciera, llevando a cabo las tareas propias de sus respectivos puestos.

—Al habla.

—Soy Rodney Draper. Le estoy devolviendo la llamada.

—Me alegra que me llame.

—En fin, para serle franco, no le habría llamado, dadas las circunstancias. Ha sido Ray Monroe el que me ha rogado que lo ayudase. Me ha dicho que usted ha cumplido su parte del trato, que yo desconozco a qué se refiere. Me ha dicho que le proporcione toda la información que necesite.

—Ya tengo lápiz.

La mujer se llamaba Elaine Patterson. Los críos de Heathrow la llamaban siempre señorita Elaine. Actualmente tendría ochenta y tantos años y mala salud. Había sufrido un ictus y vivía en una residencia de ancianos situada en Layhill Road, pasada la estación de metro Glenmont de Wheaton.

—Es uno de nuestros ciudadanos más preciados. La señorita Elaine estudió en la escuela unificada, antes de que los tribunales introdujeran a nuestros hijos en el sistema público. El ictus le mermó varias funciones cerebrales y le agudizó otras. Tiene recuerdos muy vívidos del pasado lejano, pero es muy frecuente que no se acuerde de lo que hizo ayer. Habla de forma entrecortada y no puede leer ni escribir. Cuando tengo un rato, yo hago con ella ejercicios orales de historia.

—Tendré en cuenta su salud. Le prometo que no pasaré mucho tiempo con ella. ¿Le importaría decirle que voy a ir a verla, para que no se sobresalte?

—Cómo no. Pero no estoy muy seguro de lo que está usted buscando exactamente.

—Gracias, señor Draper. Le agradezco la llamada.

Alex colgó el teléfono y al volverse vio a Darlene detrás de él. Lo miraba con sus grandes ojos pardos, debajo de los cuales ya se advertían unas bolsas. Por un momento él vio a la jovencita de peinado afro y gorra de chico repartidor de periódicos cubierta de espejitos decorativos, y sonrió.

—¿Qué, estabas escuchando lo que decía?

—Pues no. Vengo a decirte que hoy estamos sin rosbif.

—He visto entrar uno esta mañana.

—Huele raro. No se lo serviría a mi perro.

—Tienes que llamar al carnicero y decirle que nos traiga uno antes de que empiecen los almuerzos. No va a gustarle, pero que se aguante.

—Estaba pensando que podíamos encargarle eso a Johnny. Que experimente en sus carnes el conflicto que tenemos tú y yo todos los días. Va a tener que acostumbrarse a solucionar problemas como ése.

—Cierto.

—Sobre todo ahora que tú desapareces cada vez más.

—Ajá.

—¿Hoy también te vas a ir antes de la hora, cielo?

—La verdad es que sí.

—No estarás pensando en dejar a tu vieja amiga totalmente sola, ¿verdad?

—Totalmente, no. John no está preparado para encargarse del cien por cien. Pero sí que vas a verme menos por aquí, y eso significa que vas a estar un poco más presionada. No te preocupes, ya te subiré el sueldo.

—Ya empiezas a malcriarme otra vez.

—Te lo mereces. Este local no funciona sin ti.

—¿Me estoy poniendo colorada? Porque noto una especie de calor.

—Déjalo ya —dijo Alex—. Venga, prepárate para los almuerzos.

La contempló mientras se alejaba caminando sobre las esterillas de caucho, haciendo girar la espátula al ritmo de la música que llevaba en la cabeza.

Raymond Monroe estacionó el Pontiac en medio de Delafield Place y examinó el edificio. La mayoría de las construcciones que había allí eran casas coloniales individuales, provistas de amplios porches delanteros de columnas pintadas de blanco, levantadas a la sombra de robles enormes y asentadas sobre una ligera pendiente. Era una calle encantadora, y Monroe no vio que fuera una ubicación viable para una vivienda de delincuentes. Pero conforme fue recorriendo el edificio con la mirada, advirtió que aquellas casas no eran tan lujosas. Las fachadas eran de yeso con apariencia de piedra, en lugar de madera o vinilo, y teniendo en cuenta los jardines descuidados y llenos de hierbajos y los cacharros desvencijados que había aparcados delante, había dos o tres candidatas que llevaban la marca ruinosa de viviendas compartidas por delincuentes.

Con sólo llamar a cualquier puerta habría sabido lo que necesitaba saber. Los residentes veteranos que se enorgullecían de sus casas siempre estaban deseosos de señalar con el dedo las viviendas de quienes tendían a cuidar menos de sus propiedades. Pero no quería que nadie lo recordase más adelante. Entornando los ojos, se fijó en que los buzones estaban repletos de folletos y cartas. El cartero pasaba temprano por allí, y eso era bueno.

Monroe se apeó del Pontiac y se ajustó la cazadora de nailon. El destornillador, con la punta cubierta por un corcho, lo llevaba dentro del bolsillo interior de la cazadora, con el mango hacia arriba y la punta hacia abajo.

Fue hasta la primera casa destartalada que estaba más cerca de su coche y subió al porche mirando al mismo tiempo la calle. Fue directamente al buzón y examinó su contenido a toda prisa. Un perro se precipitó a la puerta de entrada y se puso a ladrar. Monroe vio que todas las cartas iban dirigidas a dos personas que tenían el mismo apellido, y abandonó el porche y bajó a la acera. El perro todavía continuaba ladrando cuando cruzó la calle y se encaminó hacia una casa de fachada de falsa piedra pintada de rosa y verde. El jardín necesitaba que le cortaran el césped, y en el porche había varias sillas viejas. Monroe examinó el buzón. Contenía cartas y material publicitario dirigido a diversos nombres masculinos. Sintió que se le aceleraba el corazón cuando llamó con los nudillos en la puerta.

Cuando ésta se abrió, apareció ante él un tipo que tenía una nariz sumamente cómica, por lo larga.

—Sí.

—¿Vive aquí Baker? —preguntó Monroe.

El otro parpadeó con fuerza.

—Está aquí.

Monroe penetró en el vestíbulo de la casa. Le dijo al otro con los ojos que se hiciera a un lado y lo dejara pasar. Ante sí tenía una larga escalera. A su costado, más allá de unas puertas dobles que se encontraban abiertas, había un salón que en otra época debió de estar bellamente amueblado, pero que ahora estaba hecho un desastre. En un sillón hecho trizas estaba sentado un hombre corpulento con la sección de deportes abierta sobre las rodillas.

—¿Dónde está? —preguntó Monroe.

—¿Quién es usted? —dijo el corpulento.

—¿Dónde está? —preguntó Monroe al tipo de la nariz de trombón.

—Estará durmiendo, lo más seguro.

—Usted no es su agente de la condicional —dijo el corpulento.

—¿En qué habitación está durmiendo?

—Usted no es su agente de la condicional, y no tiene derecho a entrar aquí —dijo el corpulento.

—Si estuviera hablando con usted, ya se enteraría —replicó Monroe.

—Voy a llamar a la policía.

—Nada de eso. —El corpulento bajó la vista al periódico. Monroe centró la atención en el napias—. ¿Qué habitación es la suya?

El otro señaló con la cabeza el piso de arriba.

—La primera puerta a la derecha del baño.

Monroe empezó a subir la escalera. La furia que llevaba dentro aumentó de intensidad cuando llegó al rellano y se dirigió a la puerta cerrada para propinarle una patada en la jamba. La puerta se abrió de golpe, y él impidió que volviera a cerrarse y entró. Charles Baker, en calzoncillos, estaba retirando las sábanas y sacando los pies de la cama. Monroe extrajo el destornillador en un solo movimiento, le quitó el corcho de la punta y se arrojó sobre la cama. Golpeó a Baker con un fuerte izquierdazo en la mandíbula que volvió a tumbarlo en el colchón. Acto seguido se sentó sobre él a horcajadas y le apoyó el antebrazo en el pecho para inmovilizarlo, a la vez que le ponía la afilada punta del destornillador en lo alto del cuello. Apretó hasta que el metal perforó la piel y Baker dejó escapar un gemido. Un hilo de sangre le resbaló por la manzana de Adán.

—Cállate —le dijo Monroe en voz baja—. No hables. O te meto este pincho recto hasta el cerebro.

Los ojos color avellana de Baker se quedaron inmóviles.

—No te acerques a Pappas ni a su familia. No te acerques a mi hermano jamás en tu vida. O te mato. ¿Me has entendido?

Baker no reaccionó. Monroe empujó un poco más el arma y vio que la punta se hundía un poco más en la piel de Baker. Ya le corría la sangre cuello abajo. Baker emitió un leve sonido agudo acusando el dolor, pero sus ojos permanecieron fijos. Fue Monroe el que parpadeó.

Sintió una náusea y un súbito escalofrío. La furia desapareció. Retiró el destornillador del cuello de Baker, se quitó de encima de él y se apartó de la cama.

Baker se limpió la sangre. Se incorporó a medias, con la espalda contra la pared, y se frotó la mandíbula en el punto en que Monroe le había propinado el puñetazo. Miró a Monroe y sonrió.

—No puedes —dijo Baker—. Hubo una época en que podías, pero hoy ya no.

—Exacto —respondió Monroe—. No es mi forma de ser, y yo no soy como tú.

—James y Raymond Monroe —dijo Baker con desprecio—. Los chicos buenos del barrio. Hijos de Ernest y Almeda. Vivían en esa casita tan limpia que todos los años recibía una mano de pintura. Todo tan limpio y tan bonito. Lo único que le faltaba era la tarta de manzana enfriándose en la ventana y los pajaritos revoloteando alrededor de ella. Erais los afortunados.

—Cuando eras joven te hicieron daño —dijo Monroe—, pero eso ya no te sirve de excusa.

—Yo merezco cosas.

—Déjanos en paz, Charles.

—Lo pensaré —repuso Baker.

Monroe volvió a guardarse el destornillador en la cazadora, salió de la habitación y bajó las escaleras. Los hombres que estaban en el cuarto de estar no lo miraron cuando abandonó la casa.

En su habitación, Baker se apretó el cuello con los dedos y salió al rellano de la escalera.

—Trombón —dijo en dirección al cuarto de estar—. Te necesito aquí arriba, tío. Y tráete también ese botiquín que tienes.

Trombón, la madre de aquella casa, cortó la hemorragia de la herida lo mejor que pudo, limpió ésta y aplicó Neosporin y después Mastisol, un adhesivo líquido. A continuación puso encima una gasa. Casi inmediatamente, ésta se tiñó de sangre.

—Será mejor que te lo vea alguien —dijo Trombón.

—Sí, está bien.

Baker se puso un pantalón negro y una camiseta color lavanda y se calzó unas botas de cuero que parecían caimanes. Encima se puso su chaqueta morada de pespunte blanco en las solapas. No estaba conmocionado; se sentía casi jovial mientras se preparaba para salir de casa. La visita de Ray Monroe no había hecho más que confirmarle lo que ya sabía. Era como uno de esos animales fuertes que se pasean orgullosos a la vista de todo el mundo, un cazador que no tenía necesidad de disimular sus intenciones. Porque, ¿quién iba a detenerlo? Nadie, al parecer, tenía voluntad de hacerlo.

Charles Baker enfiló Delafield este a pie. Tomaría el 70 en Georgia Avenue para ir al apartamento de Cody. El chico estaba fuera, entregando sus pedidos de mercancía, pero regresaría. Y entonces él redactaría otra carta, esta vez dirigida a Pappas, sin ninguna de las cortesías que incluyó en la carta que le escribió a Whitten. Cody podía ayudarlo con la ortografía y la gramática. No era tan listo como James Monroe, pero tendría que servir.

Iba canturreando por la calle, caminando con seguridad en sí mismo, con las nudosas muñecas sobresaliendo de las mangas un poco cortas de la chaqueta y las manos colgando.

24

Alex Pappas, con la cabeza inclinada, contaba billetes de un dólar bajo el mostrador sin ningún objetivo real, más bien porque le gustaba el tacto del papel moneda al moverse entre los dedos. Mientras trabajaba iba dando la vuelta a los billetes para que la cabeza de George Washington quedase siempre en la misma posición. Para su padre esta costumbre era un fetiche inútil, y para él se había convertido en lo mismo.

Por el poco ruido que había en el local se dio cuenta de que ya había finalizado la hora punta del almuerzo. Lo supo también por el sol, que justo empezaba a penetrar por la cristalera. No le fue necesario mirar el reloj de Coca-Cola para saber qué hora era.

Después de los billetes de uno se puso a contar los de cinco, los de diez y los de veinte, y luego volvió a colocarlos en sus respectivos cajetines. Tomó nota del solitario billete de cincuenta que había deslizado por debajo de la caja registradora. Haciendo un recuento del porcentaje medio del dinero en efectivo en relación con las ventas con tarjeta de débito, era capaz de calcular la facturación del día. Había pasado su vida de adulto trabajando con aquella caja, y se había vuelto un experto en matemáticas al por menor.

Cerró la caja y se alejó por detrás del mostrador, pisando las esteras. Se despidió de Juana y de Blanca, que estaban riéndose de algo que alguna de ellas había dicho en español, y se acercó a John y a Darlene, que estaban hablando del menú de la semana siguiente. Por lo visto, todos estaban de muy buen humor. Era viernes.

—Coge la cazadora —le dijo Alex a John—. Vamos cinco minutos afuera. —Y a continuación le preguntó a Darlene—: ¿Dónde está Tito?

—Ese machote ha salido a entregar un pedido.

—Ya he visto el recibo. Era para la Veintidós y L, así que ya debería haber vuelto. Dale un toque al móvil y dile que deje de socializar. Que se amontonan los platos y los cubiertos.

—Entendido —contestó Darlene—. Te vemos el lunes, ¿no?

—Pienso abrir —replicó Alex—. Como todos los días.

Alex y John cogieron las cazadoras que tenían colgadas en un perchero situado junto al lavavajillas, atravesaron el mostrador y salieron por la puerta principal. Una vez fuera, John siguió a su padre hasta el parapeto decorativamente flanqueado por sendos arbustos. Alex se sentó en el parapeto y se quedó mirando los minúsculos fragmentos de cuarzo incrustados en el hormigón.

—Cuando era pequeño, me pasaba el día entero saltando este muro —comentó Alex.

—Y nosotros también —dijo John—. Gus y yo. Mientras tú trabajabas dentro, nosotros jugábamos fuera.

Alex se los imaginó a los dos, John con unos once años y Gus alrededor de seis, John de pie en el lado ancho del parapeto, preparado para sostener a su hermano pequeño en el caso de que éste se trabara el talón de la zapatilla en el hormigón y resbalara.

—Ya me acuerdo —dijo Alex, frotándose el hombro de manera inconsciente.

—Papá, ¿te encuentras bien?

—Estoy bien.

—Ha sido la carrera que te echaste anoche —rio John—, sin camisa.

—Estaba bien atractivo, ¿a que sí?

—En serio, papá. El abuelo murió del corazón. Tienes que cuidarte.

—Aah. —Alex hizo un gesto con la mano para quitarle importancia—. Mi padre fumaba y llevaba una alimentación inadecuada. Yo me mantengo en forma.

—Ya lo sé.

—Pero no voy a durar para siempre. Tenemos que hablar. Del futuro, quiero decir. Quiero dejarlo todo en orden contigo, por si acaso la palmo.

—Papá, no seas tan griego.

—Sólo digo que quiero que sepas cuáles son mis intenciones.

—De acuerdo.

—¿Ves esa cristalera?

—Sí.

—Si se cuentan los primeros tiempos, cuando empecé a trabajar para mi padre, llevo cuarenta años mirando esta calle a través de ese cristal. Es como si siempre hubiera estado viendo la misma película, una y otra vez. Ya es hora de mirar alguna otra cosa.

—¿Vas a vender el negocio?

—No. Pero vamos a probar algo nuevo, a partir de la semana que viene. Trabajar los dos juntos no nos va a traer nada bueno. Tú no vas a aprender gran cosa estando yo presente, y teniendo en cuenta lo deprisa que te estás poniendo al corriente de todo, yo me estoy volviendo más inútil que las tetas de una mula.

—No te entiendo.

—Las mulas son estériles. No pueden tener mulitas, de modo que las tetas no les sirven para nada. No va a haber descendientes que mamen de ellas.

—Lo que te pregunto es qué es lo que estás intentando decirme.

—Por qué no hacemos una cosa: a partir del lunes, yo abro la cafetería como siempre. Me gusta esa hora del día, y tú eres un joven que aún necesita tener vida social. Me acuerdo de cuando yo era joven y trabajaba aquí, y tenía que levantarme a las cinco de la mañana. Ello dejaba huella en mi vida amorosa, porque no podía salir por la noche. —Alex se señaló el ojo malo con gesto natural—. Y además tenía esto.

—Pero ninguna de esas cosas te impidió conquistar a mamá.

—Eso fue uno de esos casos en los que funciona la química. —Alex sonrió de manera lasciva—. La primera vez que entró en el *magazi*, ya no pudo quitarme los ojos de encima.

—Deja de fanfarronear.

—Bueno, pues como digo, abriré, y tú puedes pensar en aparecer a eso de las ocho, para preparar los desayunos. Yo me quedo hasta la primera hora del almuerzo y me voy a la una. Poco a poco, mi horario irá reduciéndose y el tuyo irá ampliándose. Iremos viéndolo sobre la marcha, pero no creo que tardes mucho en ser capaz de dirigir todo el tinglado tú solo.

—Papá, yo... —John se miró los pies.

—Por una vez, te he dejado sin habla.

—No puedo decir que no quiera eso. Sí que lo quiero. Pero no esperaba que me entregaras las riendas. Nunca he pensado que tuviera derecho.

—Lo vas a hacer muy bien. No tengo la menor duda. Pero tienes que comprender la magnitud de dicho compromiso. No somos propietarios del local. El capital que tenemos es el negocio en sí. Todos los días hay que empezar desde cero. Todos los días hay que hacer girar esa llave. Los empleados se ponen enfermos, pero tú no puedes. Ellos toman vacaciones, pero tú no puedes. Si echas el cierre a la puerta y te vas de vacaciones...

—Los clientes se buscarán otro sitio.

—Ríete si quieres.

—No me estoy riendo.

—Te estoy diciendo que te esperan muchos retos. Ya sabes lo que está ocurriendo con las grandes cadenas comerciales. Tú mismo dijiste que no puedes competir con ellas. La gran incógnita es el casero nuevo y la administradora de la propiedad. Están intentando subir la renta. Deja que sea el señor

Mallios el que negocie con esos *malakas*. Los pondrá de rodillas.

John volvió la cabeza. Por la calle N venía Tito, charlando con una mujer que tendría cinco o diez años más que él. Era una profesional vestida de traje y al parecer estaba disfrutando de la compañía del muchacho.

—A ese chico lo vuelven loco las mujeres —comentó Alex intentando mostrarse desengañado, pero transmitiendo admiración.

Tito se despidió de la mujer, se separó de ella y se dirigió hacia la cafetería.

—Vienes tarde —le dijo Alex cuando lo tuvo cerca.

—Es que he estado...

—Tengo ojos. Tienes platos esperándote. Venga, Tito, mueve el culo. Súbete al caballo.

Tito asintió y se apresuró a entrar por la puerta principal del local.

—Es un buen trabajador —dijo John.

—Lo son todos —repuso Alex—. La mejor plantilla que he tenido nunca. Esto no funciona gracias a ti, ni a mí, sino gracias a los empleados. Has de cuidar de ellos, John. De vez en cuando vendrá una semana floja, facturas que tarden en pagarse. Habrá ocasiones en las que a lo mejor no puedas cobrar tú. Pero, aunque tenga que salir de tu propio bolsillo, siempre tienes que cuidar de los empleados. Cerciórate de que el día de paga no les falte un céntimo. Préstales dinero cuando lo necesiten. En Navidad, mete un poco de dinero de más en los sobres, para que sus hijos y sus nietos puedan tener regalos.

—Sí, señor.

—Voy a conceder a Darlene un aumento de sueldo.

—Desde luego. Se lo merece.

—Y una cosa más: espero de ti que sigas ayudando a los de Walter Reed. La persona de contacto es Peggy, en la casa Fischer.

—Le llevaré postres estupendos al salir de trabajar. Se los llevaré todos los días, si tú consideras que así debe ser.

—A los soldados les gusta lo dulce. Tarta de melocotón, de queso con cerezas, cosas así. No te compliques con cosas raras.

—Entendido. —John miró a Alex con gesto tímido—. Papá.

—Sí.

—Si dejas el negocio en mis manos, te pediría que, en fin, que lo modernices un poco. Que modifiques un poco la decoración.

—Ya me esperaba eso.

—¿No te importa?

—Hay dos cosas que te pido que no cambies —dijo Alex—: Una son las lámparas del mostrador. Ya sé que no te gustan, pero las colgamos tu abuelo y yo juntos, hace muchos veranos. Esas lámparas significan mucho para mí.

—Conforme.

—Y el letrero. El letrero se queda.

—No pensaba tocarlo, papá. Estoy orgulloso de él.

—Yo también.

John Pappas tenía los ojos brillantes de emoción. Alex se levantó del parapeto y se plantó delante de su hijo.

—¿Qué ocurre? —le preguntó.

—Que voy a irme a vivir por mi cuenta —respondió John—. A un apartamento. Pienso que ya es hora.

—Si te apetece.

—Tengo veinticinco años. No mola nada que tú todavía me esperes despierto por las noches. Veo que apagas la luz de tu habitación cuando aparco delante de casa.

—No puedo evitarlo, Johnny. Pero mira, si quieres irte de casa, mi idea es que has de hacerlo.

—Llevo una temporada pensándolo. Si no me he ido antes ha sido porque creía que era mejor que viviera con mamá y contigo. Que tú querías tenerme en casa, después de que muriese Gus.

—Lo sé.

—Estabas hecho polvo. Porque Gus era... en fin, sé que Gus era la persona más importante de tu vida.

—John, no digas eso.

—No pasa nada por que lo reconozcamos todos. Gus era especial. No pasa nada por decirlo.

—John...

—Así que pensé que era importante que yo siguiera viviendo con vosotros. La verdad es que también os necesitaba, porque por dentro me sentía muy mal. Yo también quería a Gus, papá. Gus era mi hermano pequeño.

—Ya lo sé. Pero ya estamos mejor. Y así vamos a continuar.

John dio un paso hacia su padre.

Alex lo atrajo a sus brazos y lo estrechó con fuerza. Ambos permanecieron unos instantes abrazados bajo el letrero del local.

Alex regresó en coche a Maryland. Una vez más hizo un alto frente al edificio que tenía en propiedad para estudiar ciertas cuestiones de espacio y de viabilidad que lo llevaban preocupando desde por la mañana. Cuando terminó de medir y calcular el interior, quedó satisfecho al ver que su instinto no andaba equivocado.

Mientras cruzaba Wheaton, en dirección a la residencia de ancianos en la que se encontraba Elaine Patterson, pensó en su hijo John y en el dolor que venía sufriendo desde la muerte de Gus. En lo egocéntrico y egoísta que había sido él. Le dolía que Johnny supiera que Gus había sido su hijo preferido. Él no lo había negado, y aquello era algo con lo que John iba a cargar en adelante, tal vez durante el resto de su vida. Ya llegaría un momento en que pudieran hablar sin trabas de su relación; pero de momento, entregarle las riendas del negocio, cosa que constituía un gesto y una afirmación, ya era algo con lo que empezar.

«Pero ya estamos mejor. Y así vamos a continuar.»

No era del todo mentira. Era cierto que él estaba mejor de lo que había estado. Había terminado aceptando su tristeza. Se había resignado a la idea de que jamás iba a curarse de la muerte de Gus, de que lloraría por él hasta que él mismo muriese.

Pero tenía a Vicki y a John. Las heridas que había sufrido a los diecisiete años estaban comenzando a sanar. Por delante tenía un nuevo reto. Había sitio para el dolor, y también para las cosas buenas.

25

Lady, la perrita de color castaño que vivía en la sala de Terapia Ocupacional del centro Walter Reed, cruzó al trote el suelo enmoquetado para acercarse al sargento Joseph Anderson, que la había llamado chasqueando los dedos de la mano derecha. La perrita le olisqueó la mano, se la lamió, y permitió que Anderson la rascara detrás de las orejas. Cerró los ojos como si estuviera disfrutando de un sueño placentero.

—Cuando la rasco aquí, se vuelve loca —dijo Anderson.

—Y eso que ni siquiera tiene que servirte de guía —comentó Raymond Monroe.

El sargento Anderson tenía el antebrazo izquierdo apoyado en una tabla acolchada. Raymond Monroe tomó asiento a su lado y se puso a masajearle los músculos. Aquel brazo terminaba en una prótesis en forma de mano decorada con un tatuaje de continuación, la palabra «Zoso», que abarcaba carne y prótesis.

—No me gusta que una mujer me diga dónde poner la mano —dijo Anderson—. Me gusta buscar el sitio yo mismo.

—Te van los retos, ¿eh?

—Cuando se ponen a gemir es como decir, sí, he logrado algo especial. Como decía el cartel: misión cumplida.

Monroe no dijo nada.

—¿Usted cree que me irá bien, Papi?

—¿A qué te refieres?

—A las mujeres. ¿Voy a poder hacerlo cuando salga de aquí?

Monroe miró al joven a los ojos. Deliberadamente, no miró las cicatrices enrojecidas y abultadas que se entrecruzaban por todo el lado izquierdo de la cara.

—Te irá de maravilla —respondió.

Lady se apartó y se fue al otro lado de la estancia para acudir junto a un soldado que la había llamado por el nombre.

—Ya no soy precisamente lo que se dice un tipo guapo, ¿verdad?

—Yo tampoco soy Denzel Washington.

—No, pero seguro que de joven era usted un tío bueno. Fardaba de lo lindo al sol, ¿a que sí?

—Pues sí. Y eso mismo harás tú. Vas a tener que quitarte de encima a las mujeres, chaval. Con esa personalidad que tienes. ¿Cómo la llaman? Contagiosa. Te irá estupendamente.

—Ya veremos —repuso Anderson—. De todas formas, últimamente tengo la sensación de que, no sé, de que ya se me han pasado los buenos tiempos. ¿A usted le ocurre alguna vez?

—Claro —dijo Monroe—. Pero eso forma parte del hecho de ser de mediana edad. Tú acabas de empezar.

—Pues a mí no me lo parece, señor.

—A lo mejor deberías hablar de todo esto con la loquera.

—Es más fácil hablar con usted.

Monroe frotó los pulgares de Anderson profundizando hasta el braquiorradial, el músculo principal del antebrazo.

—Es curioso —dijo Anderson—. La gente cree que allá estábamos viviendo un auténtico infierno. Y desde luego, era muy duro. Pero en medio de la confusión de la guerra y del caos general que nos rodeaba, también había... en fin, yo me sentía en paz conmigo mismo. Se hace raro decirlo, pero es cierto. Todas las mañanas me levantaba sabiendo exactamente en qué consistía mi trabajo. No cabía ni la duda ni la posibilidad de elegir. Mi misión no era liberar al pueblo iraquí ni llevar la democracia a Oriente Próximo, sino proteger a mis hermanos. Y eso era lo que hacía, y jamás me he sentido más feliz. No se ría de mí, pero el año que pasé en Iraq fue el mejor de toda mi vida.

—No me río —repuso Monroe—. Dicen que los hombres necesitan tener una meta. Tú tenías tu misión, y por eso te sentías bien.

—Eso es lo que me tiene deprimido, Papi. Debería estar allí, con mis hombres. Porque no he terminado. Ahora, cuando me despierto por la mañana, tengo la sensación de que me falta un motivo para levantarme de la cama.

—¿Quieres hacer algo? Pues sal y cuéntale tu historia a la gente. Cuenta lo que hiciste. En estos momentos, los habitantes de este país están tan divididos que necesitan muchachos buenos como tú que les digan que formamos una sola comunidad. Que tenemos que reconstruir.

—No me coloque en un pedestal. No me siento orgulloso de todas las cosas que he hecho.

—Yo tampoco. —Monroe dejó de trabajar el brazo de Anderson—. Mira, sargento. A medida que vayas cumpliendo años irás dándote cuenta de una cosa. Con suerte, la comprenderás más deprisa que yo. Que la vida es larga. La persona que eres ahora, las cosas que has hecho, esa sensación que tienes de que tu mundo ya jamás será tan bueno como antes; nada de eso tendrá importancia cuando vayas haciéndote mayor. La tendrá sólo si tú lo permites. Yo no soy la persona que era de joven. Precisamente hoy he tenido un incidente que... digamos que he tenido que caminar muchos kilómetros para darme cuenta de lo mucho que he cambiado. Lo que uno haya hecho anteriormente ya no importa. Lo que importa ahora es de qué manera uno va a realizar el cambio radical. No te va a pasar nada.

—¿Todo eso lo ha sacado de una tarjeta de felicitación, Papi?

—Que te den, tío. —Monroe se sonrojó—. Ya te digo que hables con un profesional.

—Debería haberme dado cuenta de que un fan de los Redskins tenía que ser un optimista. Yo no veo en su futuro ninguna Super Bowl, estando al mando el entrenador Gibbs. ¿Cuántos años tiene, noventa?

—¿Te parece viejo? Pues si el entrenador de los Cowboys llevara los pantalones más arriba, se asfixiaría él solo.

—Ya nos veremos este otoño.

—Dos veces —dijo Monroe.

Volvió a aplicarse a la tarea. Le dio la vuelta al brazo de Anderson y comenzó a trabajar los flexores del cúbito y del radio.

—Sabes, me parece a mí que tienes una depresión de verdad —dijo Monroe—. Deberías hablar con la loquera del centro.

—No es tan divertida como usted —gruñó Anderson—. Eso da gustirrinín, doc.

—No soy médico.

—Pues lo parece.

—Gracias.

Alex Pappas llegó a la residencia situada en Layhill Road y halló a la señorita Elaine Patterson en el comedor colectivo, ubicado no muy lejos del mostrador de recepción en el que se había registrado. Un celador le señaló una anciana de cabello blanco y ralo y gafas que estaba sentada en una silla de ruedas ante una mesa redonda en compañía de otras mujeres de su edad. Llevaba puesto un babero y le estaban dando de comer con una cuchara. Alex se sentó, se presentó, y como reacción recibió únicamente contacto visual. Al salir de la ciudad había comprado unos claveles en una tienda de comestibles, y le dijo a la anciana que eran para ella, pero los conservó de momento sobre las rodillas.

Una vez expresadas las cortesías debidas, no intentó trabar conversación con ella. No deseaba hablar del incidente delante de la mujer que le estaba dando la comida, una africana, a juzgar por su acento. Quería que disfrutase de lo que estaba comiendo, por poco apetecible que pareciera a la vista. Además, en aquel comedor había mucho ruido: conversaciones repetidas, órdenes y peticiones trasmitidas a gritos a los empleados y la voz de una mujer que estaba lanzando tacos igual que un rapero sin que nadie le hiciera caso. En una sala contigua al comedor había una mujer tocando el piano y cantando *One Love, One Heart* en tono desafinado.

La señorita Elaine Patterson se encontraba en un estado penoso. Tenía un lado de la cara, además de hundido y caído por el paso del tiempo, obviamente paralizado, y la mitad izquierda de la boca torcida y babeante. La mano izquierda tenía forma de garra, la pierna izquierda se veía hinchada y carente de tono muscular. Hablaba de forma entrecortada, con largos silencios entre una palabra y otra, y ligeramente gangosa. Debía de tener hijos y nietos, pensó Alex. Permanece viva por ellos.

Cuando le hubieron limpiado de la barbilla la última gota de compota de manzana, Alex le dijo a la celadora africana que él se encargaría de llevar a la señorita Elaine a su habitación. La celadora le preguntó a la anciana si estaba de acuerdo, y ésta dijo que sí.

Alex la llevó por un largo pasillo, más allá del puesto de enfermería. Conforme iba pasando junto a las habitaciones de los residentes, a Alex le llegó el sonido de los concursos de televisión que éstos estaban viendo con el volumen a todo trapo. El olor a orines y a excrementos era débil pero inconfundible.

La habitación de la anciana era individual y daba al aparcamiento. Alex la dejó en la silla de ruedas, al lado de la cama, y bajó el volumen del televisor, en el que se veía una película en blanco y negro de la TCM. Puso los claveles en un jarrón que contenía un ramo de margaritas mustias y con los bordes ya marrones, quitó éstas y puso el jarrón debajo del grifo. Volvió a colocar el jarrón en su mesita, sobre la que también había numerosas fotografías de personas de mediana edad, veinteañeros, niños pequeños y hasta bebés. Acercó una silla y volvió a presentarse repitiendo el nombre que ya le había dicho en el comedor. Le dijo el motivo de su visita y le aseguró que no pensaba quedarse mucho tiempo.

—Me ha llamado... Rodney —dijo ella, una manera de indicarle que procediera.

—Entonces sabrá que yo era uno de los chicos que fueron a Heathrow Heights.

—Sí —contestó la anciana, y le señaló la cara con un dedo de la mano que le funcionaba—. Charles Baker.

—Eso es. Yo soy el chico al que dieron la paliza. —Alex desvió la mirada un instante y luego la posó de nuevo en los ojos negros de la anciana, agrandados por las lentes de las gafas—. Yo estaba en el suelo, boca abajo. No vi el acto mismo del disparo.

—Ni yo... tampoco.

—Pero en el juicio usted refirió lo que había presenciado.

La señorita Elaine afirmó con la cabeza. Se sirvió de la mano buena para acomodar la mala sobre el regazo.

—Yo la vi de pie en el porche de la tienda —dijo Alex—. Y luego se metió dentro.

—Porque... iba a haber... problemas.

—Usted lo vio todo por la ventana. Y luego se volvió para llamar a la policía.

—Para decírselo... al dueño.

—Para decirle que llamase a la policía. Pero ¿qué vio usted antes de apartarse de la ventana?

La señorita Elaine se quitó las gafas y se limpió los ojos con el dorso de la mano. No se sentía molesta. No estaba negándose a contestar. Estaba pensando.

—Vi... al muchachote blanco... salir del coche. Vi que le daban un puñetazo. El pequeño... usted... intentó echar a... correr. Pero lo tiraron al suelo de... una patada. Uno de los hermanos Monroe tenía una pistola... en la mano. El de la pistola...

De pronto se interrumpió. Alex aguardó, pero la anciana no decía nada.

—Por favor, continúe.

—Llevaba una camiseta... con el número diez. Charles estaba gritando... al de la pistola. Charles era... siempre malo.

—¿Y qué sucedió después? —preguntó Alex, percibiendo él mismo un cambio en su tono de voz.

—Llamé a Sal... él llamó a la policía. No vi nada más. Lo siguiente... fue el disparo.

—¿Todo esto lo dijo en el juicio?

—Sí. Testifiqué. No... quería. Los Monroe... la familia entera... eran buenos. No sé por qué aquel chico hizo... lo que hizo. Fue una... tragedia. Para todos vosotros.

—Sí, señora —contestó Alex mirándose las manos, que tenía cerradas en dos puños. Las abrió y respiró hondo.

—¿Por qué? —dijo la señorita Elaine.

Alex no pudo contestar.

Raymond Monroe y Marcus regresaban de la escuela elemental Park View, donde habían estado jugando con una pelota de béisbol en la descuidada cancha que había junto a la escuela, al anochecer. Cuando entraron en casa, la madre de Marcus, Kendall, estaba sentada a la mesa de la cocina leyendo el *Post*.

—¿Lo habéis pasado bien? —les preguntó.

—El chico tiene un buen brazo —dijo Raymond apoyando una mano en el hombro de Marcus.

—Ve a lavarte —ordenó Kendall—, y haz los deberes de lectura antes de cenar.

—Es viernes —dijo Marcus—. ¿Por qué tengo que hacer la lectura?

—Porque si la haces ahora —respondió Raymond—, tendrás el fin de semana entero para relajarte.

—Esta noche juegan los Wizards —dijo Marcus.

—Pues tendrás que hacer los deberes antes de ver el partido —dijo Kendall.

—De todas formas, Gilbert está lesionado —dijo Marcus.

—Aun así los animaremos, ¿vale? —dijo Raymond—. A ver, ¿tú dejarías pasar la oportunidad de verlos jugar sólo porque no está Gilbert?

—¿Si fuera un partido en vivo? ¡No!

—Pues haz la lectura —dijo Raymond—. Cuando hayas terminado, ven a verme. Tengo una sorpresa para ti, hombrecito.

Marcus salió disparado hacia su habitación.

—¿Ya tienes las entradas? —preguntó Kendall.

—Tres —respondió Raymond—. Tráete los prismáticos, nena.

—Gracias, Ray.

Monroe se lavó la cara y las manos en el fregadero y acto seguido subió a la habitación de Kendall. Se sentó delante del ordenador y pinchó el icono del Outlook. A continuación pinchó Enviar y Recibir en su carpeta personal y observó que entraba el correo. Sintió que se le aceleraba el pulso al fijarse en el asunto de uno de los mensajes.

Leyó la carta. Luego la leyó por segunda vez.

En eso, le vibró el móvil dentro del bolsillo. Lo sacó, miró la identidad del llamante en el visor y contestó.

—¿Qué ocurre, Alex?

—Raymond. Me alegro de encontrarte.

—¿Es Charles otra vez? Oye, tío, ya sé que es un problema, pero ya buscaré una manera de solucionarlo.

—No llamo por Baker. Raymond, quisiera...

—¿Qué?

—Quisiera veros a James y a ti esta noche, es importante.

—James está trabajando. Gavin lo ha obligado a hacer un trabajo a última hora.

—Os veo a los dos en el taller.

—Tendría que llamar a James para saber si le viene bien.

—Es importante —repitió Alex.

—Ahora te llamo —dijo Monroe, y cortó la llamada.

Pensaba llamar a James dentro de un minuto. Pero antes necesitaba bajar a darle la noticia a Kendall: Kenji había regresado al puesto de avanzada de Korengal tras un largo período de patrulla. Su hijo estaba vivo.

26

Dos hombres estaban sentados en el interior de un Dodge Magnum orientado en dirección este en Longfellow Street. Habían elegido aquel lugar porque no quedaba debajo de ninguna farola. El Dodge tenía las ventanillas tintadas, pero no hasta el extremo de despertar suspicacias. Ellos eran de Maryland, pero el coche era un mastodonte con matrícula de Washington. Por las inmediaciones circulaban policías en coches patrulla, dado que la comisaría no estaba muy lejos, pero la ley no iba a molestar a dos individuos cercanos a la mediana edad que estaban pasando la tarde conversando dentro de su vehículo. No llamaban en absoluto la atención, daban la impresión de pertenecer a aquel entorno.

Se llamaban Elijah Morgan y Lex Proctor. Tenían treinta y muchos años y eran fuertes, rápidos, de hombros anchos y con un ligero sobrepeso. Podrían haber sido peones camineros o empleados de una ferretería. Morgan tenía una cabeza casi cuadrada, ojos asiáticos y el cabello engominado y pegado a la cabeza. Proctor era moreno, de rasgos finos y bien parecido hasta que sonreía; los dientes eran falsos y lucían un arreglo barato. En su barrio de origen, situado en una zona de Baltimore que quedaba al sur de North Avenue y al este de Broadway, se los conocía como Lijah y Lex.

Morgan estaba sentado detrás del volante y miraba fijamente un edificio de apartamentos ubicado en Longfellow. Se trataba de una estructura de ladrillo liso y sin balcones, con ventanas cubiertas con persianas. Muchas de las viviendas de la primera y la segunda planta tenían las ventanas protegidas por barrotes. El edificio se servía de dos escaleras, en una de las cuales había un cartel con letras blancas en minúscula que decía Longfellow Terrace. Los dos hombres ya habían orinado una vez en unas botellas de agua que habían traído consigo. Llevaban allí desde el anochecer, y no estaban nada contentos al respecto. Ninguno de los dos le tenía ningún afecto a Washington, D.C.

—¿Cómo vamos a saber que es él? —dijo Proctor.

—Lo llamaremos por su nombre. Si reacciona, es que es él.

—Lo que quiero decir es que cómo es físicamente.

—Un tío convencional —contestó Morgan—. No lleva tanto tiempo en la calle. Se viste como en el setenta y cinco. Y tiene una cicatriz alargada en la cara.

—¿Y el blanco?

—¿Tú ves que haya muchos por aquí?

—No.

—Es blanco. Eso es todo lo que te hace falta saber.

—¿Por qué te pones tan borde?

—Vale. El muchacho tiene una fila de hoyuelos.

—¿En la cara?

—No, gilipollas, en el culo.

—¿Lo ves? —dijo Proctor—. Siempre estás haciéndote el gracioso.

Proctor, en el asiento del pasajero, se inclinó hacia delante. El artilugio que llevaba sujeto y que le cruzaba la espalda, por debajo de la camisa color crema, lo molestaba porque se clavaba en el asiento. Esperaba que no tardasen mucho en salir el viejo o el blanco.

—Detrás de este edificio hay un callejón —dijo Proctor—. ¿No es así?

—Como en todas las calles de esta ciudad —replicó Morgan.

—Al primero que salga, lo llevamos al callejón.

—De acuerdo —contestó Morgan, y de pronto lanzó una carcajada por algo que le vino a la cabeza.

—¿Qué es lo que te divierte tanto?

—En la cara —dijo Morgan, meneando la cabeza—. Mierda.

Charles Baker estaba sentado delante del ordenador, luchando con la carta que le estaba escribiendo a Alex Pappas. Intentaba dar con el tono adecuado, y estaba atascado en una frase que no le sonaba correcta del todo.

—«Dame lo que te pido, y ya nunca más no tendrás noticias mías.» ¿Así es como lo dirías tú, Cody?

—Así es como lo dirías tú —respondió Cody Kruger—. Pero deberías redactarlo de otra forma.

—¿De cuál?

—Debería ser: «Nunca más tendrás noticias mías.»

—Mierda, tienes razón —dijo Baker al tiempo que volvía al teclado para corregir el error—. Esto me pasa por no haber terminado el instituto.

—Yo tampoco lo terminé.

—¿Y cómo sabes estas cosas, entonces?

Kruger se encogió de hombros. A continuación se enfundó su cazadora Helly Hanson y se metió dos bolsitas de hierba de una onza cada una en los bolsillos interiores. No le había hecho al señor Charles ninguna pregunta acerca de la gasa que llevaba en el cuello ni del moratón que lucía en la mandíbula; supuso que no sería más que otro día desafortunado que había tenido, y no quiso agravar la cosa trayendo el tema a colación.

—Tengo que entregar estas dos últimas onzas —dijo Kruger.

—¿Has sabido algo de Deon, tu colega?

—No.

—Ahora resulta que su madre no coge el teléfono. No importa. De todas formas no los necesitamos.

—Pero ¿qué vamos a hacer? Dominique y su gente todavía no se han puesto en contacto con nosotros. ¿No le parece raro?

—Estarán pensando en cómo llegar a un acuerdo con nosotros, nada más. Pero mira, cuando Pappas me pague este dinero ya no tendremos necesidad de traficar con marihuana. Ni siquiera me gusta este negocio, tío. Estoy pensando que cuando tenga el dinero lo compartiré contigo. No al cincuenta por ciento ni nada parecido, pero te daré un pellizco. Porque me has sido leal, Cody. Eres mi colega.

—Gracias, señor Charles.

—Puedes tutearme. Te lo has ganado.

—De acuerdo —dijo Kruger—. Me voy.

Kruger salió del apartamento, cruzó el rellano y bajó las escaleras con el pecho hinchado de orgullo. Muy bien, así que Baker era un poco bobo y memo con sus planes. Ponerse a escribir cartas, cuando podía sencillamente hablar con aquel tío cara a cara. Quedar con abogados para comer. Pretender controlar al principal traficante de hierba de toda la zona. Pero Baker tenía suficiente buena opinión de él para considerarlo su igual. No al cincuenta por ciento, pero bueno. Ya era algo que a uno lo tratasen como un amigo y como un hombre.

«Puedes tutearme.» Nunca había sentido un respeto semejante, ni en casa ni en el colegio.

Cody salió de la escalera del edificio al aire de la noche. Fue hasta la acera y se encaminó hacia su coche. Dos individuos mayores que él se habían apeado de un vehículo que parecía una camioneta y venían andando en su dirección. Eran corpulentos, pero al parecer iban a lo suyo. Cuando los tuvo más cerca, vio un arma pequeña que surgía de la chaqueta de uno de ellos.

«Esta noche, no», pensó Cody. Le flaquearon las rodillas. Quiso echar a correr, pero no pudo. Enseguida los tuvo encima.

—No pienses en salir corriendo. —Tenía a uno de los hombres en la cara, apretándole el costado con el cañón del arma.

—¿Dónde tienes el coche? —le preguntó el otro, que se había situado a su espalda y le hablaba en voz baja al oído.

—Llévanos —dijo el de la pistola. Tenía la cabeza cuadrada, ojos de chino y pelo engominado—. Y abre todas las puertas a la vez.

Kruger los condujo hasta el Honda con la esperanza de ver alguien por la calle, con la esperanza de que, por una vez, pasara por allí la policía. Pero no había ni un alma. Desbloqueó las cuatro puertas con la llave que se sacó del vaquero. Lo obligaron a subirse al asiento del conductor sin dejar de encañonarlo. El de la pistola se acomodó en el asiento trasero y el otro se subió a su lado.

—Pon las manos en el volante y apoya la frente en él —ordenó el hombre sentado a su lado.

Kruger obedeció. Se le escapó una ventosidad sin querer, y el del asiento trasero soltó una risita.

El del asiento del pasajero fulminó con la mirada al de atrás, y seguidamente cacheó a Kruger, que seguía inclinado. Encontró un teléfono móvil y dos bolsitas de hierba. Después le dijo a Kruger que se echara hacia atrás y le devolvió el móvil y la marihuana.

—Ve al callejón —ordenó Elijah Morgan desde el asiento trasero. Al ver que Kruger no se movía, le dijo—: Date prisa, chico. Sólo queremos hablar contigo.

Kruger arrancó el Honda y fue hasta la parte posterior del edificio. Le castañeteaban los dientes. Él creía que aquello sólo les sucedía a los personajes aterrorizados de los dibujos animados.

—Sigue —ordenó Proctor, sentado a su lado. Kruger avanzó despacio hasta que llegaron a un punto del callejón al que no llegaba la luz procedente de las ventanas de los apartamentos. Allí la oscuridad era casi total.

—Aquí mismo —dijo Proctor—. Apaga el motor.

Kruger apagó el motor.

—¿Qué apartamento es el tuyo? —dijo Morgan.

—El doscientos diez.

—¿Está el viejo ahí arriba, en este momento?

Kruger afirmó con la cabeza.

—¿Está cachas?

—No.

—¿Está solo?

—Sí.

—Lo que necesito que hagas es lo siguiente —dijo Morgan—: llamas al viejo con tu móvil. Le dices que te has olvidado de una cosa y que vas a volver al apartamento a por ella. Pon el manos libres para que podamos oír la conversación.

Kruger marcó el número del móvil de Baker y activó el manos libres.

—Sí, chaval —respondió Baker.

—Voy a volver.

—¿Tan rápido?

—Es que aún no he terminado. Se me ha olvidado el iPod.

—Tú y tus cachivaches.

—Enseguida estoy ahí, señor Charles.

—Me parece que te dije que... Está bien, usa el código.

—De acuerdo.

Kruger cortó la llamada. Proctor le quitó el móvil de la mano y se lo guardó en el bolsillo de la chaqueta.

—¿Qué código es ése? —preguntó Morgan desde el asiento de atrás.

—Le gusta que llame a la puerta de una manera determinada cuando vuelvo a casa —explicó Kruger—. Antes de meter la llave.

—¿Qué llave?

Kruger retiró las llaves del contacto y enseñó la que correspondía al apartamento. Proctor cogió el juego completo.

—¿Cómo es el código, exactamente? —preguntó Morgan.

A Kruger le tembló el labio.

—Dínoslo —ordenó Proctor en tono suave—. Lo que le va a ocurrir le va a ocurrir.

—Golpe, pausa, golpe, pausa, golpe —dijo Kruger.

—Repítelo sobre el salpicadero —dijo Morgan.

Kruger lo tamborileó con los nudillos.

—Es como el código de Morris, Lijah —dijo Proctor sonriendo al hombre de atrás.

Ahora uno de ellos había pronunciado el nombre del otro. Kruger sabía lo que significaba aquello. Se le vació la vejiga en los calzoncillos. La orina fue oscureciendo lentamente los vaqueros y su olor se extendió por el interior del coche.

—Oh, mierda —dijo Proctor.

—No se lo voy a decir a nadie —dijo Cody Kruger—. De verdad.

Morgan levantó su Colt Woodsman y disparó a Kruger en la nuca. La bala del 22 le destrozó la tercera cervical y todo se le volvió negro. Se desplomó de costado y la cabeza le quedó apoyada en la ventanilla del lado del conductor. Hubo poca sangre, y el pequeño calibre de la bala permitió que el disparo no se oyera apenas en el exterior del vehículo. Las Nike Dunk que llevaba Kruger, ribeteadas de cuero y cáñamo, se agitaron suavemente contra el suelo del Honda.

—Conduce tú —dijo Morgan.

—Muy bien.

—Yo estaré en la camioneta, esperándote —dijo Morgan—. En cuanto me haya deshecho de este coche.

—Date prisa. No tardaré mucho.

Proctor se apeó del Honda y echó a andar por el callejón. Cuando dobló la esquina y salió a la fachada delantera del bloque de apartamentos, vio un monovolumen de la policía del 4.º Distrito viniendo por la calle, con las luces destellando. Una vez que hubo pasado de largo, extrajo unos guantes de látex de la chaqueta y, al aproximarse a la escalera, se los enfundó en las manos.

Raymond y James Monroe estaban en el taller de Gavin, junto a un Ford Courier blanco, del 78. El coche tenía el capó levantado y varios trapos extendidos sobre los bordes de las aletas. Encima de uno de ellos descansaba una lata de Pabst Blue Ribbon. James Monroe la cogió y bebió un largo trago.

—Alex Pappas no tardará en llegar —dijo Raymond—. ¿Por qué no acabas el trabajo?

—Ya casi estoy —repuso James—. Y por cierto, ¿qué es lo que quiere?

—Ha estado hablando con la señorita Elaine. Por lo menos, eso es lo que le pedí a Rodney que le facilitase.

—¿Por qué?

—Porque ha hecho lo que le rogué. Charles Baker ha amenazado a su familia, en cambio él no ha llamado a la policía. Lo ha hecho por ti, James.

James se rascó la nuca y bebió otro trago de cerveza.

—¿Qué deberíamos hacer con Charles?

—Ya lo he hecho yo. He ido a su casa y le he leído la cartilla. No sé si será lo bastante listo para hacer caso.

—Ya se verá.

Raymond cambió el peso de una pierna a otra.

—He estado a punto de matarlo, James. Llevaba encima el destornillador que afiló papá con la fresadora.

—Ya me acuerdo.

—Te juro por Dios que estuve a punto de clavarle ese destornillador en todo el cuello.

—Pero no se lo clavaste.

—No.

—Porque tú no eres así. Tú tienes a muchas personas que cuentan contigo. Ese niño, y también tu propio hijo. Por no mencionar a todos esos soldados con los que trabajas en el hospital.

—Es cierto. Tengo muchos motivos para no cometer tonterías.

—Y de todas formas, no es necesario matar a Charles —dijo James—. Ya está muerto.

Raymond asintió con un gesto.

—Tráeme de ahí una llave de tuercas —dijo James—. Y ya que estás al lado de la nevera, acércale a tu hermano mayor una cerveza fría.

—Tú la tienes igual de cerca que yo. ¿Por qué no te molestas un poco?

—Por la cadera.

Raymond Monroe fue hasta el banco de trabajo e hizo lo que le habían pedido.

27

Charles Baker leyó la carta que tenía en la mano. Estaba muy bien. No iba dirigida a nadie en particular por razones de seguridad, pero desde luego era de lo más convincente. Mencionaba a la familia varias veces en el espacio de dos párrafos. No decía lo que pensaba hacerle si no recibía el dinero, pero de todas formas transmitía el mensaje. Dejaba implícito que las consecuencias recaerían sobre la familia Pappas si a él, Charles Baker, se le hiciera caso omiso.

Baker había oído muchas veces que «la familia lo es todo», y suponía que era posible que fuera verdad. Por supuesto, en su experiencia personal, la familia, así como la lealtad en general, no había sido nada.

Baker no había conocido a su padre natural. Su madre, Carlotta, una alcohólica aficionada a las bebidas de fuerte graduación, difícilmente había constituido un elemento afectivo de su vida. Había heredado la casa que habitaba, una vivienda de dos dormitorios cuyos muros habían perdido numerosos tablones de madera que dejaban a la vista el revestimiento de papel alquitranado y que se caldeaba por medio de una vieja estufa de leña. El tejado tenía goteras, y cuando se rompía una ventana quedaba rota para siempre.

En cierta ocasión fue de visita Ernest Monroe con sus hijos, James y Raymond, y pusieron ventanas nuevas con masilla y unos junquillos de metal que el señor Monroe denominó puntas de cristalero, en un intento de enseñar algo a Charles. Pero Charles no quería aprender. La familia Monroe creía estar actuando como buenos cristianos al ir a la casa de su madre a arreglarle las ventanas gratis, creían que estaban ayudando a las personas necesitadas del barrio, haciendo la obra de Dios y todo eso. La verdad era que a Charles nunca le cayó bien aquella familia. Los dos chicos alardeando, pasando a su padre las herramientas, la navaja para la masilla y aquellos putos junquillos. Y el padre con aquel empleo suyo de operario de los autobuses, vestido de uniforme como si ello significara algo, cuando en realidad era poco más que un mecánico. A Charles no le gustó que acudieran a su casa actuando con aquellos aires de superioridad, ni que vieran el pozo de mierda en el que vivía y sintieran compasión de él. No necesitaba su simpatía.

Charles no tenía padre, pero en su casa sí había hombres. Uno en particular, Eddie Offutt, que afirmaba que trabajaba en la construcción pero se pasaba durmiendo las monas que pillaba hasta las doce del mediodía. Offutt había estado presente durante la mayor parte de la infancia de Baker. Cuando cenaban, le gustaba observar a Charles desde el otro lado de la mesa con ojos húmedos y maliciosos. Por la noche Charles lo oía reír y beber con su madre, y también los oía discutir, y a continuación la bofetada en la cara y los sollozos de su madre, y después el típico sonido de follar en la cama de ella. En ocasiones, Eddie Offutt entraba en su habitación por la noche y le hablaba muy suavemente con aquel olor a alcohol en el aliento, le tocaba sus partes con sus manazas y se le metía en la boca. Le decía que aquello no era nada malo, aunque los demás no lo entendieran. Que si lo contaba haría correr la voz entre los demás chicos del barrio. Más tarde, en aquellas mismas noches, Charles, tumbado en su colchón, oía ladrar a los perros de los jardines vecinos y contemplaba las sombras negras de las ramas de los árboles, que le parecían garras que intentaban apoderarse de las paredes de su habitación. Entonces cerraba los puños con fuerza mientras le corrían las lágrimas por la cara dejando churretones de suciedad y pensaba: «¿Por qué no habré nacido yo en esa casa de más abajo, la que está recién pintada? ¿Por qué no conozco cómo se llaman las herramientas, las piezas que hay debajo del capó de los coches, los jugadores de los equipos de baloncesto? ¿Por qué no puede abrazarme un hombre que me quiera, en vez de que me toquetee uno como éste?»

No era sólo Offutt. También lo traicionaron los amigos. Larry Wilson había sido su compañero de correrías de pequeño, un amigo de verdad. Pero Larry se alistó en las Fuerzas Aéreas mientras él cumplía su primera condena de prisión, y cuando salió, Larry estaba trabajando para el Servicio de Parques desempeñando el puesto de una especie de Ranger, en el oeste de Virginia. Años más tarde, cuando Larry ya era un hombre de mediana edad, en una ocasión en que fue de visita a Heathrow, se apresuró a meter a su familia en el coche en cuanto vio a Charles acercarse andando por la acera. Aquello fue lo que hizo Larry. Y en lo referente a los hermanos Monroe, mierda, aguantó el tipo y fue a la cárcel detrás de ellos. Y ahora le volvían la espalda. Para ellos no significaban nada la lealtad y la amistad. Así que mucho menos todavía para él.

No importaba. La segunda mitad de su vida iba a ser diferente. Dentro de poco iba a verse con dinero. Tenía planes.

En eso, se oyó el tintineo de unas llaves al otro lado de la puerta de la calle. Después siguieron unos golpes en la puerta: golpe, pausa, golpe, pausa, golpe.

No era el código.

Charles Baker se levantó del asiento y retrocedió hasta el dormitorio, donde Cody tenía guardada el arma.

Lex Proctor estaba en la escalera del segundo piso, escuchando. Había llamado a la puerta tal como le había dicho el chico blanco y no había recibido respuesta alguna, tan sólo el roce de una silla y varias pisadas.

Introdujo la mano en el bolsillo interior de la chaqueta y sacó una 38 con cinta adhesiva enrollada en la empuñadura.

Metió la llave en la cerradura, la hizo girar y se coló en el apartamento. Cerró la puerta con la espalda, manteniendo la vista al frente. Oteó el cuarto de estar y la cocina. No se veía a nadie. Pero sabía que el viejo estaba en casa.

Había un pasillo. Proctor caminó por él con cuidado.

Le daba satisfacción sentir la presencia del cuchillo que llevaba en una funda bajo la camisa, en la espalda. Había pagado mucho dinero por él, y era su posesión más preciada. La hoja medía más de treinta centímetros y llevaba dibujada un ave. El mango, de doce centímetros, era de madera lacada. El pomo era grueso y estaba hecho de plata. Era una daga, y llevaba peso añadido para ser lanzada. No era un cuchillo de caza, sino un cuchillo para la lucha cuerpo a cuerpo. Estaba diseñado para combatir con un hombre y matarlo. Con él se podía apuñalar o rajar, igual que con una espada. Los profundos cortes que dejaba, debido a su peso, confundían a los forenses. Los adversarios caían presas del pánico con sólo mirarlo. Aquél no era ningún falso cuchillo como el de Rambo; su nombre era Arkansas Toothpick, y era una herramienta para asesinar.

Proctor pasó por delante de la puerta abierta de un cuarto de baño y no vio nada. Continuó avanzando por el pasillo, al final del mismo llegó a una puerta cerrada, probó el picaporte y descubrió que tenía echada la llave. Llamó a la puerta con los nudillos, y al oír un sonido hueco dio un paso atrás, sacó el hombro y embistió.

Charles Baker estaba de pie junto a la cómoda, mirando como tonto un cajón que contenía calzoncillos y nada más. Cody se había deshecho de la pistola.

Por lo menos había intentado advertirlo revelando un código que no era. Dedujo que Cody había sido asesinado. Y quienquiera que se lo hubiera cargado iba a matarlo ahora a él. Oyó unos pasos en el pasillo.

Miró la ventana. Sólo había una caída desde un segundo piso al callejón, pero la ventana tenía barrotes. Ni pistola ni medio de escape. Una vida entera jodiéndose, y aquí estaba ahora. Si fuera de esas personas que le encuentran el humor a cosas así, tal vez se hubiera echado a reír.

El hombre llamó a la puerta. Baker se volvió hacia ella.

La puerta se hizo mil pedazos. El hombre irrumpió en la habitación y se irguió. Era corpulento y parecía ágil a pesar de su peso. Empuñaba una pistola sin mucha fuerza, a un costado.

—¿Quién le envía? —preguntó Baker.

El intruso no dijo nada.

—Diga cómo se llama —ordenó Baker, pero el otro se limitó a mover la cabeza en un gesto negativo.

Baker introdujo la mano en el bolsillo de su pantalón negro y sacó su navaja plegable con mango de imitación de nácar. Apretó el botón y la hoja saltó de la empuñadura.

—¿Piensa hacer lo que sea desde ahí? —dijo—. ¿O va a actuar como un hombre y venir aquí?

Lex Proctor sonrió. Mostró una dentadura gris de plástico. Volvió a guardarse el revólver en el bolsillo de la chaqueta, metió la mano por debajo de la camisa y extrajo el largo cuchillo de su funda. Baker abrió unos ojos como platos. Instintivamente levantó el antebrazo para cubrirse la cara.

Proctor cruzó la habitación muy deprisa. Blandió el cuchillo igual que una espada y descargó la hoja del mismo sobre la muñeca de Baker. Baker soltó la navaja, con el brazo inutilizado y la mano balanceándose como si tuviera una bisagra. Durante un instante, Proctor estudió a su presa. Después, con un gruñido, le clavó el cuchillo a Baker en el cuello. La hoja seccionó carne, músculo y arteria, y levantó una rociada de sangre que envolvió a Proctor cuando éste lo acuchilló de nuevo. Luego giró la empuñadura en la mano para sujetarla con más fuerza y, cuando Baker se derrumbó contra la pared, le hundió el cuchillo en el pecho y se lo retorció en el corazón. Lo apuñaló igual que un carnicero cegado por la saña, diligentemente, una y otra vez, hasta mucho después de que hubiera desaparecido toda luz de los ojos de Baker. Por fin éste se desmoronó sobre la madera del suelo.

Proctor retrocedió unos pasos para recobrar el aliento. El esfuerzo lo había cansado. Devolvió el cuchillo a su funda y salió de la habitación. Al abandonar el apartamento tras echar una ojeada a la escalera por la puerta entreabierta, se detuvo una vez más en la entrada para cerciorarse de que no lo viera nadie.

Atravesó el breve jardín que había delante del bloque de apartamentos y se subió al asiento del pasajero del Magnum, que lo aguardaba con el motor al ralentí. Se quitó los guantes y los arrojó al suelo del coche.

Elijah Morgan examinó a su compañero. Proctor tenía el torso, la camisa y la chaqueta empapados de sangre.

—Vienes hecho un Cristo.

—Ese tipo lo ha convertido en algo personal.

Pusieron rumbo hacia la salida de la ciudad, y cuando llevaban medio camino por la 295 encontraron una emisora de radio que les gustó.

28

Tres hombres estaban sentados en un callejón bajo la luz de una bombilla de emergencia y un letrero toscamente pintado que decía Taller Gavin. Dos de ellos, Alex Pappas y Raymond Monroe, estaban encima de unas cajas de madera colocadas en posición vertical; el tercero, James Monroe, se había puesto cómodo en una silla plegable que le había traído Alex de la parte de atrás de su Jeep. Los tres estaban bebiendo cerveza. James tenía la suya apoyada en un soporte practicado en la lona del reposabrazos de la silla.

Raymond le había contado a Alex que Kenji había enviado un correo electrónico, pero tuvo cuidado de no extenderse mucho sobre el tema, por respeto al fatídico destino que había sufrido el hijo de Alex.

—A Kenji todavía le queda mucho antes de regresar a casa —dijo Raymond—. Me parece que le van a ampliar el período de servicio.

—Que Dios lo proteja —dijo Alex, el comentario que solía hacer cuando hablaba de los hombres y las mujeres que servían en el extranjero. Sabiendo, de forma racional, que Dios no tomaba partido en la locura humana de la guerra.

James dio un trago a su cerveza y se limpió lo que le resbaló por la barbilla.

—Esto está muy bien. Estar aquí sentados, al fresco, tomando una cervecita fría. Pero tengo que terminar de cambiar las correas y los manguitos de ese Courier.

—Dijiste que era importante —le dijo Raymond a Alex, para completar lo que pensaba James.

—Sí —repuso Alex.

—¿Tienes algo que decirnos? —preguntó James.

—Que lo siento —dijo Alex—. Eso es lo primero que quiero decir. He caído en la cuenta de que nunca os he dicho eso. Y he pensado que ya era hora.

—¿Por qué? —dijo Raymond.

—Es curioso —dijo Alex—. Hoy, la señorita Elaine me ha preguntado lo mismo. No me quedó claro a qué se refería, pero puedo suponerlo. ¿Por qué lo hicimos? ¿Por qué tuvimos que entrar en vuestro barrio aquel día?

—¿Y bien?

—La sencilla respuesta es que todos estábamos atontados. Hasta arriba de cerveza y de hierba, un día de verano sin otra cosa que hacer más que buscar camorra. No teníamos nada contra vosotros. No os conocíamos. Erais los del otro extremo de la ciudad. Fue como tirar una piedra contra un nido de avispas, o algo así. Sabíamos que estaba mal y que era peligroso, pero no pensábamos que fuera a hacer daño a nadie.

—¿Que no iba a hacer daño? —repitió James—. Tu amigo gritó «negrata» por la ventanilla del coche. Podría haber ido dirigido a mi madre o a mi padre. ¿Cómo no va a hacer daño algo así?

—Ya lo sé. Lo sé. Billy era... —Alex intentó encontrar la palabra adecuada—... Billy estaba mal de la cabeza, tío. Por culpa de su padre. No era ni siquiera odio, porque él no llevaba eso dentro. Era un buen amigo. Cuidaba de mí, incluso en el momento final. Estoy convencido de que le habría ido bien en la vida. Si hubiera vivido, si hubiera salido de aquella casa y hubiera entrado en el mundo, él solo, le habrían ido bien las cosas. Estaría sentado aquí con nosotros, tomándose una cerveza. Seguro. Si hubiera sobrevivido a ese día.

—¿Y tú? —preguntó James—. ¿Cuál es tu historia?

—Lo que quiere decir mi hermano es por qué estabas con ellos —explicó Raymond—. Porque es algo que hemos comentado. Y los dos recordamos que simplemente ibas en el asiento de atrás. Ni gritaste ni lanzaste nada. Entonces, ¿qué hacías allí?

—No fui un participante activo —contestó Alex—. Eso es verdad. Pero eso no me absuelve de toda culpa. Podría haber sido más fuerte y haberle dicho a Billy que no hiciera lo que estaba a punto de hacer. Podría haberme bajado del coche en el semáforo que había a la entrada de vuestro barrio. Si hubiera hecho eso y me hubiera vuelto a casa, ahora no llevaría esta maldita cicatriz. Pero no lo hice. La verdad es que siempre he sido un pasajero, siempre he ido en el asiento de atrás. No se trata de una excusa. Ya os digo que soy así.

James, con una expresión impenetrable en los ojos, hizo un gesto de asentimiento. Raymond mantuvo la vista fija en los adoquines del callejón.

—¿Y vosotros? —dijo Alex—. ¿Hay algo que queráis decir?

Raymond miró a James, imponente e implacable en su silla.

—Muy bien —dijo Alex—. Pues entonces voy a seguir. ¿Os acordáis del otro día, cuando estuvimos aquí mismo? El día en que te conocí a ti, James. Tu hermano y tú estuvisteis repitiendo por enésima vez vuestra discusión de toda la vida, lo de Earl Monroe frente a Clyde Frazier. Raymond, mientras hablabas de ello vi que te cruzaba una sombra por la cara.

—Fue una sombra muy pequeña —replicó James obligándose a esbozar una sonrisa—. Fue porque ese enano de Gavin había entrado en el taller para echarme la bronca. Ese tío nos amarga la vida a todos, ¿a que sí, Raymond?

Raymond Monroe no reaccionó.

—Eso es lo que pensé yo también —repuso Alex— en aquel momento. Pero luego estuve pensando un poco más. Hace mucho, cuando yo era un adolescente, en los años setenta, uno no podía comprarse camisetas de jugadores profesionales como hoy. Puede que las compraran los chavales de clase alta, pero no recuerdo haber visto ninguna. Nos las fabricábamos nosotros mismos, pintándolas con un rotulador. Cogíamos una camiseta blanca y poníamos el nombre y el número de nuestro jugador favorito en la parte de delante y en la de atrás, íbamos a las canchas y jugábamos como si fuéramos ese jugador. Sé que vosotros hacíais eso mismo. Yo me pinté una camiseta con el nombre de Gail Goodrich, el bajito que jugaba en la posición de escolta de los Lakers.

—Un blanco procedente de UCLA —dijo James—. Lo llamaban Stumpy. También tenía un buen tiro.

—Sí —dijo Alex—. Goodrich llevaba el número veinticinco. Y también me hice una camiseta de Earl Monroe, que llevaba el número quince cuando jugaba para los Knicks.

—Eso ya lo sabemos —dijo Raymond—. ¿Por qué no nos dices adónde quieres ir a parar?

—Tengo en mi poder las transcripciones parciales del juicio —dijo Alex—. No recordaba casi nada de ellas y no estuve presente durante todo el proceso, así que sentí curiosidad. Lo único que recordaba era que vosotros erais tres. Dos llevabais el pecho descubierto y el otro llevaba puesta una camiseta. La transcripción decía que el que disparó iba vestido con una camiseta en el momento del asesinato.

—¿Y? —dijo James—. Yo llevaba puesta la camiseta cuando me detuvieron. No es ningún secreto.

—No he terminado —replicó Alex—. La señorita Elaine me ha dicho que el chico que empuñaba la pistola llevaba una camiseta con un número pintado a mano. Tiene una memoria estupenda a largo plazo, a pesar del ictus. Me ha dicho que el número de dicha camiseta era el diez.

—Di lo que estás pensando —lo instó Raymond.

—Es posible que llevaras puesta esa camiseta cuando te detuvieron, James. Pero ni por lo más remoto te habrías puesto una camiseta de Clyde Frazier cuando te levantaste de la cama aquel día. Tú eras un admirador de Earl Monroe, hasta la médula de los huesos. Todavía lo llamas Jesús.

—Ve al grano —dijo James.

—Tú no disparaste a Billy Cachoris —dijo Alex, y a continuación posó la mirada en Raymond—. Fuiste tú.

—Exactamente —dijo Raymond Monroe en tono sereno—. Fui yo el que mató a tu amigo.

29

—Todo sucedió muy deprisa —dijo James Monroe.

—James tenía una pistola que se había comprado robada —dijo Raymond—. Yo acababa de descubrirla la noche anterior. La información me la había pasado Charles. Aquella mañana me la guardé en la cintura y la disimulé con la camiseta de Frazier. Cuando un chaval se encuentra una pistola, tiene que empuñarla. Precisamente por esa razón, mi padre nunca tuvo ninguna en casa. Sabía lo que pasaría.

—Cuando aparecisteis vosotros en la calle —dijo James— y Charles le partió los dientes a tu amigo y después te tiró a ti al suelo, Raymond se puso hecho una fiera.

—Era joven e impulsivo —dijo Raymond—. Y como era joven y además chico, admiraba a Baker. Él era peligroso y astuto, todo lo que quería ser yo en aquella época. Saqué la pistola y apunté a tu amigo. James ni siquiera sabía que la tenía yo. Me rogó que no disparase. Pero Charles no dejaba de meterme caña, tío. Terminó ganando él, y yo le disparé a tu amigo en la espalda. —Raymond se mordió el labio inferior para reprimir las lágrimas que le habían acudido a los ojos—. Cuando vi lo que había hecho, me sentí fatal. James me quitó la pistola de la mano y me apartó de allí. Nos fuimos corriendo a casa de mis padres, porque estaban trabajando. Nos metimos en nuestro dormitorio, y allí fue donde trazamos un plan. Yo era incapaz de pensar con claridad...

—Pero yo no —intervino James—. Yo sabía lo que había que hacer. Raymond era demasiado pequeño para ir a la cárcel. Yo sabía que no soportaría estar encerrado, ni siquiera en un reformatorio. Mi padre me había encargado que cuidara de él, y eso hice. Limpié bien el arma y me aseguré de que llevara mis huellas antes de volver a guardarla en mi cajón. Le quité a Raymond la camiseta manchada de sangre y me la puse yo. Y así fue como me encontró la policía cuando entró por la puerta.

—Así que Charles Baker también estaba en el ajo —dijo Alex.

—Claro —contestó James—. A él le salió bien. Me acusó a mí de todo y llegó a un acuerdo con el fiscal. Gracias a eso, sólo le cayó un año.

—Por eso dice que estás en deuda con él —dijo Alex—. Por eso no te lo quitas de encima.

—Igual que un céntimo que uno no puede gastar —dijo James.

—Y tú aceptaste el trato —dijo Alex mirando a Raymond.

Raymond asintió con los ojos húmedos.

—Fui persuasivo —dijo James—. Todo lo persuasivo que puede ser un hermano mayor.

—¿Cómo hicisteis para guardar el secreto?

—No resultó difícil —contestó James—. La señorita Elaine era la única que había visto a Raymond empuñando la pistola, pero no pudo decir bajo juramento quién era concretamente. «Fue uno de los hermanos Monroe», eso fue lo que dijo en el estrado. En aquella época, incluso con la diferencia de tres años que hay entre los dos, casi parecíamos gemelos. Medíamos lo mismo. Y hasta llevábamos el pelo igual. Ella testificó que el que había disparado llevaba una camiseta con el número diez, pero nadie sabía que lo que significaba aquello, más que nosotros dos.

—Y vuestros padres —añadió Alex.

—Sí, ellos sí lo sabían —dijo James—. Mientras estuve bajo custodia en el calabozo, hablé con mi padre de ello largo y tendido. Le dolió permitir que aquello apareciera así en el juicio, pero yo le convencí de que era para bien. —James miró a Raymond—. Y lo era, Ray. Lo fue. No hay más que ver cómo te han ido las cosas.

—Y fíjate cómo te han ido a ti —replicó Raymond.

—No te eches la culpa de eso —le dijo James—. Si yo hubiera aprovechado mejor el tiempo que pasé en prisión, quizá no hubiera ocurrido nada. Yo creía que cumpliría un par de años y que saldría en libertad por buen comportamiento. Pero la cárcel es capaz de ensuciar a un hombre limpio. Los tíos que había allí dentro intentaron tomarme por colega suyo, y yo me dije que tenía que defenderme o morir. Después de una mala decisión vino otra, y cuando salí volví a mezclarme con Baker. La verdad es que no hice nada bien. Sea como sea, aquí estoy. Ya no puedo cambiar todo eso.

—Hablas como si esto se hubiera terminado —dijo Alex.

—Del todo, no —contestó James—, pero desde luego sí que veo ya la línea de meta.

—Antes de que sucediera todo esto —dijo Alex—, o sea, cuando tenías dieciocho años, ¿no había algo que deseabas lograr en el futuro?

—¿Como un objetivo, quieres decir? —repuso James—. Había varias cosas que aspiraba a hacer. Pero ya no sirve de nada hablar de eso.

—Bueno, y ahora que tienes toda esta información —dijo Raymond—, ¿qué piensas hacer con ella?

—Nada —respondió Alex—. Ya hemos sufrido todos bastante.

En eso se vio a un gato de pelo largo cruzando por las sombras del callejón. James lo contempló mientras bebía otro trago de cerveza.

—¿Y ya está? —dijo Raymond.

—Todavía no —dijo Alex, y se volvió hacia el gigante sentado en la silla—. ¿Te apetece dar un paseo, James?

—¿Adónde?

—Ya lo verás cuando lleguemos.

—¿Una tía saliendo de una tarta de cumpleaños o algo así?

—Mejor —replicó Alex—. Vamos.

Estaban de pie en el espacio vacío del edificio de ladrillo ubicado junto a Piney Branch Road. Alex había encendido todos los fluorescentes de dentro y las luces del aparcamiento. Hacía comentarios acompañándolos de gestos, dirigiéndose más bien a James, dejando que lo pensara, dejando que lo viera.

—Adelante —dijo Alex al tiempo que cogía la cinta métrica Craftsman que se había prendido al cinturón y se la entregaba a James—. Mide tú mismo. Es lo bastante ancho para que quepan dos coches y dos personas trabajando alrededor.

—¿Dos personas? —dijo James tomando la cinta y dirigiéndose a la pared de la izquierda cojeando levemente. Detrás de él fue Raymond, el cual sostuvo el extremo de la cinta en el punto en que el suelo de hormigón se encontraba con el ladrillo para que James pudiera estirar el otro extremo hasta la pared derecha.

—Sí —contestó Alex—. Vas a necesitar ayuda. Un aprendiz, algo así. No puedes trabajar en dos coches a la vez.

—Vale —le dijo James a Raymond después de anotar la anchura. Raymond soltó la cinta y se reunió con su hermano en el centro del recinto.

—Podemos instalar un par de elevadores —dijo Alex—. Reforzar la instalación eléctrica. Ponerte a ti al día con los instrumentos. Hacernos con uno de esos chismes, cómo se llaman, sistemas de diagnóstico que ahora se conectan a los coches.

—Como un ordenador, James —dijo Raymond—. He visto que actualmente los mecánicos utilizan portátiles.

—Ya sé lo que hacen —replicó James frotándose la mejilla—, pero no sé cómo hacer todo eso. Todos esos coches asiáticos, alemanes y suecos, yo no sé trabajar con ellos. No tengo experiencia.

—Ya te buscaré yo unas clases —dijo Alex—. Tienes que dejar el taller de Gavin y comenzar a prepararte. Yo mismo voy a ir dejando poco a poco la cafetería, así que tardaremos unos seis meses, puede que un año, en abrir el negocio. Y empezaré a pagarte un sueldo de inmediato.

—¿Qué sueldo?

—Ya lo decidiremos —dijo Alex—. La tarifa que se pague a los mecánicos. Y, oh sí, música. Tengo pensado instalar radio por satélite. Hay una emisora que te va a gustar, se llama Soul Street. Ponen la música de calidad que ya no se oye en la radio normal. El presentador es Bobby Bennett.

—¿El Quemador Poderoso? —preguntó James, enarcando las cejas.

—El mismo —contestó Alex.

—Perdona que lo pregunte —terció Raymond—, pero ¿de dónde va a salir todo el dinero?

—No te preocupes, lo tengo —dijo Alex—. Cuando falleció mi padre, nos dejó a mi hermano y a mí dinero procedente de una póliza de seguros que le había comprado a un tal Nick Kambanis. Lo invertí en acciones de empresas fuertes, tal como habría hecho mi padre, y lo dejé ahí. Mi intención era pasárselo a mis hijos. Y bueno, Gus murió, y a Johnny acabo de cederle el negocio. Así que voy a emplearlo en esto.

—Has dicho que «tardaremos» unos seis meses —observó Raymond—. ¿Qué papel vas a desempeñar tú en todo esto?

—Yo no sé nada de coches —repuso Alex—, pero sé hacer la labor comercial y dirigir una empresa pequeña. Ésa es mi especialidad. Voy a conseguir que entren clientes por la puerta, que luego vuelvan más veces, que hablen de nosotros a sus amigos, gracias a que tú trabajas bien, James, y a que yo les ofreceré un buen servicio. Repartiré folletos por todos los barrios de al lado, pondré anuncios en los periódicos para poder empezar, esas cosas. Mi mujer Vicki será nuestro contable.

—Pero ¿cuál es el trato? —dijo Raymond—. Perdona, ya sé que a caballo regalado no se le mira el diente, pero estoy pensando en el bienestar de mi hermano.

—Seremos socios —dijo Alex—. Tú y yo, James. Yo soy el propietario de la propiedad inmobiliaria, ésa siempre va a pertenecerme a mí y a mi familia. Pero, una vez apartado tu sueldo, los beneficios se repartirán al cincuenta por ciento cada uno. Y el capital de la empresa se repartirá de la misma manera.

—Vas a echar por la borda los treinta y pico años que has dedicado a ese restaurante —dijo Raymond.

—¿Por qué ibas a querer dar un salto atrás para meterte en esto? —preguntó James para completar la idea de su hermano.

—Porque nunca ha sido mío —contestó Alex—. Era de mi padre, y yo nunca he sentido la misma pasión que él. Sólo ha sido un vehículo para mantener a mi familia. Ahora quiero tomar el control de esto y hacerlo posible.

—El tipo posee pasión —le comentó Raymond a James.

—Venid afuera conmigo —dijo Alex.

Raymond y James intercambiaron una mirada antes de acompañar a Alex hasta la zona iluminada del exterior del edificio.

—Aquí podemos estacionar los coches —dijo Alex—. El inquilino que estaba antes agrandó esta área para que aparcasen sus clientes. Y yo he estado pensando que ahí delante podríamos montar una cancha de baloncesto. Siempre he querido tener una en mi lugar de trabajo.

—¿Tengo pinta de poder lanzar canastas con esta cadera? —dijo James.

—Sí, si hicieras los ejercicios que yo te dije —le replicó Raymond.

—Ya es imposible, lo sabes de sobra —repuso James.

—Ahora vas a tener seguro médico —apuntó Alex—. En el futuro, si la cosa empieza a funcionar, a lo mejor podrías operarte para corregir el problema.

—No pienso dejar que nadie me recorte la cadera con una sierra —dijo James.

—Esas cosas las hacen los cirujanos —dijo Raymond—, no los que podan setos.

—Y mirad —dijo Alex, ya eufórico, señalando el espacio

que había encima del portón de la entrada—. Ahí es donde vamos a instalar el letrero. He estado pensando en qué nombre poner a la empresa. ¿Estáis preparados? «Monroe el Mecánico.»

—Tiene ritmo —dijo Raymond.

—Eso es porque lleva dos M —dijo James—. Por eso tiene soniquete. Se llama aliteración, Ray. Lo he leído en un libro.

—Ya lo sabía —replicó Raymond—. ¿Por qué siempre tienes que andar enseñándome?

—Porque eres tonto.

—Bueno, ¿qué os parece?

James miró la pared en la que iba a montarse el cartel, y después miró el espacio que se veía a través del portón.

—Supongo que querrás un abrazo o algo así —dijo.

Alex respondió con una sonrisa de oreja a oreja que acentuó las arrugas que le rodeaban la cicatriz.

—James y yo tenemos que hablar un poco —dijo Raymond, tras dar las gracias a Alex con un gesto de cabeza.

—Adelante —dijo Alex.

Los contempló mientras ellos entraban de nuevo en el edificio. Permanecieron unos momentos bajo los fluorescentes, bromeando, discutiendo, tocándose el uno al otro en los hombros y en los brazos para expresar su punto de vista.

—Ese tipo tiene la cabeza llena de pájaros —dijo James con una sonrisa.

«Está hablando de mí», pensó Alex. Del hijo de John Pappas.

El soñador.